Os Infinitos

John
Banville

Os Infinitos

Tradução
Maria Helena Rouanet

Título original: The Infinities

Editora Nova Fronteira Participações S.A.
Rua Nova Jerusalém, 345 – Bonsucesso – 21042-235
Rio de Janeiro – RJ – Brasil
Tel.: (21) 3882-8200 – Fax: (21) 3882-8212/8313
www.novafronteira.com.br
sac@novafronteira.com.br

Texto revisto pelo novo Acordo Ortográfico

CIP-Brasil. Catalogação na fonte
Sindicato Nacional dos Editores de Livros, RJ

B171i Banville, John, 1945-
Os infinitos / John Banville ; tradução Maria Helena Rouanet. - Rio de Janeiro : Nova Fronteira, 2011.

Tradução de: The infinities
ISBN 978-85-209-2703-8

1. Romance irlandês. I. Rouanet, Maria Helena, 1950-. II. Título.

11-5442. CDD 828.99153
CDU 821.111(411)-3

I

De todas as coisas que criamos para reconfortá-los, a aurora é uma das que deram mais certo. Quando a escuridão se dissipa no ar como poeira fina e a luz vai se espalhando lentamente a partir do Leste, todos os humanos, a não ser os mais infelizes, se reanimam. Essa ínfima ressurreição diária é um espetáculo que nós, imortais, adoramos. Muitas vezes nos reunimos na borda das nuvens e ficamos olhando para eles, para os nossos pequeninos, vendo-os despertar para saudar o novo dia. Que silêncio se abate sobre eles... O silêncio triste da nossa inveja. Muitos continuam dormindo, claro, sem se importar com o jogo de sedução matutino da nossa prima Aurora; mas há sempre os insones, os doentes inquietos, os que perderam o seu amor e se agitam na cama solitária, ou simplesmente os madrugadores, os atarefados, com a sua ginástica, as chuveiradas frias e as inveteradas xicrinhas daquela ambrosia preta. É isso mesmo, todos os que veem chegar o amanhecer acolhem-no com mais ou menos alegria, exceto, é óbvio, o condenado para quem a primeira luz do dia será a última na Terra.

Lá está um deles, na janela da casa do pai, vendo a claridade ir aos poucos se espalhando pelo céu acima da copa das árvores que se agrupam do outro lado dos trilhos do trem. Está condenado, não à morte, ainda, mas a uma vida na qual não consegue se encaixar. Tem os pés descalços e usa um pijama que a mãe arranjou num canto qualquer da casa ontem à noite, quando ele chegou: um pijama de algodão já surrado, azul-claro com listras de um azul mais escuro. De quem será? De quem terá sido? Seu mesmo, talvez, de muito tempo atrás... Nesse caso, seria muito, muito antigo, pois, agora que cresceu, o pijama está pequeno demais, chegando a incomodar debaixo dos braços e no gancho da calça. Mas tudo nessa casa é assim: tudo aperta, incomoda, faz com que ele se sinta criança novamente. Lembrou do tempo em que ainda era um garotinho, aqui nessa mesma casa, e a avó o arrumava para o Natal, o seu aniversário ou outra festa qualquer, puxando daqui, puxando dali, lambendo o dedo para assentar um cacho mais teimoso, e pensou em como se sentia exposto, pior que se estivesse nu, quando ela o enfiava naqueles ternos de tweed acinzentado, de calça curta, já inteiramente fora de moda e que ainda por cima pinicavam; sempre com aquelas camisas brancas de colarinho engomado e, o pior de tudo, as gravatinhas de xadrez que lhe proporcionavam o mísero prazer vingativo de puxar ao máximo o elástico que as prendia e, depois, soltá-lo, para fazer aquele barulhinho divertido quando alguém estivesse no meio de um discurso, cantando alguma música ou quando o padre estivesse segurando a hóstia daquele jeito que parecia até, na sua cabeça, a enfermeira brandindo o bilhete vencedor daquelas corridas de cavalo que arrecadavam dinheiro para o hospital. É exatamente assim que as coisas são: a vida, abotoada até o pescoço, lhe cai mal, deixando-o demasiado consciente de si mesmo e daquilo que considera, sombriamente, a sua inalterável estreiteza de espírito.

De algum lugar vem o som abafado de cascos miúdos batendo no chão; com certeza é o carteiro, montado no seu pônei, envergando o uniforme da Thurn und Taxis, com o chapéu de três pontas e o emblema da corneta dos correios pregado no ombro.

O homem na janela se chama Adam. Ainda não tem trinta anos e é filho de um sujeito bem mais velho que se casou duas vezes; é "produto", para usar a expressão que ouviu certa vez do pai, com uma risada sardônica, "da segunda vez que ele gozou". Está ali parado, à toa, só olhando as sombras densas, de um arroxeado lamacento, que se formam ao pé das árvores. Uma espécie de fumaça paira acima da grama que parece acinzentada. A essa hora, tudo fica diferente. Um melro madrugador cruza o céu bem depressa, indo de algum lugar a outro lugar qualquer, e aquelas asas lustrosas captam uma réstia enviesada de sol. Tudo o que lhe ocorre, com uma ponta de tristeza, é a imagem do verme madrugador. Imagina até que pode ouvir, ao longe, o piado de pânico da criatura erguida pelos ares.

Aos poucos, vai se dando conta de algo que não consegue identificar, um tremor generalizado, como se o próprio ar estivesse tremendo. E aquilo vai ficando cada vez mais forte. Assustado, o rapaz recua um pouco para a escuridão protetora do quarto. Pode ouvir nitidamente o pulsar letárgico do seu coração. Parte da sua mente sabe o que está acontecendo, mas não é a parte que pensa. Agora, tudo está estremecendo. Algum pequeno mecanismo ali no quarto, às suas costas — ele não se vira, mas deve ser um relógio —, dispara das próprias entranhas um tilintar metálico, urgente. As tábuas do assoalho rangem com a trepidação. Então, do lado esquerdo, surge aquela coisa imensa, de cabeça rombuda, avançando às cegas até estancar com um solavanco e ficar ali parada, diante das árvores, bafejando nuvens de vapor. As luzes dos vagões ainda estão acesas, fazendo a aurora recuar um tantinho. Nas janelas compridas, dá para ver umas cabeças inclinadas, parecendo até umas focas. Estarão todos dormindo? E o condutor, empunhando aquela maquininha de tíquetes, passa pelo corredor, movendo-se com dificuldade, mão ante mão, encosto de poltrona ante encosto de poltrona, como se estivesse escalando uma subida bem íngreme. Por toda volta, o silêncio é enorme, e, de certa forma, aflito. A locomotiva bufa, impaciente, parecendo escavar o chão com as patas. Por que ele tinha de parar ali todos os dias era algo que ninguém naquela casa sabia dizer. Não há nenhuma outra moradia num raio de vários quilômetros. Não se avista nada, nem de um lado, nem do outro. Mesmo assim, é ali que ele para. A sua mãe já tinha feito inúmeras reclamações à companhia, e, certa vez, chegou até a escrever para alguém no governo, mas não recebeu resposta alguma, apesar de ser casada com uma personalidade tão conhecida. "Se fosse só o barulho que ele faz quando passa", dizia ela, com uma ponta de tristeza, "eu não me importaria... Afinal, o seu pai, do alto da sua sabedoria, insistiu em vir morar praticamente em cima da linha do trem... Mas essa parada aí em frente sempre me acorda".

Um sonho que teve durante a noite volta à sua mente. Apenas um fragmento. Estava correndo em meio à poeira de uma batalha imemorial, levando nos braços uma carga volumosa, mas não pesada; preciosa, mas difícil de carregar — o que seria? — e, ao seu redor, só se ouvia a massa de guerreiros urrando, o entrechocar tilintante das lanças e das espadas, o zunir dos arcos, o ranger das rodas das carroças. Um local venerável, uma guerra ancestral.

Pensando na mãe, procura ouvir os seus passos lá em cima, pois sabe que já está acordada. Embora a casa seja grande e bem irregular, o chão é praticamente todo de tábuas corridas enceradas, o que faz com que o som se propague com a maior facilidade. Não está com a menor vontade de lidar com a mãe. Na verdade, é sempre estranho lidar com ela. Não que Adam a odeie ou tenha qualquer ressentimento, como se diz que acontece com tantos mortais — eles tinham mais é que encarar as nossas mulheres temperamentais e vingativas aqui nas brumas do monte Olimpo —; simplesmente acha que ela não tem nada de mãe. Primeiro porque é absurdamente jovem — nem vinte anos completos mais velha que ele —, e parece estar ficando cada vez mais jovem, ou, pelo menos, não estar envelhecendo, deixando-o com a inquietante sensação de que, mais dia menos dia, vai acabar alcançando-a. Aparentemente, ela própria tem consciência desse fenômeno, mas não dá sinal de achar isso estranho. Na verdade, desde que teve idade bastante para reparar na juventude da mãe, Adam vem notando, de quando em quando, ou imagina que nota, certa rispidez no jeito como ela o trata, como se estivesse impaciente para vê-lo atingir uma maioridade impossível para que, finalmente contemporâneos, os dois possam sair por aí, de braços dados, rumo a um futuro que seria... o quê? Nas atuais circunstâncias, orfandade, para ele, viuvez, para ela. Pois o seu pai está morrendo. É por isso que está aqui, plantado feito um idiota, metido nesse pijama pequeno demais, olhando o amanhecer de um dia de meados de verão.

Abalado por essa ideia de morte e morrer, faz um esforço para se concentrar novamente no trem. Uma daquelas cabeças de foca se virou e, através da bruma que brota do gramado, Adam percebe que está sendo observado por um garotinho de rosto pálido e contraído, e uns olhos enormes. Impressionante como o menino fita intensamente a casa, com que voracidade a examina — o que estará procurando, que conhecimento secreto, que revelação? O rapaz se convence de que a criança pode vê-lo parado ali, embora isso seja decerto impossível: vista de fora, a janela deve ser apenas um buraco negro ou exatamente o contrário, um clarão ofuscante com aquele dourado pálido do sol que parecia estar demorando tanto para se erguer no céu, mas que, agora, vem surgindo com toda força lá no nascente. A não ser por aqueles olhos ávidos, os traços do menino não têm nada de especial, ou, pelo menos, o que se podia distinguir assim a distância. Mas o que será que ele tanto procura, por que olha tão fixamente? Nesse instante, a locomotiva como que desperta, dá uma espécie de solavanco, e ouve-se um som metálico bem alto percorrer todos os vagões, de engate a engate. Com um gemido, o brutamontes começa a se mover e, quando isso acontece, o sol nascente vai batendo em cada uma das janelas, vingando-se daquelas lâmpadas ainda acesas, deixando-as envergonhadas com o seu fogo irresistível. Espichando o pescoço, o menino continua olhando até o último minuto.

Adam está com frio, e a sensação da sola dos pés descalços grudando naquele assoalho gélido e pegajoso é bem desagradável. Ainda não está inteiramente desperto, mas num estado intermediário entre sono e vigília em que tudo parece irrealmente real. Quando se afasta da janela, vê a primeira luz da manhã batendo em cantos nada habituais, formando uns ângulos estranhos, e a borda de uma das prateleiras da estante parece tão afiada quanto a lâmina de uma guilhotina. Das profundezas do quarto, o vidro convexo do relógio em cima da lareira, refletindo a claridade que entra pela janela, o fita com um olhar impassível de monóculo. Lembra do menino do trem e, como tantas vezes acontece, fica impressionado com o mistério da alteridade. Como ele pode ser um eu e os outros serem outros, já que os outros também são eus para si mesmos? É claro que sabe que não há mistério algum nisso: tudo é apenas uma questão de perspectiva. O olho, diz com seus botões, o olho faz o horizonte. Quantas vezes ouviu isso do pai, que, supõe, devia estar citando outra pessoa qualquer... O menino do trem representou uma espécie de horizonte para ele, e ele, uma espécie de horizonte para aquela criança; isto porque cada um dos dois se considera no centro de algo — na verdade, o próprio centro —, e esta é a resposta bem simples para o tal mistério. Mesmo assim...

Sai andando de mansinho — quando passa diante da lareira, o tal relógio dá uma única badalada branda de advertência —, abre a porta e, no corredor, estanca com um murmúrio de medo, com o coração voltando a manifestar o seu clamor indistinto, como um cachorro agitado arranhando as portas para que o deixem sair.

Logo percebe que a figura ali no corredor é apenas a sua irmã. Está acocorada junto a uma das portinholas brancas e esconsas do armário embutido que ocupa o vão da escada.

— Pelo amor de Deus! — exclama. — O que está fazendo aí?

A moça virou aquele rosto pálido, em miniatura, e, mais uma vez, ele viu o rosto do menino na janela do trem.

— Camundongos — disse ela.

Adam suspirou. Pelo visto, a irmã está numa das suas crises.

— Pelo amor de Deus! — repetiu ele, agora em tom cansado.

Ela voltou a remexer no armário, e ele cruzou os braços, apoiou o ombro na parede e ficou olhando a irmã, abanando a cabeça. Aos dezenove anos, não parece ter a idade que tem e, no entanto, também possui uma antiguidade assustadora — "Essa aí", como dizia vovó Godley, com um ar sombrio, "já esteve por aqui antes". Perguntou-lhe como podia saber que havia camundongos dentro do armário, fazendo-a rir com certo desprezo.

— No armário, não, seu bobo — replica ela, com a nuca luzidia (mais uma foca!) estremecendo de satisfação. — No meu quarto.

Levanta-se, limpando as mãos nos quadris magros. Não encara o irmão. Morde o lábio e franze o cenho. Se puder evitar, não encara absolutamente ninguém.

— Que roupa é essa que você está usando? — pergunta o rapaz.

Era mais um daqueles pijamas mal-ajambrados, desta vez de uma seda azul desbotada, pendendo do corpinho magricela da moça, com mangas e pernas absurdamente imensas. O dela, grande demais; o dele, pequeno demais, como para indicar algo tristemente cômico naqueles dois irmãos.

— É de Pa — diz ela, meio emburrada.

— Ah, Pete! — exclama Adam, suspirando. Mas quem é ele para falar? De quem herdou os trajes que está usando?

O nome da moça é Petra, e ele a chama de Pete. Ela é baixinha e magra, com um rosto em forma de coração e uns olhos aflitos. Passou um bom tempo de cabeça inteiramente raspada, mas, agora, o cabelo está voltando a crescer, uma camada de juncos marrons que cobre o crânio inteiro. As suas mãos parecem as patinhas rosadas de um roedor, sempre prontas para escavar. Os tais camundongos, pensou Adam, devem achar que ela é da família.

— Como sabe? — indaga ele.

— Como sei o quê? — replica ela, com um arzinho petulante.

— Que tem camundongos.

— Porque eu vi. Eles ficam correndo pelo chão, no escuro.

— No escuro... E deu para ver?

Petra piscou os olhos bem devagar e engoliu, como se estivesse a ponto de chorar, mas era apenas mais um dos tantos cacoetes que a afligem.

— Me deixe em paz! — diz então, num murmúrio.

Adam é tão maior que ela...

Em criança, Petra era sonâmbula e aparecia no alto da escada, com os olhos revirados para cima e aquelas patinhas de rato erguidas diante do peito. Só de lembrar disso, o rapaz sentiu os pelos da nuca se arrepiarem. A sua irmã meio maluquinha, ouvindo vozes, vendo coisas.

Com o dedão do pé, fechou a porta do armário. Petra esboçou um movimento na sua direção, com o braço esquerdo se erguendo, um tanto rígido, um dedo apontando, num gesto infantil. Mas, depois, deixou cair o braço sem muito ânimo.

— Achei que podia ter umas ratoeiras aí dentro — diz, emburrada. — Antigamente, era nesse armário que elas ficavam.

Quando a irmã fez o tal gesto com o braço, Adam sentiu um cheiro de ranço, de coisa velha, que lembrava o cheiro do quarto de um doente. Nem sempre ela toma banho. A mãe diz que está perdendo as esperanças. Como se isso já não tivesse acontecido tempos atrás, e com toda a família, à exceção de Pa, é claro, que vivia dizendo que a filha era a sua inspiração, a sua musa encarnada, a constante de todas as suas equações.

Mas ele vive dizendo mil coisas. Ou melhor, vivia, pois agora ele está no pretérito.

No corredor, a claridade ainda está fraca, mas o sol já brilha intensamente nas vidraças da porta de entrada, como se, pensa Adam, ele e a irmã estivessem encerrados dentro de casa enquanto, lá fora, rolava uma festa animadíssima. Parecendo uns palhaços com aqueles pijamas mal-ajambrados, os dois ficam ali parados, um diante do outro, em silêncio; o rapaz grandalhão e a mocinha minúscula, perdidos, ambos pensando, embora sem pensar, no que os oprime desse jeito: a morte iminente daquele pai cuja presença entre desperta e adormecida enchia a casa toda como uma neblina. Nos últimos dias, ninguém ousa falar ali dentro, a não ser sussurrando, embora os médicos insistam discretamente que, a essa altura, nada mais é capaz de ultrapassar os portais da audição do doente. Mas como podem saber ao certo, pergunta-se Adam; de onde tiram tamanha certeza? O seu pai está agora num outro reino, sem dúvida alguma bem distante, mas será que as notícias do antigo reino já não podem mais chegar aos seus ouvidos?

— Por que acordou tão cedo? — pergunta Petra, em tom acusador. — Você nunca acorda a essa hora...

— É a época do ano — replica o rapaz. — Com essas noites assim tão curtas, não consigo dormir direito.

A resposta foi acolhida por um silêncio mal-humorado. Quem não dorme é ela... A sua insônia, como a morte gradual do pai, é uma pressão difusa que faz com que toda a atmosfera da casa pareça densa como o ar comprimido dentro de um balão.

— O Cavalo Morto vai aparecer hoje? — pergunta Adam.

— Disse que ia. Acho que vai — respondeu a moça com um gesto que era mais um sobressalto que um dar de ombros.

Esse assunto também parece se esgotar, e os dois irmãos se calam de novo. Adam sente aquela irritação impotente que a irmã tantas vezes lhe provoca. Está parada ali, do jeito de sempre, meio de lado, a um só tempo ansiosa e arredia, como se desejasse muito ser abraçada, mas também tivesse muito medo disso. Em criança, não sentia cócegas e, quando o irmão tentava, afastava-se dele com ar de desprezo. Logo, porém, voltava e ficava rondando, como quem não quer nada, incapaz de tomar a iniciativa, com os ombros estreitos e pontudos bem encolhidos, feito asas dobradas, e a cabeça meio inclinada, parecendo convidá-lo tristemente a tentar outra vez fazê-la gritar. Era tão magra... Magra e ossuda, como um saco de gravetos cheio pela metade. E continua assim. Nesse instante, Petra ergue a mão e coça a cabeça com força, fazendo um barulho que lembra até uma lixa.

Adam se sente meio zonzo, leve, como se pairasse a uns centímetros do chão. Supõe que essa sensação tenha a ver com a oxigenação do cérebro, ou a falta dela. A irmã tem razão, não está acostumado a acordar assim tão cedo — *tudo anda diferente* —, naquelas horas em que o mundo parece uma imitação de si mesmo, um trabalho bem-feito, mas com algumas discrepâncias em detalhes ínfimos, porém essenciais. Pensa em Helen, sua esposa, dormindo lá no seu antigo quarto de solteiro. Deitado ali, ao seu lado, imóvel e desperto naquele lusco-fusco que antecede o amanhecer, teve vontade de acordá-la, mas não teve coragem, pois ela dormia a sono solto. Talvez devesse subir de novo, deitar ao seu lado na cama estreita e puxá-la para perto de si; algo porém, uma espécie de timidez, ou até mesmo de medo, o impede de fazê-lo.

Aliás, ainda bem que esse jovem marido nem imagina o que o meu bravo pai, o próprio deus-chefe, estava fazendo com a sua querida esposa lá naquele quarto, há menos de uma hora, quando ela achava que estava sonhando.

E, por falar em pais, Adam ainda não foi ver o seu. Quando chegou, ontem à noite, alegou que ele e a mulher estavam cansados da viagem e disse que iam direto para a cama. Achou que seria horrível ir ver o velho naquele momento; ia se sentir o próprio ladrão de cadáveres, avaliando um espécime fresquinho, ou então um caçador de vampiros, penetrando numa cripta. Não tocou no assunto, mas achava que a mãe não devia ter insistido em tirá-lo do hospital. Trazê-lo de volta, para morrer em casa, era um retrocesso, algo que vovó Godley teria decerto aprovado. No entanto, agora pela manhã, arrependia-se de não ter ido logo e pelo menos dado uma olhada naquele pai decaído, pois, a cada hora que se passava, ia ficando mais difícil tomar a decisão de subir aquela escada e entrar no quarto do doente. Não imagina qual será a sua reação diante daquilo que, como todos sabem, embora de forma tácita, é o leito de morte do seu pai. Nunca viu alguém morrer antes, e tem esperanças de não estar presente desta vez.

Petra continua se coçando, mas com menos ímpeto, de um jeito meio distraído, como um gato que, aos poucos, vai perdendo o interesse pela própria coceira. Adoraria poder ajudá-la, aliviar até mesmo uma daquelas espinhas inflamadas. Mas também tem muitas mágoas da irmã, sempre teve, desde antes de ela nascer, aquela usurpadora. De repente, lembra nitidamente da irmã ainda bebê, deitada no berço, toda embrulhada numa manta, parecendo uma criança mumificada em vida. "Aha, rapazinho! Ela vai fazer você pular miudinho", disse vovó Godley, com uma risadinha. "Você vai até achar que está com formiga no traseiro!"

— Venha — disse ele então, subitamente. — Vamos tomar café.

E irmão e irmã, aqueles dois seres abandonados, saíram deslizando pelas sombras.

Também está escuro lá no Quarto do Céu onde, em meio a uma imensa quietude, Adam Godley está morrendo. É, ele se chama Adam, como o filho. Aliás, com relação a nomes e coisas do gênero, acho que, antes de seguir adiante, preciso falar um pouco de mim mesmo, dessa voz que está aqui falando do vazio. A ideia que os homens têm feito de mim varia muito: guardião da aurora, do crepúsculo e do vento; chamaram-me Argifontes, aquele que torna o céu claro, e Logios, aquele que tem a fala fácil; honraram-me com os títulos de embusteiro, padroeiro dos jogadores e de todo tipo de charlatães; designaram-me guardião das encruzilhadas, protetor dos viajantes; atribuíram-me o solene título de Psicopompo, o condutor das almas libertadas dos homens até o reino subterrâneo de Plutão. Pois sou Hermes, filho do velho Zeus e de Maia, a ninfa das cavernas.

Não diga!, dizem vocês.

Compreendo o seu ceticismo. Por que, em tempos como os de hoje, os deuses voltariam a circular entre os homens? Acontece que nunca nos afastamos — vocês simplesmente deixaram de nos parecer divertidos. Ora, por que iríamos embora se não podemos nos impedir de estar em toda parte? O que fizemos foi apenas dar a impressão de que tínhamos nos afastado, por um lapso de tempo decente, para deixar claro que sabemos perfeitamente que ninguém nos quer por aqui. Mesmo assim, não conseguimos resistir à tentação de nos revelar a vocês uma vez ou outra, tudo por conta do nosso irremediável tédio, do nosso amor pelas travessuras ou daquela eterna saudade que temos desse mundo tão ruinzinho que nós mesmos criamos — é claro que estou me referindo a este aqui, em particular, pois existem evidentemente vários outros iguais a ele, que também fizemos e nos quais temos de ficar sempre de olho... Quando, num belo dia de verão, começa a soprar um ventinho mais forte por entre a copa das árvores, ou do nada surge uma chuva bem branda que desce como uma cascata de graça sobre a imagem de um santo, é um de nós que está passando por ali; quando a terra se arqueia e abre a boca para engolir cidades inteiras, ou o mar se ergue e devora um arquipélago inteiro, com as suas palmeiras, as suas cabanas e uma miríade de nativos, podem ter certeza que um de nós está seriamente aborrecido.

Mas como fomos pródigos em cuidados ao criar esse lugarzinho lamentável! Como nos desdobramos, quanto trabalho tivemos para que tudo isso fosse plausível, nos mínimos detalhes — introduzimos, nas rochas, fósseis de criaturas estranhas que nunca existiram; distribuímos matéria negra de mentirinha pelo universo afora, e chegamos até a instalar, no cosmos, ligeiríssimos vestígios dos mais leves zumbidos para imitar as reverberações do disparo inicial que, supostamente, teria dado a largada para todos os que vieram a seguir. E para que toda essa engenhosidade, todo esse trabalho, toda essa dissimulação tão escrupulosa? Para quê? Para esses homens de barro que Prometeu e Atena criaram lá entre eles poderem achar que eram os próprios senhores da criação. Fomos generosos, dando-lhes tudo que vocês achavam que desejavam — isso mesmo, e vejam só o que vocês fizeram!

É claro que tudo isso está sendo expresso na língua dos humanos, e não poderia ser de outro jeito. Se eu falasse com a minha própria voz, ou seja, a voz de uma divindade, vocês ficariam estarrecidos diante de tal som — na verdade, não teriam sequer condições de me ouvir, pois a nossa fala celeste é extremamente rarefeita se comparada aos seus grunhidos mal e mal articulados. Ora, não ficamos nada a dever à tal música das esferas. E esses nomes — Zeus, Prometeu, Atena de olhos cinzentos, até mesmo Hermes — são pura criação de vocês. Nós nos comunicamos, por assim dizer, simplesmente como ar, como luz, como algo semelhante à qualidade desse azul profundo e transparente que vocês veem quando olham para a mais alta das abóbadas do empíreo. E o Paraíso, o que é isso afinal? Para nós, imortais, não existe Paraíso nem tampouco Inferno; nada acima, nada abaixo, só o aqui infinito, que é uma espécie de não aqui. Dá para imaginar?

Nesse momentinho que, para vocês, passou num piscar de olhos, dei três voltas completas em torno da Terra. Para que essas acrobacias aéreas? Para me divertir e para passar o tempo. E porque eu posso e vocês, não. É isso mesmo: também podemos ser mesquinhos e vingativos, exatamente como vocês, quando somos levados a isso.

Adam, este Adam, teve um derrame. Aliás, abro um parêntese para observar como um termo pode parecer tão estranhamente inócuo, até mesmo bonitinho, e designar algo tão desagradável e, neste caso, sem dúvida alguma fatal — como se um de nós, meio distraído, tivesse posto uma mão bem pesada na testa dele. O que seria perfeitamente possível, já que somos famosos por não termos noção exata da nossa própria força. Seja como for, durante algum tempo, bem antes desse derrame, o velho Adam vinha sofrendo, sem ter a mínima noção disso, um considerável amolecimento do cérebro em função de um extravasamento gradual de sangue na região do lobo parietal — claro, claro!, tenho também alguma experiência em termos de medicina, para aprimorar o mais turbulento dos meus atributos —, o que significa, em outras palavras, que ele já estava perdido bem antes do momento catastrófico em que, pela manhã, instalado no devido lugar — para ser o mais delicado possível —, ele se agachou muito e fez um esforço extenuante para expelir umas fezes duras como mogno e sentiu, sentiu mesmo, que um vaso se rompia no seu cérebro. Desabou então, literalmente, caindo de cara no chão, com a bunda pelada para cima, e penetrou de imediato, coisa que, em circunstâncias mais favoráveis, teria acontecido com deliciosa suavidade, na vasta e abobadada antecâmara da morte, onde ainda permanece, num estado de apatia consciente, mas que não pode ser comunicada, pairando sobre o ponto de esquecimento.

Não está só — como observou um dos seus mais obscuros e brilhantes luminares, o ser humano é apenas uma espécie de morto, e uma espécie muito rara, aliás. Ele percebe a presença da multidão de seus companheiros por todo lado, pouco à vontade e sussurrantes naquele estado de vida em morte. E, é claro, eu também estou aqui. Quando chegar a hora, nós dois vamos juntos, rumo ao que vem a seguir. Mas sobre isso não posso dizer nada.

A mulher dele entrou no quarto praticamente sem fazer barulho, coisa que vem se tornando um hábito cada vez mais frequente. Sente que, a cada dia, está se transformando num espectro, como se Adam, na sua doença terminal, estivesse lhe sugando algo vital, gota a gota, todas elas reluzentes. Fecha a porta do quarto às suas costas com todo cuidado e fica parada por um instante, até os seus olhos se acostumarem à penumbra que reina ali dentro. Uma vigorosa lança de luz do sol nascente penetra por uma fresta entre as pesadas cortinas da janela do meio, e a sua lâmina vai se partir de encontro ao pé da cama. O Quarto do Céu é um detalhe absolutamente extravagante adicionado à casa por seu construtor, St. John Blount, sujeito célebre pela excentricidade: uma espécie de torreão, voltado para Noroeste — ou seria Sudeste? —, instalado numa das quinas do prédio, com janelas em três das suas paredes e encimado por um telhado cônico, que ostenta, bem no topo, um cata-vento na forma de uma silhueta envergando um manto curto e esvoaçante, com um chapéu de copa baixa e aba arredondada, e tendo, nas mãos, um caduceu, ou seja, uma representação, suponho, de mim mesmo. Que coisa estranha! Não esperava me encontrar aqui, num ambiente como esse, assim, lá no alto, e principalmente como a imagem metálica bidimensional de uma divindade... O meu caduceu deveria ser substituído por um bastão reluzente — seria outra coisa, acho: brilho, fogo e cheiro de enxofre. Ia ser bem mais animado...

Com certo escrúpulo, Ursula percebe o sossego que sente quando está ali. Há uma intensidade, uma densidade no silêncio do quarto de um doente; é como o silêncio que impera no âmago do seu ser e aquieta o seu coração, mesmo em meio a todo aquele tumulto interior. Agora, consegue distinguir o vulto do marido deitado na cama, de barriga para cima, mas, embora prenda a própria respiração, não consegue ouvi-lo respirando. Talvez... Diante dessa ideia súbita, algo se agita dentro dela, um desejo que tenta negar, mas não consegue. Por que se culpar? Todos dizem que o fim seria um alívio abençoado. São exatamente essas as palavras que as pessoas usam, *alívio abençoado*... É, pensa ela, um alívio... Mas para quem? Provavelmente para todos, exceto para aquele que estaria sendo aliviado. Pois, quem pode saber se, num canto qualquer da sua mente, Adam não está desperto, de algum modo, e vivenciando coisas maravilhosas? Mergulhadas em sono profundo, as pessoas parecem inconscientes, mas, mesmo assim, podem estar tendo os sonhos mais fantásticos. De qualquer jeito, apesar de não conseguir ouvi-lo respirar, Ursula sabe que o marido não se foi. O elo flexível que os une ainda não se rompeu: pode sentir perfeitamente a pontada daquele velho repuxar. Tem certeza que ele está pensando, que continua a pensar: disso não tem a menor dúvida.

Cerra a fresta das cortinas e, de imediato, a escuridão parece total, como se, de repente, o mundo houvesse sido eliminado. Naquele breu e naquele ar agora mais denso, aproxima-se da cama sem fazer ruído algum com os pés calçados de chinelos. Nos primeiros tempos do seu casamento, o marido a chamava de gueixa por causa do seu andar rápido e meio saltitante. Ursula lembrou do quimono tradicional que ele lhe trouxe de uma das suas viagens — "Um quimono de Kioto para a minha gueixa!". Era um traje de seda verde-jade, bem encorpado, tão lindo que ela não conseguia usá-lo, mantendo-o envolto em papel de seda numa gaveta de onde ele acabou sumindo, sabe-se lá como. Adam ameaçou tomá-lo de volta — será que não fez isso mesmo? — e dá-lo a uma das outras, aquelas que, segundo disse, tinha certeza que a mulher imaginava que ele ia encontrar às escondidas. Depois, fitou-a, com a cabeça erguida, um sorriso agressivo que deixava à mostra todos os seus dentes, desafiando-a a denunciar aquela frase como sendo um blefe. E era mesmo: essa história de outras mulheres era um blefe, já que não havia ninguém, como ela bem sabia, e como ele sabia que ela sabia. O seu marido se divertia mentindo daquele jeito, apresentando uma versão da verdade com um ar tão altamente irônico que tentar desmenti-lo acabava parecendo a mais perfeita estupidez.

Os olhos de Ursula estavam se acostumando à escuridão. Agora, já podia ver até mais do que gostaria. Era tão estranho entrar naquele quarto de manhã e encontrar Adam exatamente como o tinha deixado na véspera, as cobertas suavemente acomodadas à forma do corpo, os lençóis esticados, aquela mecha de cabelo sedoso — bem preto ainda! — surgindo intocada acima da curva abobadada da testa alta e branca. A barba dele também ainda era bem escura, aquela barbicha pontuda que lhe dava um ligeiro ar de santo diabólico. Sempre adorou a pele do marido, a brancura translúcida, úmida e fresca, que os anos não conseguiram estragar. Odeia, sabendo como ele próprio odiaria tudo aquilo, os tubos de plástico enfiados pelo seu nariz, presos por umas tiras de esparadrapo. Há outros tubos, mais abaixo, escondidos pelas cobertas. Deu um trabalhão instalá-lo ali. O dr. Fortune ficou irritado, e as enfermeiras, de péssimo humor. Mas ela insistiu, e com tanta determinação que surpreendeu a todos, inclusive a si mesma. "Ele tem de ficar em casa", repetia, ignorando toda e qualquer objeção. "Se vai morrer, que morra aqui." Detestou a clínica para onde o levaram às pressas: uma caricatura de tampa de caixa de bombons, grotescamente bonita com aquelas heras, roseiras e uma varanda envidraçada. Imagine só se Adam morresse naquele lugar... Além da própria dor, ela ainda teria de engolir todas aquelas bobagens. O velho Fortune, que se parecia com Albert Schweitzer e era médico da família desde o tempo de vovó

Godley, apertou a sua mão, murmurando algumas palavras tranquilizadoras por entre as pontas amareladas do bigode; as duas jovens enfermeiras, porém, limitaram-se a estreitar os olhos e se afastar, suas costas oscilando numa atitude de desaprovação profissional.

A essa altura, os seus ouvidos já estavam habituados à acústica do quarto, e ela podia ouvir a respiração do marido, o ruído quase inaudível do ar passando pela garganta e pelo peito. No final de cada inalação, ouvia-se uma ligeira palpitação que parecia um tamborilar impaciente. Ursula percebeu por que aquele ruído lhe soava familiar. Era exatamente como os suspiros que ele dava quando ela fazia algo que o deixava irritado: os tais suspiros tinham esse mesmo floreio um tanto esvoaçante. Fica com saudades, como se ele já tivesse partido. Sente uma dor enorme, daquelas que achava que só quem ainda é jovem poderia sentir; uma dor nova e tão surpreendentemente aguda que chega a lhe tirar o fôlego.

Percebe um leve deslocamento de ar às suas costas, menos que um vento, mais que um pensamento. Não era a primeira vez que sentia aquilo nos últimos dias. Fosse lá o que fosse, estava convencida de que não era algo benigno; dava-lhe uma impressão de arrogância e de um ressentimento contido, como se alguma coisa houvesse decidido tirá-la dali. Estavam acontecendo ainda outros fenômenos estranhos, outros efeitos a assombrá-la. Avistava figuras que desapareciam assim que tentava fitá-las diretamente, como se fossem uma sombra nos seus olhos. Acordava durante a noite sobressaltada, com o coração aos pulos, como se tivesse ouvido um barulho bem grande, uma explosão ou o estrondo de uma trovoada, algo que a fazia despertar, mas que não deixava sequer o mais remoto eco. Quando falava ao telefone, tinha certeza de que havia mais alguém na linha, ouvindo a conversa propositadamente. De brincadeira, perguntava-se se aquela presença meio irritada não seria o fantasma da primeira mulher de

Adam, ou da sua mãe, morta um bom tempo atrás, aquela bruxa de vovó Godley, voltando para chamar o filho e levá-lo consigo para o mundo das trevas. Estão vendo só? Todos acham que os mortos é que vêm assombrá-los quando, na verdade, o que acontece, como o seu marido poderia lhe dizer — e bem que tentou fazê-lo várias vezes —, é que eles vivem entre mundos que se interpenetram e são eles próprios, os espíritos, que se aglomeram por esse espaço mesclado. No caso, ela bem poderia estar esbarrando com um dos seus inúmeros eus, que passam de um plano a outro sem que nenhum deles dê pela presença dos demais.

Ou talvez esteja apenas sentindo a minha presença tão pressurosa, o adejar das lindas asinhas que trago no chapéu e nos calcanhares e que ela chega quase a ouvir. Mas, agora, pergunto: sou arrogante? Sou ressentido? Um pouco, acho. Um pouco...

Ursula não gosta do próprio nome. Adam lhe contou a história de santa Ursula de Dumnonia, martirizada em Colônia junto com as suas onze mil criadas, todas virgens — "Que dia deve ter sido esse, hein", observara ele, implicando e erguendo uma sobrancelha, *"im alten Köln?"* —, embora essa Ursula tenha sido recentemente banida do calendário dos santos por um dos mais progressistas dos pontífices ingleses, numa crise antigermânica. Quando os meninos eram pequenos chamavam-na La, e continuam a chamá-la desse jeito. Adam é Pa; ela, La. Será que havia algum tipo de birra por trás do fato de eles continuarem usando esses apelidos? Tem medo de não ter sido uma boa mãe. Até que nem se saiu tão mal assim com Adam, mas a pobre Petra foi demais para ela. Foi ali que começaram todos os seus problemas. Passou nove meses enjoada, vomitando o dia inteiro: nada lhe parava no estômago, a tal ponto que, mais para o final da gravidez, não conseguia sequer engolir o próprio cuspe. Estremece ao lembrar da enfermeira pegando a vasilha metálica reluzente de gosma e de espuma das suas mãos trêmulas para ir esvaziá-la na pia. Até que, finalmente, aquele peixinho pálido que era a sua filha deslizou para fora do seu corpo e ficou deitada ali no seu peito, ofegante, tão exausta que ninguém esperava que pudesse sobreviver. Mas sobreviveu, e recebeu o nome de Petra, mais uma pedra que caiu no coração já tão pesado de Ursula.

Tocou a mão do marido que jazia ali em cima da coberta. Era desconfortável sentir aquela pele ressecada como papel vegetal e, por baixo dela, a carne flácida, fria e fibrosa, parecendo um embrulho de sobras de carne feito por um açougueiro. Não é a mão de que se lembra, aquela mão tão bonita e delicada. A tal presença invisível volta a passar por ela, ou quem sabe através dela, e Ursula se sente sem substância, como se o fantasma fosse ela própria e não essa outra coisa. O marido abre as pálpebras e, depois de alguns instantes de inquieta procura, os seus olhos encontram o rosto da mulher. Ela lhe sorri com algum esforço, dizendo o seu nome bem baixinho. É difícil distinguir os traços dele naquela escuridão, mas Ursula hesita em acender a luz. O dr. Fortune garante que é só mesmo o seu carinho que vem mantendo o marido vivo — por que então ele a fita agora com esse ar tão furioso?

Hoje, a sua cabeça está péssima, péssima mesmo; precisa tomar alguma coisa logo de uma vez.

No recinto da cozinha, a luz da manhã adquire um brilho intensamente metálico, e o trecho de jardim iluminado pelo sol que surge na janela atrás da pia fica gritante e implausível, como uma pintura primitiva de uma cena selvagem. Adam e a irmã estão sentados numa das pontas da mesa bem gasta, meio debruçados sobre tigelas de cereais. Quando a mãe aparece no alto dos três degraus de madeira que separam essa peça do resto da casa, eles mais percebem que propriamente ouvem a sua chegada — Rex, o velho labrador, deitado na sua manta a um canto do aposento, abana de leve o rabo, mas não faz menção de se levantar. Os dois param de comer, erguem o rosto e olham para ela. Mais uma vez, com um ligeiro sobressalto, Ursula percebe como são parecidos, apesar do porte avantajado de Adam e do corpinho franzino de Petra: ambos têm a mesma testa larga, o queixo pequeno e pontudo, e aqueles olhos de um azul-acinzentado, tão claros que são quase sem cor. Talvez por ser filha única, sempre acha essas semelhanças familiares muito esquisitas, mesmo em se tratando dos seus próprios filhos. Os dois puxaram a ela, pois foi da mãe que herdaram a testa larga, o queixo pontudo e os olhos azulados.

— Como ele está hoje? — pergunta o rapaz. Tem a pele manchada pelo sol, com uma aparência esturricada, crua. Por alguma razão, nesse exato momento aquele olhar palidamente cândido lhe parece insuportável.

— Na mesma — responde Ursula e, sabe-se lá por quê, Petra ri, fazendo um barulhinho nojento. É... Às vezes, tem a impressão de que os filhos não gostam dela, que lhe guardam rancor, como se não fosse a sua mãe, mas alguém que teria vindo cuidar deles, um guardião desalmado, digamos, ou uma madrasta amargamente ressentida. Mas com certeza está enganada. Aquelas ali são as criaturas que carregou no próprio ventre, que deu à luz e alimentou no próprio seio como uma fênix. Lembra de Adam, ainda agora mesmo, fitando-a com aquele brilho vingativo nos olhos. — Parece tranquilo — acrescenta.

O filho a observa parada ali, no alto da escada, na outra ponta do aposento amplo de pé-direito bem alto. Parece incapaz de enxergá-la do jeito certo. A mãe tem uma nova característica, dando a impressão de não estar presente, com um ar de quem hesita numa soleira invisível que se abre sob os seus pés onde quer que ela pise. Tornou-se embaçada, como se recoberta por uma fina camada de pó. Deve ser por causa da catástrofe que se abateu sobre o velho Adam; ela se esqueceu de si mesma. Está usando um vestido de algodão que mais parece um guarda-pó e, por cima, um casaco cinzento folgado que lhe bate abaixo dos quadris. O cabelo, da cor da lâmina de uma faca, está repartido no meio, puxado para trás e preso na altura da nuca. Ela desce os degraus, se aproxima e para junto à mesa, apertando a madeira velha com os dedos, de um jeito distraído, como se quisesse testar a sua solidez.

— Levantaram cedo — observa. — Foi o trem que acordou vocês?

Nenhum dos dois lhe responde.

— Roddy vai passar aqui mais tarde — diz Petra, desviando os olhos com um ar aborrecido. O tom da sua frase foi truculento, parecendo querer evitar de antemão qualquer comentário negativo. Roddy Wagstaff, que o seu irmão apelidou de Cavalo Morto, é o namorado da moça, ou, pelo menos, esta é a situação estabelecida, embora todos saibam que não é por ela, mas pelo seu pai famoso que o rapaz vem àquela casa.

— Ah! — murmura a mãe, e uma contração dolorosa se esboça no seu rosto já tão contraído —, então vamos ter de pensar no almoço!

Desde que Adam caiu doente, a casa passou a funcionar por conta própria, mas, havendo visitas, era preciso servir uma refeição adequada e na sala de jantar. O seu marido sempre fez questão que fosse assim, pois, com relação a essas banalidades, respeitava rigorosamente as convenções.

— Poderíamos levá-lo à cidade — sugere o filho, sem muita convicção. — Aquele lugar chamado sei lá o quê não abre para o almoço?

— Ah, claro — retruca Petra, com um risinho malicioso. — Vamos nos divertir à beça lá na cidade... Podemos levar Pa conosco, instalá-lo na cabeceira da mesa e lhe dar sopa por aqueles tubos.

Diz isso sem tirar os olhos da tigela de cereais. Por baixo da mesa, a sua perna esquerda não para, parecendo até uma máquina de costura. Adam e a mãe se entreolham, com um ar apático. A doença do pai deixou a moça agitadíssima, já que, pelo menos, era uma calamidade à altura do seu estado mental tão calamitoso. E a história do almoço acaba ficando pendente. Lá do seu canto, Rex solta um suspiro trêmulo de satisfação. Ele pode me ver perfeitamente, pairando no ar à vontade, de braços cruzados, entre essas almas tristonhas. Mas essa visão não significa nada para o cachorro, cujo mundo é repleto de espectros inofensivos.

No entanto, agora que Petra arranjou um assunto, não pretende deixá-lo de lado. Com uma voz rouca e tensa, carregada de sarcasmo, segue divagando sobre a ideia de um almoço em família lá na cidade, com a presença do pai que seria levado — "talvez numa rede, numa padiola carregada por nós, ou num daqueles negócios presos em dois paus que os índios usam para ir arrastando os feridos". Na ocasião, todos comemorariam os grandes feitos do velho, pronunciariam discursos e fariam brindes ao homem, ao pai, ao cientista. E por aí foi... Mas ela falava de um jeito que não parecia estar se dirigindo aos outros, e sim ao ar ao seu lado, como se houvesse ali uma versão invisível de si mesma para quem ela pudesse expressar todo aquele deboche e que lhe daria, em ricochete, uma dose suplementar de sarcasmo. Adam e a mãe ficaram calados, pois sabiam que nada poderia detê-la até que ela mesma se cansasse. O cão, com o focinho enterrado entre as patas, só fazia fitá-la com um ar de cautelosa especulação. O tampo da mesa vibrava ao ritmo do joelho da moça, que não parava quieto. Adam tentou voltar a comer o cereal que já tinha ficado grudento. Vê a si mesmo ainda criança, sentado àquela mesa, ouvindo o pai falar com a habitual veemência tranquila que ninguém podia interromper, e lembra que sentia um nó na garganta, os olhos se enchendo de lágrimas vergonhosas, umas lágrimas pesadas e incontroláveis como grandes gotas de mercúrio. Com o rabo do olho, olha para a irmã e vê um pontinho de luz amarelada se agitando na cavidade que se forma acima da sua clavícula enquanto a moça tenta não engasgar com a torrente de palavras que continuam jorrando de dentro dela.

Parada ali, junto da mesa, Ursula observa os filhos com um olhar perturbado. Ainda parecem tão jovens, quase umas crianças, na verdade; até mesmo Adam — especialmente ele —, com aquele lábio superior meio gorducho que treme quando o rapaz está empolgado ou aborrecido. Repara nas tigelas que têm à sua frente. Por que fica tão irritada ao ver que não são da mesma louça? Ultimamente, tantas coisas a têm deixado irritada... Tenta não ficar com raiva ao pensar que, até agora, o filho ainda não pôs os pés no quarto onde o pai está morrendo. Acha que a única coisa que o impede de fazer isso é o medo da morte, da sua presença assustadora. Mas, afinal de contas, ele não é mais criança, apesar das aparências. Dirige-se à pia e, com a mão vagamente erguida na altura do rosto, olha o dia ensolarado através da grande janela envidraçada.

Lembra de Adam crescendo em meio ao clima de conspiração viscosa alimentado por vovó Godley. Desde muito cedo, a velha se apoderou do menino, mantendo-o como um refém contra todas as humilhações de que se supunha vítima. Depois, veio Petra e, mais uma vez, o irmão foi preterido. Era um lourinho trapalhão, com uma cabeça grande e bem redonda, atordoado por se ver assim relegado, sem a menor cerimônia, em favor daquela criaturinha alerta, zelosamente envolvida nos braços esquálidos da avó. Pois o nascimento de Petra provocou uma terrível transformação na velha: ela passou a se mostrar carinhosa e solícita, embora de forma desajeitada, parecendo até, aos olhos de Ursula, um daqueles primatas peludos e cor de ferrugem que ficavam pendurados lá no zoológico, com os braços arqueados, os lábios arreganhados e o olhar sinistro; aqueles seres que exerciam tamanho fascínio sobre o seu marido que ele a fazia ir vê-los todo domingo à tarde, quando Adam era bebê. Vovó Godley estava morrendo de insuficiência cardíaca e, num ritual macabro, virava diariamente uma carta de um baralho que ia se reduzindo cada vez mais, sempre prevendo que tiraria o ás de espadas, mesmo que saísse aquela figura de olhos solenes, a rainha de ouros em miniatura, toda encoberta, estranhamente imóvel e sempre olhando para uma coisa qualquer ao seu lado, algo que só ela parecia enxergar, e segurando bem firme no punho cerrado a flor murcha do futuro.

— E, e, e... — prosseguia Petra, a voz estremecendo na curva escorregadia do seu tom mais alto — e, e, e, *e*...

E fui eu que concebi tudo isso: essa casa, esse trem, o menino na janela do vagão, aquele melro com o seu voo rasante, a própria aurora, essa mãe absorta no amor e nas suas perdas, a filha transtornada ali naquela mesa, pondo para fora toda a sua tristeza, a esposa dormindo no quarto de solteiro do marido, e o marido, o jovem Adam que, a essa altura, tomou uma decisão. Com alguma relutância, se levanta da mesa e sobe aqueles três degraus para ser transportado lá para cima, graças às minhas asas invisíveis, até o quarto do seu pai terreno.

E vejam só: cá está ele, o velho Adam, o progenitor moribundo em pessoa. Está morrendo, mas, ainda assim, não consegue conceber um mundo do qual se afastou. Não, não é verdade. Ele poderia conceber, sim. Pode conceber qualquer coisa. Conceber coisas impossíveis é a sua especialidade. Sempre foi vulnerável ao mundo. Percebi a alternância dos tempos. O que eu deveria ter dito é que ele não quer conceber um mundo do qual etc. e tal... É claro que sabe que, depois da sua partida, tudo vai continuar praticamente do mesmo jeito, com uma única exceção: haverá uma ausência minúscula, uma brecha mal e mal perceptível no chamado traçado geral que terá, então, uma unidade a menos. Ou talvez nem isso, nem mesmo um espaço vazio onde antes havia ele, pois tudo vai correr para tapar esse vazio. Puff! Acabou. Por algum tempo, a lembrança dele vai permanecer na mente dos outros, mas logo esses outros também vão morrer e, com eles, vão desaparecer as suas poucas relíquias. Então, será apenas a escuridão.

E a sua obra? O que vai acontecer com a sua obra? Adam não dá a mínima para a sua dita imortalidade, já que ele próprio não estará mais aqui para saborear as suas tão propaladas consolações.

Eu.

Eu.

Eu.

No que se refere às suas condições atuais, ele foi declarado em estado vegetativo. E é exatamente assim que está, se considerarmos esse termo no seu sentido antigo, para não dizer arcaico, de algo dotado de vida vegetal. O coração bate, o sangue circula, a linfa também, até o sistema digestivo continua ruminando e engolindo, tirando o máximo proveito daqueles soros e seivas insípidos com que o alimentam dia e noite, ininterruptamente, através dos tubos. Mas um vegetal vê? Um vegetal ouve? Um vegetal — e este é sem dúvida o detalhe mais importante —, um vegetal pensa?

Os médicos não o viram abrir os olhos e não acreditam quando Ursula diz que ele faz isso. Que olha para ela. Que a vê. Armam-se do ar mais impassível e não dizem nada, mas ela sabe que, por dentro, acham aquela história ridícula, todos eles, inclusive o dr. Schweitzer, ou melhor, Fortune, o dr. Ferdinand Fortune, o velho Ferdie. Ora, médicos... E eles lá sabem alguma coisa?

Adam morre de medo de um enterro prematuro.

Não sente dor. Nesse departamento, não sente absolutamente nada. Ou não exatamente nada. Tem consciência de algo, um barulhão martelando em algum lugar bem lá no fundo, decerto efeito da agonia da qual ele só registra um rumor distante. Está preso à cadeira do dentista celestial.

Mas por que não está satisfeito com essa situação? Não é a apoteose que perseguiu a vida inteira, ser pura mente, uma mente sem qualquer mistura? As ideias ficam girando e girando, como grãos de poeira erguidos por um redemoinho. Pura mente. Isso mesmo, pensamento puro.

Devia ter mandado instalarem, acima do seu túmulo, uma sineta pendurada a uma haste, com um cordão que penetrasse cova adentro e ficasse amarrado a um dos seus dedos. Mas de que serviria isso? Não tem condições de mover sequer a ponta de um dedo... Pensou também num telefone dentro do caixão, mas como poderia discar?

Há uma hora, quando a sua esposa estava no quarto — ou foi antes de ela aparecer? Ou depois? —, ouviu o primeiro trem do dia passar ruidoso, fazendo as vidraças das janelas estremecerem. Quando era criança, a sua mãe o levou uma vez à cidade naquele mesmo trem, como presente de Natal, e lhe comprou um relógio de dez xelins que não durou praticamente nada. Já naquela época, o trem fazia a tal parada ali, no meio do nada, sem qualquer motivo aparente. Ele grudou o rosto na janela para olhar a casa que se erguia envolta num manto de névoa — era essa mesma casa, se não está enganado, e acha que não está —, e ficou sonhando em morar naquele lugar, em ser o que a mãe amalucada chamava de figurão, um sujeito com muito dinheiro, um automóvel e um sobretudo de pele de camelo. Um figurão... Agora, uma triste figura.

A sua mente segue vagando. Há umas falhas, uns períodos de ausência breves, e outros um pouco mais longos, em que perde a noção de si mesmo, ou não, não perde exatamente; é mais como se fosse dar numa praia longínqua, ao cair da noite, uma noite sem lua, com o mar formando uma borda de espuma branca e suja lá longe, no horizonte, e as aves marinhas ficassem voando bem alto, chamando e gritando no ar enevoado.

Aliás, os tempos. Atualmente, está encerrado no presente, embora preferisse sem dúvida o pretérito. Já o futuro é algo que evita como se fosse uma praga. Adoraria ter o poder daquele imperador da antiga Catai que, no seu leito de morte, proibiu o uso do futuro por todo o seu vasto reino, declarando que, uma vez que ele ia morrer, o futuro propriamente dito deixava de existir.

Em que hora do dia estariam? Se o que ouviu ainda há pouco era efetivamente o trem da manhã, o sol deve estar surgindo a essa altura. Volta os olhos para o teto em busca de um vestígio de luz, mas tudo lá em cima está de um cinza indistinto, graças às cortinas que a sua esposa insiste em manter fechadas dia e noite. Lembra de Veneza. Por quê? Um teto veneziano seria por certo inundado de losangos de reflexos da água, com um pulsar reluzente e amebiano; nunca como aqui, com esse tom acinzentado de coisa velha, parecendo até mofo. No entanto, é sem dúvida a cidade da lagoa que vem a essa memória um tanto desmemoriada. Veneza! *La Serenissima*, como é chamada, embora me lembre mais a viúva embolorada de um capitão do mar, *una vecchia carampana*, imersa em ondas de seda aquosa, acocorada sobre os seus pilares. Sempre tive uma saudável aversão pelo pitoresco. Pelo menos, considero isso bem saudável...

Mas por que é que estou dizendo *há uma hora*? Perdi — *ele* perdeu, *ele*; preciso continuar falando na terceira pessoa —, ele perdeu a noção do tempo, logo ele que, no passado, foi um dos mestres do tempo, um dos guardiões das suas chaves. Agora, as coisas que acontecem surgem e passam umas pelas outras sem encontrar qualquer resistência, numa inevitável mixórdia.

Mesmo assim, deve haver um teto como este em algum lugar, numa *villa* à beira da água ou num quarto de hotel num porto qualquer mais ao Sul, onde ficou deitado, saciado de amor, deixando os olhos se impregnarem daquelas sombras de um cinza-mofo acima da cama... Onde? Quando? Com que mulher? Esqueceu tudo porque aquilo não significou nada na época, ou, se não nada, pelo menos não o bastante. É isso que o atormenta agora, entre outros tantos tormentos: a ideia de tudo que teve e que não valorizou como deveria. Um tesouro de experiências desperdiçado quando aconteceu porque era justamente apenas isso, algo que estava acontecendo e não alguma coisa esperada ou relembrada. Agora: aí está uma palavra cujo sentido nunca soube apreciar. Até agora.

Em sua cabeça, os números enxameiam numa vasta tabela, uma matriz sem limites, que oscila, num silêncio estelar.

Só para se distrair, resolve pensar na nora dormindo em algum lugar ali na casa, como Melisanda, se é mesmo a ela que está se referindo. Ouviu quando chegaram à noite, ela e o seu filho; ouviu as vozes de ambos lá embaixo, ao pé da escada, num tom que parecia de urgência, já que falavam aos sussurros, e achou que estivesse sonhando. Sabe porém que não foi sonho e, agora pela manhã, Helen está naquele quarto, pode sentir a sua presença; os seus sentidos estendem os seus tentáculos e captam a sensação daquela presença. Estará dormindo? Mentalmente, tenta conceber a ideia da realidade daquela mulher, dormindo ou acordada, lá onde ele não está. Diante da existência autônoma dos outros, compartilha a mesma dúvida e o mesmo espanto do filho — compartilha? compartilha? é a sua dúvida, é o seu espanto, herdados pela geração seguinte e de menos peso. Pergunta-se como as pessoas podem continuar plenamente reais quando estão em outro lugar, fora do seu campo de visão. Não chega a ser tão solipsista — é solipsista, mas não tanto — a ponto de achar que é a proximidade com ele que confere às pessoas a sua realidade essencial. É claro que os outros existem fora da sua presença, bilhões de outros, mas esses não se incluem no mistério propriamente dito, uma vez que não sabe nada a seu respeito, não tem qualquer relação com eles. Efetivamente misteriosos só aqueles que lhe são familiares: a esposa tristonha, os filhos desprezados, a nora desejada. O fato de essas pessoas terem uma existência independentemente dele e, na verdade, uns dos outros também, é uma afronta às leis do... do quê? Às vezes, fica pensando se o fato de ter abraçado inicialmente a teoria que propõe a nossa existência em meio a múltiplos mundos interligados não se deveu simplesmente à necessidade de um local onde as pessoas pudessem estar quando não estavam junto dele — eu disse que era um solipsista. Mas, mesmo aí, empurrados para os cantos, com o nariz colado à vidraça dessas inúmeras fissuras cristalinas, o que poderia lhes impedir de se meterem em coisas que ele sequer pode imaginar ou, caso possa, das quais não pode ter a mínima certeza? Olhem só para ele agora, incapaz até, como o gato de Schrösteinberg, na expectativa, de saber se a nora está ou não consciente dentro daquele quarto fechado. Imagina-a nua, coberta apenas por um lençol, e o tecido, levemente iluminado pela luz da manhã, revelaria as formas das suas lindas pernas. Ah... Será que o seu membro ainda consegue ficar duro? Algo bem pode ter alterado o tamanho e a rigidez daquele bastão lá embaixo e ele nem tem como saber. Quando era jovem, o seu saco era firme e todo peludo, como uma bola de tênis; hoje, porém, os testículos se recolheram de volta ao lugar de onde surgiram tantos anos atrás. Talvez já não exista praticamente nada ali, pois ele parece ter passado pela segunda infância e reingressado no estado embrionário. Isso mesmo. A impressão que tem é de estar nascendo às avessas, e essa morte loquaz da qual está se aproximando não o levará para um outro mundo, mas sim de volta a um estado suspenso de preexistência, onde estará pronto para começar tudo de novo desde o princípio. Bela presunção, não? Vou deixar que ele a cultive por enquanto.

Na cozinha, Petra faz uma breve pausa no seu discurso para recuperar o fôlego, e a mãe aproveita para dizer, com um suspiro: — Ah! Hoje estou com uma dor de cabeça daquelas...

Com isso, a moça se cala, furiosa, e enfia a colher com toda força naquela papa gosmenta que está na tigelinha infantil à sua frente. A porta dos fundos se abre, fazendo o rangido e o chocalhar de costume, e surge Ivy Blount, com a sua velha capa de chuva marrom e as botas verdes de cano cortado. Traz nos braços uma cesta com ovos e segura pelo pescoço uma galinha que acabou de abater. Para na soleira da porta e, com uma expressão de vago espanto, olha as três pessoas reunidas ali. O cachorro abana o rabo, dando-lhe as boas-vindas. Miss Blount é, extraoficialmente, cozinheira, governanta e, como Duffy, o vaqueiro, afirma carrancudo, a besta de carga com que todos contam em Arden House.

— Bom dia, Ivy! — exclama Ursula um pouco alto demais, pois persiste no equívoco de achar que Miss Blount é meio surda. Ao ver a galinha parcialmente depenada, pergunta-se se deveria tocar no assunto do almoço. Não consegue entender por que tem de alimentar o tal do Wagstaff, mesmo sabendo que deve. E ele ainda vai fazer pouco caso, como sempre. De repente, toma um susto quando reconhece a galinha. É, ou era, aquela marrom pintada, com patas alaranjadas; não faz nem uma hora que a viu, pela janela do quarto, ciscando à procura de minhocas por entre as pedras do quintal sem desconfiar do que estava para acontecer. Gostava tanto daquela ave... Tinha o hábito de dar nomes a todas as galinhas, embora o marido risse dela.

Sente a cabeça latejar; é como um martelo batendo e batendo sem parar num bloco de metal maleável. E se também tiver um derrame? Essa ideia súbita a deixa quase encantada. Imagina-se deitada com Adam lá em cima, no escuro, ambos imóveis, de barriga para cima, com aquele olhar vago e as mãos postas no peito de forma idêntica, como um par de estátuas instaladas na tampa de uma sepultura.

Ivy se aproxima, põe a galinha e o cesto de ovos na mesa e tira a capa de chuva. Está usando uma saia grossa de tweed e uma velha camisa de homem listrada, com as mangas arregaçadas. As asas do seu nariz perfeitamente aristocrático são translúcidas. Dela emana um leve cheiro de rosas e água de lavagem. O cachorro se levanta com algum esforço e, com um andar desajeitado, vai farejar os seus joelhos. Adam repara no olho vidrado da ave e procura uma palavra — obsidiana? ágata? A cabeça ainda está presa ao pescoço, brotando de um tufo de penas de um marrom reluzente. Dá para sentir o fedor do sangue ainda quente da pobre coitada. Petra olha fixo para a galinha, nitidamente assustada; parece ter medo de que, de repente, ela possa ganhar vida e vir para cima dela, do outro lado da mesa, batendo as asas e cacarejando.

O segredo da sobrevivência é a imaginação imperfeita. A incapacidade que têm os mortais de imaginar as coisas como elas efetivamente são é o que lhes permite viver, já que uma visão clara, por mais breve que fosse, de todo o sofrimento do mundo os aniquilaria de imediato, como uma baforada do mais letal dos gases metano. Temos mais estômago e pulmões mais resistentes: passamos o tempo inteiro vendo isso, em todo o seu horror, e não nos deixamos abater. Aí está a diferença: é isso que faz de nós divinos.

O jovem Adam se levanta da mesa, atravessa o aposento e sobe os três degraus que levam à porta com todo o jeito de um homem subindo para o cadafalso. Para e olha para trás, sem fitar ninguém em particular, e sai então, fechando a porta atrás de si tão de mansinho que parece até estar censurando alguma coisa. A sua partida deixa ali um silêncio constrangedor. Ursula volta para perto da pia, com o rosto erguido para a janela. Está feliz por Petra ter se calado e pouco se lhe dá que a filha esteja furiosa por ela ter interrompido a sua cascata de bobagens. Todos estão tensos; todos estão com os nervos à flor da pele. Essa espera é insuportável. É como se Adam tivesse perdido o equilíbrio num lugar bem alto e viesse caindo, caindo, com aquela lentidão dos sonhos, e eles estivessem todos olhando para cima, aflitos e angustiados, fitando aquele pontinho que cai e, logo, logo vai estar estatelado aos seus pés, despedaçado, ensanguentado, morto. Morto. A palavra é mais um golpe do tal martelo, dolorosamente brando e monótono.

Ivy Blount pega o velho avental manchado que fica pendurado no cabide atrás da porta. Hoje, está ainda mais desligada que de costume. A coitadinha sofreu um choque, embora ninguém aqui saiba disso, a não ser ela mesma e eu. Dizem que é descendente direta de Charles Blount, oitavo lorde Mountjoy e primeiro conde de Devonshire, aquele soldado excêntrico que Mary, rainha dos escoceses, a grande Gloriana, ao subir ao trono inglês, depois da decapitação da prima, a presunçosa e traiçoeira Elizabeth Tudor, na aurora do século XVII, encarregou de pacificar este país tão conturbado. Ivy tem o rosto de uma Nossa Senhora de ícone, afilando-se ab-ruptamente em direção ao queixo e com um quê de indefinida tristeza. Foi dela, a última dos Blount tão lamentavelmente empobrecida, que Adam Godley comprou esta casa por um preço irrisório vinte anos atrás. Ela mora num chalé de dois andares, no canto de um terreninho irregular onde antes ficavam os portões da propriedade. Duffy, que cuida do que sobrou da fazenda e das poucas cabeças de gado magricelas que o velho Adam insiste, ou melhor, insistia — tempos, tempos! — em manter, a tem sabidamente em altíssima conta.

— O namorado de Petra vem aqui hoje — disse Ursula, dirigindo-se a Ivy, mas sem tirar os olhos da janela. — Talvez seja melhor almoçarmos no jardim de inverno. — Julga ter ouvido Petra bufar; mesmo assim, não se virou para ver. Acha que o seu jeito de dizer as coisas, um jeito sem dúvida antiquado, que não soa sincero, é que faz a filha debochar. Adoraria que Ivy Blount dissesse alguma coisa; o sotaque da mulher, a sua entonação de aristocrata decadente são muito mais risíveis que o seu próprio modo de falar; ao menos acredita que sejam, o que lhe traz um consolo um tanto despeitado. Ivy, porém, que passou a galinha para a bancada da pia e está fazendo alguma coisa com uma faca de cabo de osso, não diz absolutamente nada. De tão gasta, a lâmina da tal faca virou um espeto reluzente. Umas penas saem voando e vão cair no chão. Mais uma vez, a perna de Petra está sacolejando debaixo da mesa.

O que fazer, pensa Ursula, o que *fazer*?

*

No patamar da escada, Adam se aproxima de uma porta estreita embutida na parede e dá três batidinhas com o nó de um dedo. Fica parado ali, bem quieto, meio inclinado para a frente, com a orelha quase colada à madeira, parecendo alguém ouvindo atrás da porta. Sente-se um idiota, mas não consegue infringir a velha proibição — ninguém jamais ousaria subir ao quarto do seu pai sem bater primeiro. No entanto, é claro que hoje não vai haver resposta alguma. Por que então ficar esperando? A maçaneta de louça está ligeiramente fria e aquele contato não lhe parece nada convidativo. Abre a porta. Uma escadinha estreita, de sete degraus, leva ao Quarto do Céu. O rapaz põe o pé no primeiro desses degraus com certa relutância. Nas suas lembranças mais remotas, aquele quarto era o local proibido onde o pai ficava trabalhando, imune, ao que tudo indicava, aos desconfortos do lugar, fossem os ventos do inverno ou o calor abafado do verão. Quantas vezes, ainda criança, parava assim diante daquela porta procurando em vão ouvir um ruído qualquer, por menor que fosse, do pai trabalhando. Era exatamente aquilo que o deixava fascinado: o silêncio do escritório. Na verdade, não era silêncio, não era a simples ausência de sons; era uma força, um campo, como os campos que o seu pai tentou lhe explicar certa vez, uns espaços abstratos fervilhando com a atividade de partículas fantasticamente minúsculas e definitivamente invisíveis. "Imagine", disse-lhe então o pai, "cada pedacinho de tudo que compõe o universo se atraindo e se repelindo mutuamente", e recurvando os dedos das mãos pálidas como garras, juntando-os para demonstrar o que dizia, acrescentou, "mantendo-se uns aos outros no seu devido lugar". O menino lembrou da rede de segurança do circo, que ficava esticada ali sem que ninguém a notasse, até que, quando terminava o número do trapézio, o último da trupe, desprezando a corda oscilante que os outros tinham usado para descer, deixava-se cair naquela trama elástica e, deitado de costas, pulava uma, duas, três vezes, parecendo se divertir como um bebezão para, finalmente, se pôr de pé e, patinhando, se embrenhar na escuridão como se tivesse pernas de borracha, todo prosa, erguendo o punho cerrado num gesto de triunfo. "É... É mais ou menos isso", replicou o pai, suspirando e se afastando. Naquela época, moravam na velha casa de pedra em Haggard Head, e o seu pai trabalhava no quarto que tinha aquela grande janela em arco — Adam achava que a chamavam janela de baía porque ela dava para uma baía; visto dali, o mar parecia uma lâmina ovalada de aço martelado e as ondas iam quebrar em câmera lenta de encontro aos rochedos que ficavam lá embaixo. Gostava daquela casa e chorou quando se mudaram para esta outra, perdida no meio do campo.

Continua a hesitar, sem muita vontade de subir. Não era apenas a presença do pai lá em cima que fazia aquela escadinha estreita e escura parecer assustadora, como se ele ainda fosse criança. Tinha a impressão de que havia algo indefinido escondido naquele lugar onde a escuridão era maior que em qualquer outra parte da casa; algo que não se podia ver, mas que era pegajosamente palpável; algo que, mesmo em plena luz do dia, era um fiapo persistente, como teia de aranha, e cuja presença ele podia detectar. Voltou a lembrar do sonho que teve, dos gritos daquela batalha, dos elmos de bronze reluzentes, do chão ensanguentado. E o que era aquilo que levava nos braços? O quê? Um companheiro ferido, ou talvez um cadáver? Fechou os olhos e voltou a abri-los.

Não consegue se lembrar de uma única vez em que o pai o tivesse chamado pelo nome. Não que isso o magoe, como demonstração de rejeição; simplesmente não entende por quê. Será que achava estranho o fato de terem ambos o mesmo nome? Pouco provável. Aliás, era raro o velho chamar quem quer que fosse pelo nome; a seu ver, não se precisa deles para demonstrar consideração ou para se lembrar de alguém.

Respira fundo e sobe a escada como sempre faz, quase correndo, de cabeça baixa e com os joelhos parecendo até cotovelos. Os degraus rangem sob os seus pés, como que ofendidos.

Ao entrar no quarto, pergunta-se por que as cortinas estariam fechadas. De início, não enxerga nada, a não ser um punhado de formas vagas, parecendo empoeiradas, lembrando sentinelas encapuzadas de guarda, em silêncio. Depois de um instante de cegueira quase total, consegue localizar a cama. É aquele horror com quatro pilares que ficava lá no quarto dos seus pais e que a sua mãe mandou Duffy desmontar, carregar até aqui e montar tudo de novo quando trouxeram o seu pai do hospital. Ninguém sabe por que ela a tirou do quarto de casal; talvez nem ela mesma saiba. A cama não é exatamente grande demais para o tamanho do aposento, mas é desproporcional, parecendo de certa forma deslocada, evocando aquele mundo de intimidades meio entorpecidas, de sono e de sonho; aquele mundo em que os seus pais se refugiavam para passar as suas misteriosas noites de casados. O velho Adam nunca teve um sofá ou sequer uma poltrona no seu local de trabalho. Uma mesa simples, de aço, com uma cadeira tipo austríaca, um maço de folhas soltas de papel quadriculado, um vasto estoque de lápis, claro, os seus célebres Ticonderogas nº 4, preto extraduro, amarelos, com uma faixa verde e a borracha rosada numa das pontas; eram caixas e caixas especialmente importadas, pois são, ou melhor, eram as suas ferramentas de trabalho, os atributos do arcano. Quando começou a ficar famoso, os caricaturistas o representavam como um monge, numa cela nua e sem janelas, com um olhar selvagem e uma cabeça enorme, recurvado sobre um velho pergaminho com o lápis na mão; ou como um astronauta de capacete surgindo de um buraco lá no céu; como um professor maluco de cabelo arrepiado olhando-se no espelho e misturando-se ao seu reflexo; como uma tripulação inteirinha de marinheiros idênticos, cada qual absolutamente isolado numa ilha que tinha o formato da Terra e pairava num mar negro como tinta. O jovem Adam tinha orgulho daquele pai e, às escondidas, recortava as tais caricaturas das revistas e dos jornais e as guardava numa caixa de charutos enfiada no fundo da prateleira mais alta do seu armário. Talvez ainda estejam lá, praticamente se desmanchando a essa altura...

Tenta se aproximar da cama e, depois de tatear por alguns instantes, encontra o interruptor e acende o abajur da mesinha de cabeceira. De imediato, não consegue olhar direto para o pai. A cama é um outro campo, liso, de um cinza granuloso e uniforme, exceto pelo ponto em que a silhueta do velho forma um montinho alongado bem no meio daquela superfície. A disposição geral do que vê lembra algo que, na hora, o rapaz não consegue identificar. Parado ali daquele jeito, sente-se um tanto ridículo, exatamente como se sentiu diante da porta do quarto, e tem a nítida sensação de que há pessoas escondidas no aposento, atrás das cortinas e debaixo da cama, tapando a boca com as mãos, prestes a lhe saltar em cima gritando, debochando, rindo. Não faz ideia da atitude que deveria assumir. É esquisito estar num quarto com alguém que está e não está presente. Os braços do seu pai estão sobre o lençol, ao lado do corpo, esticados e imóveis; é uma pose estranhamente hierática, como se ele tivesse dado uma bênção com os braços estendidos sobre as cabeças de uma multidão ajoelhada e, agora, houvesse recuado para se ocultar nas sombras. As mãos que saem das mangas do pijama são longas, ossudas, eivadas de veias altas e azuladas, daquele tipo que se costuma chamar mãos de pianista, e não se parecem em nada com as do filho com aqueles dedos curtos e grossos.

De repente, Adam descobre o que aquela cama com o pai em cima lhe lembrou. Um dia, na praia, quando ainda eram crianças, Petra deixou que ele a enterrasse na areia. A ideia foi dele; estava sem ter o que fazer e achou que seria bom para passar o tempo. Mas não, não era nada daquilo, absolutamente não. Viu o olhar assustado da irmã quando lhe disse o que ia fazer e ficou empolgadíssimo ao conseguir deitá-la no chão. Se não fosse por isso, logo, logo teria desistido, pois não era nada fácil fazer o que pretendia: a areia estava pesada e inerte depois da chuva que caíra pela manhã, e a pá que estava usando era de Petra, uma pazinha de plástico, pequena e frágil demais para aquele trabalho. Mas continuou cavando até ver a irmã coberta até o pescoço, dentro daquele casulo de areia molhada. Só o seu rosto ficou de fora, um rosto branco como argila, com os olhos aflitos pregados nele. A irmã estava presa e imobilizada, exatamente como o seu pai estava agora.

Sorriu consigo mesmo, um sorriso amarelo, sem alegria, culpado, e se inclinou na penumbra. Como ele tinha encolhido! Estava tão menor que em vida, e tão magro! É isso mesmo, em vida, pois, agora, é evidente que está praticamente morto. Aos doze anos, o jovem Adam já era incrivelmente alto, com uns ombros largos de atleta e umas pernas de halterofilista; tinha uns bons vinte centímetros a mais que o pai alto e esguio. Essa desproporção só o fazia sentir-se ainda mais desajeitado e lerdo e, de certa forma, o menor dos dois, um pigmeu batendo nos joelhos do homem branco enorme. Divertia-se imaginando que não era filho daquele pai, e sim fruto de uma desesperada aventura da mãe querendo se vingar dos inúmeros casos que o marido supostamente tinha; gostava da ideia de ter sido concebido num ímpeto de raiva e desejo de vingança. Às vezes, achava que seria muito bom que ele próprio fosse assim, implacável, cheio de uma paixão fria; que saísse por aí afora distribuindo revanches e castigos merecidos. Talvez, para deixá-lo mais animado, eu devesse introduzir na sua mente a ideia de que o meu pai, Zeus... Não. Nem o mais leal e amoroso dos filhos poderia imaginar que a mãe de Adam, mesmo na flor da juventude virginal, fosse o tipo de mulher capaz de despertar o interesse do meu pai celeste.

Quem mais estava na praia naquele dia? Adam tenta lembrar da cena toda, com as dunas amareladas ao fundo, a areia descendo até a borda da água, reluzindo como cimento fresco, as pessoas no mar, pulando e gritando, um barquinho a vela a distância e, mais perto, alguém sentado numa manta servindo chá de uma garrafa térmica e chamando por ele com voz queixosa. Eram eles três, por certo: ele, a irmã e a mãe; sempre os três, nunca quatro, a menos que vovó Godley resolvesse ir junto, coisa rara, já que ela detestava sair de casa e achava particularmente desagradáveis a praia e o mar. Lembra da avó com uma tristeza carinhosa, aquela velha amorosa incapaz de demonstrar a quem quer que fosse o amor que pudesse sentir.

Consegue enfim olhar direto para o rosto do pai, ou melhor, para a cabeça, aquela cabeça arredondada e ascética, com a testa proeminente, o nariz adunco, a barba pontuda e a boca preênsil, de lábios grossos. Com o que ele se parece? Com um sumo sacerdote em repouso depois da agonia e do êxtase de um ritual religioso. Um faraó morto, mumificado e encolhido. Ou simplesmente Petra, enterrada na areia até o pescoço...

Abandona então as conjecturas, debruça-se sobre a cama determinado a fazer nem ele sabe o quê, mas logo para, hesitante. Deve lhe dar um beijo? É o que se espera dele? Mas, nesse caso, pouco importa que o beije ou não, uma vez que não há ninguém ali para vê-lo fazer ou deixar de fazer isso, e o seu pai não vai ficar sabendo mesmo... Quando foi que o beijou? Quando foi que ele o beijou? Se é que aconteceu alguma vez, deve ter sido há tanto tempo que nem dá para lembrar. Sente-se constrangido e pouco à vontade naquela atmosfera crepuscular, naquele ambiente de penumbra com um quê de igreja. Gostaria que o pai já tivesse morrido? A ideia lhe ocorre assim, de repente, e Adam fica chocado por não ficar chocado. Olha aquelas mãos imóveis pousadas sobre o lençol e, sem mais nem menos, algo se abre bem lá dentro, um oco vertiginoso no qual o rapaz não consegue se impedir de mergulhar. Por um segundo, não entende o que está acontecendo; depois, percebe que está chorando. Isso sim é surpreendente! Faz tanto tempo que não chora... Não sabe de onde vêm essas lágrimas que brotam sem parar dos seus olhos ardidos, tão pesadas e copiosas que nem parecem de verdade; são aquelas grossas lágrimas da infância que, em criança, ele jamais se permitiu derramar, a menos que estivesse sozinho. Mas é simples: com certeza está chorando pelo pai moribundo. Por que não? Mesmo assim, Adam fica tão espantado que tem a impressão de que vai começar a rir apesar de estar chorando. O único som que se ouve, porém, é uma série de barulhinhos guturais ou arfantes, uns pequenos soluços brandos. Mas, no fim das contas, aquela súbita explosão de tristeza, se é que era mesmo tristeza, não era uma sensação desagradável, e o rapaz ficou feliz consigo mesmo, quase orgulhoso, já que as suas lágrimas eram a demonstração de algo, uma espécie de tarefa ou de prova que vinham lhe pedindo há tempos, sem que ele próprio soubesse. E quando, um ou dois minutos depois, conseguiu se recompor, sentiu-se quase revigorado, como se houvesse passado por uma purgação religiosa. Uma confissão, pensou. Era isso mesmo? Era, sim. Entretanto, experimentava também o mesmo sentimento que tinha em criança, quando fazia xixi na cama: um misto de culpa e alegria, além de uma sensação obscuramente encabulada de estar vingado, embora não soubesse de que ou de quem.

Com as mãos, faz pressão sobre os olhos e, como não tem lenço, limpa o nariz na manga do pijama. Mais uma vez, se dá conta do absurdo dos trajes com que se levantou da cama: o pijama curto e apertado demais, e os grandes pés descalços reluzindo lá embaixo, na penumbra. Solta um suspiro profundo que, naquele silêncio, soa exagerado e quase cômico; um suspiro em versão teatral. Sente-se um perfeito idiota — tudo que faz é em exagero. Tenta tocar o corpo imóvel do pai, mas não consegue, e aquele ato, ou aquele não ato, também lhe parece falso e histriônico. Não está acostumado a se sentir assim. Quando pensa em si mesmo, considera-se um sujeito simples. Helen é que é complicada; diante da complexidade da mulher, o seu sentimento é um espanto reverente, como um índio que, da praia, visse surgirem magníficos navios inteiramente desconhecidos saídos do azul longínquo e vindo na sua direção com os seus mastros luzidios.

Com alguma dificuldade, desce a escadinha estreita. Chegando ao patamar, fecha a porta atrás de si, girando a maçaneta com todo cuidado para não fazer barulho algum. Quando se vira, surpreende-se ao perceber como o dia já está claro, com que força o sol da manhã vem bater ali no chão. Os quatro lados da casa cercam um vasto espaço quadrado, com a altura de dois andares, no fundo do qual se vê o piso de lajotas em preto e branco do vestíbulo central; o teto é todo feito de placas regulares de um vidro canelado e esverdeado, encardido de musgo, excrementos de pássaros e recoberto pelas folhas escurecidas que foram caindo ao longo do ano; mas, por algum passe de mágica realizado pela luz, o aposento ali debaixo parece sempre cheio até a borda de uma água incrivelmente calma, incrivelmente clara. As paredes, revestidas de lambris de madeira, e que foram, em tempos imemoriais, pintadas de amarelo a têmpera, tinham hoje uma desagradável tonalidade sulfurosa e, quando o sol incidia sobre elas, como agora, desprendiam um cheiro até gostoso de madeira pintada, aquele cheiro dos pequenos hotéis familiares e das casinhas simples de praia, embora o mar estivesse a mais de trinta quilômetros de distância e ninguém pudesse pensar em passar as férias ali em Arden House... À exceção, talvez, de Roddy Wagstaff. E ele não conta? Por que capricho o bisavô de Ivy Blount, o excêntrico St. John Blount, teria mandado forrar metade das paredes da casa com aqueles painéis de madeira vagabunda? É incrível que o lugar tenha sobrevivido por tanto tempo sem pegar fogo por causa de um raio ou de uma tocha rebelde! "Lenha", como dizia a sua mãe, "esse vestíbulo é pura lenha".

Adam percorre duas faces do mezanino, andando sob aquele teto envidraçado, em meio a fagulhas pontiagudas de luz e de sombra, ouvindo o som dos próprios pés descalços pisando de mansinho, umidamente, nas tábuas do assoalho. Chega a outra porta e, mais uma vez, para e fica à escuta; imagina que pode ouvir a respiração branda da mulher dormindo lá dentro, e aquele som quase inaudível, diáfano, aguça os seus sentidos.

— O que está fazendo? — pergunta Helen, sentando-se bruscamente na cama, meio atordoada. Algo sempre vibra dentro dele ao som daquela voz que tem um tom sombrio, verdadeiro, como a nota de um oboé. A moça olha o espaço vazio na cama ao seu lado, põe a mão no travesseiro e sente que está frio. — Onde você foi? — indaga, franzindo o cenho.

É sempre assim: a beleza da sua mulher lhe causa o mesmo impacto que da primeira vez — impacto, sim, pois sente o seu efeito como uma pancada suave no coração. Por que escolher justo ele, quando tantos outros a tinham pedido em casamento sem sucesso? Fica remoendo essa pergunta, mas não consegue encontrar resposta para ela. Estranhamente, porém, isso é algo que também mexe com ele, proporcionando-lhe uma tremenda onda de excitação que simplesmente não pode explicar. Vira e mexe, brinca com a possibilidade de perdê-la; parece até alguém que, morrendo de medo de cair, acaba sempre se arrastando de volta à beira do precipício. Não dá para imaginar a vida sem ela. Pergunta-se se isso vai mudar; se um dia, já velho, cansado e desencantado, vai olhar para trás sem entender como pôde ficar assim tão inapelavelmente ligado àquela mulher... Afinal, ela é apenas humana, um ser humano como ele próprio. Não, não é verdade, ela não é como ele. Adam está convencido de que as pessoas bonitas, as poucas que são lindas como Helen, são diferentes: carregam a beleza como um fardo que não pesa, pelo contrário, por uma mágica qualquer, deixa tudo mais leve. Têm um jeito diferente de serem humanas, se é que o são...

Estão ouvindo o meu pai lambendo os beiços ali atrás? Tudo bem que ela não é nenhuma deusa de beleza, é apenas uma jovem humana... Mas é por isso mesmo que ele a deseja tanto. É exatamente a sua humanidade que o safado daquele velho libertino cobiça...

Nenhum dos dois trouxe roupa de dormir, e Helen, o que deixa o marido bem excitado, está com a camisa que ele usou na véspera, uma camisa azul-clara, como o seu pijama apertado, com listras brancas bem discretas. A moça continua a fitá-lo com um ar esquisito, com alguma estranha suposição na cabeça. O cômodo pequeno e quadrado é mobiliado com um monte de porcarias, coisas que, desde que aquele quarto deixara de ser seu, tinham vindo se acumular ali dentro, trazidas de outros cantos da casa. Havia a cama alta e antiquada, dois criados-mudos pintados de um marrom-chocolate nojento, uma mesa de pernas compridas, pintada da mesma cor, ostentando um conjunto de jarra e bacia de porcelana, e um espelho todo manchado, numa moldura de madeira. Havia ainda uma cadeira de assento de palhinha e, no chão, junto ao pé da cama, um baú de mogno com ferragens douradas, tendo, na tampa, a inscrição *SS Esmeralda* gravada a fogo. Algumas coisas que foram suas também tinham ficado, como o aeromodelo preso a um pedestal, um pôster desbotado de um time de futebol pregado na parede, um taco de *hurling* encostado num canto, parecendo até o fêmur de alguma criatura pernalta. O assoalho, feito de tábuas de pinho sem polimento, já deixou farpas em vários pés desprotegidos. A janela, defronte da cama, com uma cortina de musselina, deixa o quarto com uma luminosidade esbranquiçada que parece tornar tudo um pouquinho mais lento; reina ali o cheiro rançoso do sono.

— Eu acordei — diz Adam. — Fui até lá embaixo. Ouviu o trem?

Helen franze ainda mais a testa, inclina a cabeça para o lado e olha o marido de cara feia, parecendo achar que ele está de gozação e querendo lhe dar a entender que era melhor parar com aquilo. De que cor são os seus olhos? Devem ser azuis; isso mesmo, de um azul-escuro e profundo como o próprio mar da Grécia. A cabeça tem o formato perfeito de um ovo invertido, em tons de creme e dourado, assentado na longa brancura do pescoço como num pedestal de pedra polida. Está usando um novo corte de cabelo da moda, em diversas camadas intricadas bem coladas à cabeça, parecendo até pedacinhos de folha de ouro; Adam não sabe ao certo se gosta desse novo visual, mas não ousaria lhe dizer isso. No que se refere à sua mulher e às coisas que ela faz ou deixa de fazer, sente-se como alguém encarapitado no meio de um grande disco metálico girando a toda; com o mínimo gesto impensado de sua parte, esse disco começaria a se sacudir loucamente e acabaria por se soltar do seu eixo, entre guinchos e estalidos, atirando-o na escuridão com danos irreparáveis.

— Você estava aqui. Não estava lá embaixo coisa nenhuma — diz ela, mais parecendo estar desconcertada que tentando contradizê-lo. — Estava aqui, comigo.

— Não consegui dormir.

— Ah, é? — exclama ela, com um risinho seco e estranho. O jeito como diz isso o deixa também desconcertado. Helen ainda deve estar meio dormindo... Um pé descalço desponta sob a borda do lençol; Adam percebe a borda calosa do calcanhar e o seu peito já tão castigado parece se abrir e deixar escapar algo, como um daqueles pássaros de relógios, um cuco desesperado de amor. — Preciso ir ao banheiro — prossegue a moça. — Estou encharcada.

Quando sai da cama, as abas da camisa azul se abrem ligeiramente na frente e ele entrevê os seus pelos castanhos. Quer tocá-la, impedir que se vá, abraçá-la. Há uma remela no canto do seu olho esquerdo, aquele que é ligeiramente caído e tão charmoso. Helen passa por ele apressada, a caminho da porta, e o rapaz é brindado com uma breve visão de duas meias-luas pendentes de carne branca e luzidia aparecendo por baixo da camisa. Imagina-se lambendo aquele pontinho de muco já seco no canto do olho da mulher com a ponta da língua.

Encharcada?

Ajoelha-se junto da cama, debruça-se sobre as próprias mãos, como se prostrado em oração, e enterra o rosto naquele ninho ainda quente dos lençóis onde a sua mulher estava sentada um minuto antes.

O banheiro, minúsculo, é meio torto, estreitando-se a partir da porta até o ponto onde ficam a pia e a única janelinha do aposento, o que faz tudo ali dentro parecer ainda mais apertado. Metade do espaço é ocupado por uma banheira esmaltada, do tamanho de um sarcófago, com a borda lascada e uns veios marrons e esverdeados escorrendo das torneiras. Acima dela, fica o aquecedor gigantesco, também esmaltado e também lascado, que já não funciona há tempos, mas que ninguém pensou em retirar. Da primeira vez que veio passar uns dias em Arden e fez a besteira de tomar banho ali, quando ficou de pé machucou a cabeça na ponta afiada da lingueta metálica que se projeta por baixo do buraco onde, quando aquilo ainda funcionava, se acendia o piloto. Isso foi antes de se casar com Adam. Casar. Como sempre, essa palavra a bloqueia. Aos seus ouvidos, tem uma aura antiquada e levemente indecente, como um daqueles termos aparentemente inocentes que encontramos nas peças de antigamente, folgar, requebro, pomo.

A janelinha dá para um campo de cardos e, mais ao longe, para o círculo escuro de um pequeno bosque que parece encolhido com medo de algo. Por cima desse bosque, o sol da manhã derrama em vão o seu entusiasmo um tanto desanimado... Quando está lá fora, nunca consegue localizar aquele campo, nem aquele bosque. Por que será? Não que fique procurando por eles; é só mais um dos mistérios sem importância, mas irritantes, daquele lugar. Helen é uma garota da cidade e acha o campo chato, ou inquietante, ou ambas as coisas.

Levanta a camisa, segurando a parte da frente com as duas mãos, e se agacha no vaso, parecendo até uma galinha branca se preparando para botar um ovo. A velha tampa é um gigantesco aro de madeira escura envernizada que lhe faz pensar naqueles colares usados pelos cavalos de tração — mas onde teria visto isso? De início, o contato com a sua pele é frio e pegajoso; depois, fica quente e mais pegajoso ainda. Meio preocupada, fica atenta aos barulhos que acontecem ali, sob o seu corpo. Pode jurar que a casa inteira está ouvindo. Põe as mãos nos joelhos nus e fica olhando fixo para frente. A luz clara incide sobre o trecho da parede de um amarelo pálido que tem diante de si. Lá de baixo, lhe chegam sinais de vida da casa acordada, gente falando, uma porta se abrindo ou se fechando, um baque surdo que poderia ser qualquer coisa; o cachorro latindo, três *aus* inexpressivos; a tal porta de novo, desta vez batendo; passos leves na escada; um barulhinho rascante e repetido, para cá e para lá, como se alguém estivesse raspando as cinzas de uma lareira. Por que será que tudo que as pessoas ouvem assim a distância, vindo de aposentos nos outros andares, sempre lhes faz achar que todos estão fazendo coisas muito mais interessantes — trocando confidências, brigando, fechando altos negócios — que as banalidades a que elas próprias estão se dedicando no momento?

Parece que o velho Adam está morrendo mesmo; ao menos, foi o que disseram os médicos, e todos, à exceção de Ursula, já perderam qualquer esperança. É esquisita a ideia de não vê-lo mais em Arden; estranho não vê-lo mais em lugar nenhum. Como será morrer, pensa ela, como será estar morto? Será como alguma outra coisa? Talvez seja como estar sob o efeito de uma anestesia; o anestesista distraído indo embora para casa, todas as luzes do centro cirúrgico sendo desligadas, as portas, trancadas e os últimos passos rangentes se calando ao longo dos corredores compridos. Helen não sabe ao certo qual deve ser a sua reação diante daquela morte iminente. Sabe que o velho a deseja — bom, desejava —, pois o pegou fitando-a quando achava que ela não estava vendo; reparou no jeito como ele inclinava a cabeça para trás, passando as unhas pela barba sob o queixo, e viu como aquele pedacinho de pele branca entre as suas sobrancelhas se contraía, como se ele estivesse sentindo uma ligeira dor. Ficava toda arrepiada só de pensar nisso agora. Mas ele deve ter sido interessante no passado, bonito mesmo, com aquela testa estreita e as profundas entradas nas têmporas, o nariz grande e afilado, ligeiramente adunco, e os olhos pretos brilhantes. Não se parecia em nada com o filho — como aqueles dois podiam ser tão diferentes? No entanto, não gostaria de ser casada com o sogro, e não apenas pelo fato de ele estar morrendo. Por quê, então? Havia nele algo estranho; algo frio.

Estende a mão para o rolo e puxa um pedaço de papel higiênico. Aquele cheiro seco, de folhas mortas, lembra alguma coisa do passado — árvores, verão, um garoto —, mas a lembrança se vai antes que ela consiga retê-la. A descarga é acionada por uma corrente que tem, na ponta, uma pera de madeira polida e gasta de tanto uso.

— ah, que sonho!
No alto de uma montanha dourada,
Nós dois, só nós dois, e à nossa volta
O ar era azul, e infinito, e tão brando!

Espanta-se ao se dar conta de que praticamente fugiu ainda agora mesmo, do quarto e do marido, tomada por uma timidez nada habitual, quase vergonha, mais agradável que desagradável, aliás, e, nesse exato momento — como era possível? —, já recomeça a sentir um calor lá embaixo. O que deu nela? E, o que era ainda mais surpreendente, o que deu nele? Põe a mão entre as coxas e se apalpa, por dentro, com dedos escrupulosos. Imaginava que fosse encontrar a mucosa irritada e dolorida, mas não. Ergue a mão, levando-a ao nariz, mas tudo o que sente são os odores familiares. Teria sido um sonho? De jeito nenhum. Com toda certeza, algo sentido assim, com tamanha intensidade, só podia ser real.

Volta a pensar no velho moribundo.

Liberada, aliviada, levanta-se do vaso onde escorre a água da descarga, aproxima-se da janela e examina o que consegue ver do próprio rosto no espelho rachado com a moldura de madeira roída pelos cupins. Quem, a não ser o seu marido, podia ser o homem colossal que fez amor com ela daquele jeito, no quarto imerso na penumbra do alvorecer? E, se foi o seu marido, que transformação! As suas pernas ainda estão tremendo por causa daquele peso incrível sobre o seu corpo. As coisas que fez, e que mandou ela fazer... Não, nunca na vida... No espelho rachado na diagonal, o seu rosto fica partido em duas metades desiguais e um olho torto a fita espantado, com um ar um tanto cético. A manhã ressoa ao seu redor como uma pulsação; a descarga gorgoleja. Um restinho do seu próprio fedor picante ainda paira no ar. Pela janelinha, a luz do dia vai se intensificando, obrigando-a a estreitar os olhos. Essa luz do campo, de dar dor de cabeça, não é como a da cidade: é uma claridade mais luminosa, mais forte, como se, por trás dela, brilhasse uma outra luz, misteriosa, constante, com certo toque de acidez. A água que escorre da torneira como metal líquido lhe bate nos nós dos dedos e se espalha em filetes prateados. Tem a sensação de estar sendo abraçada, envolvida nuns braços, enlaçada. Aquele calor vai ficando mais forte, como um fogo sombrio. De olhos fechados, baixa a cabeça, apoia as mãos na borda da pia e se debruça, cenho franzido, tremendo com a lembrança de um prazer que parece fazer parte da dor. Teria caído se eu não estivesse ali para ampará-la com braços etéreos. É sempre assim depois que aquele velho libertino do meu pai faz o que costuma fazer com uma garota. Lembro bem da esposa de Tindareu e, mais tarde, a vagabunda da filha dela — Helena, também! —, que provocou toda aquela confusão em Troia e acabou levando a grande Ílion à destruição. Sem falar das outras cujo nome nem sei; desde então, foram tantas que nem dá para contar, todas traídas, abandonadas, esquecidas.

O marido está à sua espera no quarto. Já se vestiu. Enfiou uma camisa branca e uma calça ridícula de um tweed bem grosso, meio cor de ferrugem, apertada demais e que Helen nunca tinha visto antes — não pode ser dele; com certeza encontrou aquilo enfurnado ali, em algum lugar. Adam sempre faz coisas esquisitas quando está em Arden. Quando vem para cá, continua dizendo que vai para casa. Está sentado à beira da cama. Essa cama... É maior que as de solteiro, mas estreita demais para um casal; na véspera, Helen disse que estava com medo que ele se virasse dormindo e a imprensasse contra a parede, matando-a, como dizem que acontece às vezes com bebês que morrem sufocados porque a mãe deita em cima deles ao se virar na cama. A simples menção da palavra bebês deixou os dois calados; ele ficou olhando para um ponto qualquer, já ela se obrigou a fitá-lo, estreitando os olhos, desafiando-o a dizer alguma coisa, mas é óbvio que ele não disse nada. Observa agora tudo aquilo que pertencia ao seu marido, o tal avião, o taco de *hurling*, e, mentalmente, faz um muxoxo de desprezo. Adam está apoiado num dos braços, sorrindo para a mulher com certo ar de súplica. O que será que está querendo? Adoraria que ele tivesse descido. Queria tanto ficar sozinha... Não quer trocar de roupa na frente dele. Continua sentindo um resto de vergonha excitada, lembrando do sonho em que faziam amor. Pois, afinal, decidiu que aquilo tudo foi um sonho. O que mais poderia ser: ela parecendo acordar, vendo-o ali parado, em cima dela, envolto em luz, calado, sôfrego, com os braços esticados e as mãos segurando os seus seios? O que mais poderia ser?

Quando você voltar, quem mais poderia ser?
Que outro você existe por aí que eu possa amar?

Mais uma vez, ele faz um gesto na sua direção, com a mão em que estava apoiado; brincando, move os dedos pelo lençol como um caranguejo. Helen gosta das mãos do marido, quadradas e sempre quentes, mas agora não quer ser tocada e recua um tantinho quase imperceptível, afastando-se da beira da cama. Ele sorri, franzindo a testa.

— O que foi? — indaga. — Duffy pegou você andando por aí com a minha camisa?

A moça considera a possibilidade. Já teve ocasião de observar a liberdade com que o empregado circula pela casa, de vê-lo surgir do jeito mais inesperado nos momentos mais inoportunos, com a testa abaulada e aquele olhar ousado, inevitável. E se ele a tivesse visto saindo do banheiro e subindo a escada com a bunda de fora? Azar! Que visse... Não está nem aí para isso...

— Já foi ver o seu pai? — pergunta. A bolsa de viagem está no chão, aberta, com o conteúdo meio espalhado como se travando uma luta desesperada para escapar. — Como ele está?

Adam para de sorrir, mas mantém a testa franzida e projeta o lábio superior sobre o inferior. Como sempre acontece quando baixa um pouco a cabeça, uma mecha lhe cai no rosto e, impaciente, ele ergue a mão para ajeitá-la. Tem o cabelo claro e macio. Os olhos também são claros, de um azul límpido, como os dela, mas estranhos, de certa forma estranhos, e lá está esta palavra outra vez. No seu sonho, ele era ele, mas, ao mesmo tempo, não era. Uma criatura de fogo frio, queimando-a; e a boca de ouro.

— Não faço a menor ideia — responde o rapaz. — Ele está lá, deitado, sem fazer nada. Espero que não esteja sofrendo, mas como saber? — Cala-se por um instante e cata algo no lençol. — Caí no choro junto da cama dele.

— Foi? — limita-se a replicar a moça, como se estivesse pensando em outra coisa. Será que deve pedir para ir ver aquele homem que está morrendo?

Vai até a janela, abre a cortina de musselina, prende a tira num gancho fixado no parapeito e fica olhando para fora. Dizem que dali se vê o mar; ela, porém, nunca viu.

— Coitado! — exclama, e nenhum dos dois pode garantir se ela está se referindo ao pai ou ao filho. Lá embaixo, há um campo diferente daquele que se vê da janelinha do banheiro ou, quem sabe, pensa a moça, é o mesmo, só que visto por outro ângulo. Mas além dele não há bosque algum, apenas uma rampa verdejante — nem mesmo grama poderia ter aquela tonalidade de verde tão brilhante — e, mais adiante, o telhado e a única chaminé do chalé de Ivy Blount. Três vacas malhadas de preto e branco estão pastando como quem não quer nada. Um passarinho minúsculo desce de um galho a toda; mais parece estar caindo que voando, uma folha marrom e veloz que logo, logo não se pode mais enxergar. Aquele lugar tem um quê de irreal, principalmente no verão; a seus olhos, tudo parece uma montagem. De certa forma, tudo é plano demais, especialmente o que fica mais longe, mas os morros mais próximos também são assim, e a paisagem parece coberta por um leve matiz arroxeado, como um cenário malfeito.

Fez o papel de Hedda, e da srta. Julia. Circulou por todo lado com um vestido preto, seduziu, desprezou. Da última fileira, via-se o clarão dos seus olhos azuis. Estava com a faca e o queijo na mão. Agora, vai ser Alcmena, a esposa do soldado, doce, desnorteada, assediada. Que tom dar a isso?

— O quê? — indaga, virando-se.

Quando você voltar, quem mais poderia ser?

Tum, tum, tum, tum, *tum*. Parece até Duffy com aquelas botas enormes.

— Eu não disse nada — retruca Adam.

Com a testa franzida, a moça passa os olhos pelo quarto.

— Ela guardou até os seus brinquedos — diz, pensativa.

— Quem?

— A sua mãe, ora... Quem mais poderia ser?

Mais uma vez, lembra do homem de ouro do seu sonho, do peso imenso daquele corpo. Bem depressa, aproxima-se da cama — uma mênade, vejam só! Com alguma dificuldade, passa por cima do velho baú, vem de gatinhas pelo colchão e, com uma violência apaixonada, segura a cabeça do marido com as duas mãos e aperta o rosto dele contra os próprios seios. O rapaz tenta se esquivar e diz alguma coisa, mas o som sai tão abafado que ela não consegue entender nada. Sente a respiração dele junto à sua pele e a pressão de um dos botões da camisa que ele está empurrando com o queixo. Embora seja muito mais leve, tem a impressão de ser um verdadeiro gigante ali em cima dele, voraz, dominadora. Tateando, Adam levanta a camisa da mulher, põe a mão na sua bunda nua e ambos sentem o calor daquela carne. Ele está tentando dizer algo novamente, mas Helen não deixa, e aperta o rosto dele contra o corpo, virando-se para um lado e para o outro. O rapaz faz uns ruídos abafados, como se estivesse rindo. As unhas dele se cravam no seu traseiro, arranhando-a. Ela joga a cabeça para trás, soltando um suspiro selvagem.

O meu pai está mergulhado nos seus grunhidos letárgicos, em outro lugar qualquer, sonhando com alguma outra moça, espero eu. Mas venha até aqui, papaizinho: venha envergar os seus chifres e dar uma olhada no que esses seus menininhos estão aprontando...

O velho Adam se lança no passado como um pescador de pérolas, indo mais fundo a cada mergulho. Existe ali todo um mundo perdido: vê telhados e torres submersos, ruas por onde deslizam as correntezas, gente fosforescente como peixes, entrando e saindo de casas, passando por aposentos um tanto familiares, com os olhos de cavalo-marinho bem arregalados. Fica assustado; não quer se afogar como os outros, mas sabe que é o que vai acontecer logo, logo. Sente que a maré vai tragando-o aos poucos. Agarra-se a gavinhas; estas, porém, lhe escapam das mãos, frias, escorregadias. Vê um breve clarão, uma luz qualquer, mas, quando revolve a areia, não encontra nada, a não ser umas conchas, uns corais pontiagudos, fragmentos de ossos e, de repente, tudo escurece à sua volta. Está ficando sem fôlego. Sente o coração bater, ouve a pulsação nas próprias veias, um ruído oco, rápido. Luta. A água o envolve, pesada como correntes, e impossível de conter. Uma bolha bem grande lhe brota da boca — *Mãe!*

Acorda. Se bem que aquilo não é exatamente um acordar.

Mais uma vez, está na corcova da cidade que domina o estuário, com a sua igreja, a sua torre em ruínas, as suas casas apinhadas de telhado pontudo. Vê tudo à luz crua de abril, o céu de um azul lavado com uns punhados de nuvens brancas como a neve, nuvens de um cinza quase arroxeado, de um tom de castanho. De todas as chaminés saem baforadas de fumaça, como se uma frota em formação cerrada estivesse se fazendo ao mar. O vento agita as águas do rio, que vai se alargando, deixando-o coalhado de cristas brancas. Está tudo ali, de forma compacta e em miniatura, como uma cidade de brinquedo dentro de um daqueles globos de neve. Ainda é criança e tenta subir um morro junto a uma muralha de pedra bem alta. Está usando um casaco de tweed com um daqueles martingales nas costas, um boné e grossas meias de lã com as bordas dobradas para esconder umas ligas improvisadas feitas de um elástico branco já manchado. Carrega uma bolsa nas costas. São quatro da tarde. Do outro lado da ladeira bem íngreme há umas casas, e cada uma delas vai ficando um pouco mais alta que a outra. Uma tem uma fita de crepe preto amarrada à maçaneta, além de um cartão com um nome e uma data escritos a tinta preta. A porta está entreaberta. Alguém morreu, e qualquer um pode entrar para ver o corpo. Os bêbados da cidade são sempre os primeiros a aparecer para tomar uma bebida de graça e fazer um brinde ao falecido. Ele se detém e fica parado ali por um instante, olhando a casa. Poderia entrar. Poderia simplesmente empurrar a porta e ir direto para a sala. Encontraria alguém, uma mulher vestida de preto, com as mãos cruzadas à sua frente, os olhos vermelhos e as narinas um tanto inchadas. O menino apertaria a sua mão fina e fria e murmuraria algo; talvez nem dissesse nada. Atravessaria o aposento, com os sapatos do uniforme rangendo, e olharia impassível para o morto deitado no caixão envergando aquele terno que parecia quase irreal e segurando um rosário entre os nós dos dedos descorados. Haveria no ar aquele cheiro de flores e de cinza que emana dos que acabam de morrer ou, pelo menos, que sempre cerca alguém que morreu. A mulher lhe ofereceria bolos numa bandeja e um copo de limonada quente. Outras pessoas, que haviam chegado antes dele, estariam ali na penumbra, sentadas em cadeiras encostadas às paredes, segurando copos de uísque nas mãos vermelhas ou equilibrando pires e xícaras no colo, suspirando e se remexendo, murmurando aquelas delicadezas piedosas que tanto o irritavam.

Mas não atravessa a rua. Prefere seguir o caminho de casa, morro acima.

Os ventos da primavera deslizam pelas ruas como uma água impalpável. Aquele ar azulado de abril... As árvores se agitam, os ramos escuros e úmidos polvilhados de pontinhos verdes. O asfalto chega a brilhar. Uma rajada mais forte atinge as vidraças das janelas, fazendo-as estremecer e lançar farpas de luz. O carro do padre passa, com os pneus chiando na rua molhada. O menino o cumprimenta educadamente e, em troca, é solenemente abençoado no momento em que o reflexo de uma nuvem resvala de mansinho no para-brisa, parecendo até um peixe.

Um sujeito usando um velho casaco preto e uma calça de veludo já gasta nos joelhos sai pelo portão da igreja, levando uma pá nos ombros. Sem se deter, vira para o lado, pressiona uma das narinas com um dedo e, pela outra, expele uma pelota de catarro.

Ah, esse mundo rude está perdido!

A casa fica numa rua tortuosa, espremida entre as outras mais altas que a cercam, como se tivesse se enfiado ali um dia, furtivamente, para nunca mais sair. Ele mete a mão pela tampa da caixa do correio — gesto que sempre lhe provoca um calafrio de terror — e tira de lá uma chave amarrada num barbante. No vestíbulo, é recebido por cheiros familiares: cera de assoalho, carvão, sabão, gás de cozinha. Pendura o casaco e o boné num cabide, joga a bolsa no chão. A sua mãe, com o indefectível avental e uma mecha de cabelo que se desprendeu do coque, passa o dorso da mão no rosto; olha para o filho daquele jeito de sempre, desconfiada, cética, ligeiramente desesperada. Passa os dedos pela borda da mesa. O pai está no quarto dos fundos, recostado nos travesseiros da cama improvisada que foi preparada para ele no sofá de couro marrom a um canto do aposento, com as mãos grandes pousadas à sua frente, por cima do cobertor. O garoto lembra da fita de crepe na maçaneta daquela porta e pensa em si mesmo, parado ali na sala, usando as suas roupas de domingo, cercado por aquele cheiro de cinza e de lírios. O pai faz um ligeiro movimento, suspira e solta um barulhinho sibilante pela boca. O fogo brando da lareira tem um brilho assustador bem no meio, e o carvão tem o cheiro forte dos gatos. Pela parte mais baixa da janela, dá para ver um trecho do céu do entardecer, de um azul leitoso, e um pedacinho do muro coberto de musgo onde as galinhas da sua mãe fazem ninhos ilícitos e escondem os seus ovos. Junto dele, tem uns pés de groselha, uns canteiros de batatas, umas couves que goraram e ficaram tão altas quanto círios pascais. Depois, vêm os campos; além deles, as colinas rochosas e, mais adiante, qualquer outro lugar.

O primeiro presente que se lembra de ter ganhado foi um cachimbo de barro. Deve ter sido de aniversário. A sua irmã o levou à tabacaria e comprou o tal presente com o dinheiro que a mãe tinha lhe dado. O cachimbo vinha com um potinho de papelão encerado contendo sabão para fazer as bolhas. Foi experimentar o brinquedo no jardim, perto do galinheiro. Custou um pouco a acertar, mas, de repente, pegou o jeito. As bolhas hesitaram na borda da fornalha, ligeiramente trêmulas, e depois se soltaram e saíram voando na maior tranquilidade. Pareciam girar sobre si mesmas, como se a parte de cima fosse sempre pesada demais, e o excesso iridescente ia caindo pelas laterais. Às vezes, duas delas se grudavam, criando uma forma gorducha e oscilante que lembrava um pouco uma ampulheta, só que mais achatada. Eram feitas de uma substância etérea, um mercúrio transparente, incrivelmente fino e volátil, com as cores do arco-íris. Vinham estourar na sua pele como beijos frios e molhados. Aquelas bolhas eram um tipo diferente de qualquer outro lugar.

O pai morreu na época do Natal. A cama do quarto dos fundos foi desfeita, deixando o sofá no que parecia um buraco vazio no ar. Não voltaram a acender a lareira e, quando os dias de dezembro foram apagando a luz, o quarto ficou gélido e cada vez mais escuro. No fim, o moribundo se ergueu subitamente dos travesseiros, com um olhar assustado, e gritou algo numa voz tão forte e profunda que todos se espantaram. Não era a sua voz; parecia outra pessoa falando através dele. A irmã de Adam começou a chorar e saiu correndo do quarto, e os seus dois irmãos, com o rosto inchado e úmido, trocaram uma olhadela rápida e os seus olhos pareceram se dilatar. Aparentemente, o pai tinha gritado um nome, mas ninguém conseguiu decifrá-lo. Ficou olhando fixo para cima, com a cabeça trêmula e os lábios contraídos como os de um trompetista; depois, deixou a cabeça pender e ouviu-se um barulho como se ele estivesse se afogando.

A mãe disse às crianças que deviam comemorar o Natal como de costume; que o pai gostaria que fosse assim, já que era a sua época do ano favorita.

Preparou um bolo. Adam a ajudou, medindo os ingredientes na balança de ferro fundido com os pesos de bronze frios e pesados como ele imaginava que deviam ser os dobrões. Era noite. Tudo lá fora era uma quietude gelada, com os telhados íngremes de um cinza um tanto arroxeado por causa da geada, as estrelas cheias de pontas brilhando como gelo picado e a lua pairando lá no alto, no meio de um céu azul-escuro reluzente, miúda como se estivesse encolhida de frio. Diante da mesa, com as mangas arregaçadas, a mãe batia, numa tigela marrom, os ingredientes que ele tinha pesado. Mantinha a cabeça baixa, e Adam só notou que ela estava chorando quando viu umas lágrimas caírem na tigela, primeiro uma só, logo depois mais duas, abrindo três furinhos minúsculos naquela massa branca. Em silêncio, ela lhe passou a colher de pau e foi sentar junto da lareira, com o rosto virado para o outro lado, sem fazer ruído algum. O garoto segurou a tigela, passando o braço em redor da borda, como a vira fazer. Quando começou a mexer, as lágrimas formaram três pelotas acinzentadas que logo se desmancharam. Achava que nunca tinha visto a mãe chorar antes — mesmo parada ao lado da sepultura do marido, os olhos dela estavam secos — e ficou constrangido, sem jeito, querendo que ela parasse. Nenhum dos dois disse nada. Estavam sozinhos em casa. Será que ainda ia demorar muito para tudo aquilo se misturar completamente? Mas o que significava *se misturar completamente*? Cada grão dos ingredientes teria de ficar perfeitamente distribuído, com as partículas de sal e de fermento espalhando-se de forma equilibrada pela farinha, todas separadas umas das outras por uma distância determinada? Tentou imaginar aquilo: um campo branco, sólido, tridimensional, contendo uma rede densa e uniforme de partículas de outros tons de branco. E o que acontecia com a própria farinha que não tinha um único grão igual ao outro: como poderia ficar *completamente misturada*, mesmo que não houvesse ali dentro os outros ingredientes, traçando o seu próprio desenho? E como saber que aquele momento de perfeita distribuição já tinha sido alcançado? Como saber se estava na hora de parar de mexer para não romper o equilíbrio e fazer tudo aquilo voltar ao caos? Ficou olhando a colher girando e girando, formando depressões, lombadas e penhascos que desmoronavam naquela massa clara e porosa. A essa altura, onde estariam aquelas lágrimas? Até que ponto poderiam se fundir à mistura? Tudo no mundo era assim ligado de forma tão intricada e, ao mesmo tempo, tão firmemente disparatada? A mãe se levantou, assoou o nariz no avental e, sem dizer nada, pegou de volta a tigela e a colher de pau e recomeçou a bater a massa.

A tia veio da cidade para o enterro e acabou ficando para o Natal. Assumiu a casa, determinando onde pôr os enfeites e como decorar a árvore, encomendou um caixote de cerveja, além de garrafas de vinho do Porto e de uísque, supervisionou a distribuição de presentes e chegou até a rechear o peru enquanto a sua mãe ficou só olhando, atenta, com os lábios contraídos, sem dizer uma palavra. A tia era solteira e trabalhava para um advogado lá na cidade. Usava um casaco cinza-azulado com pelo de raposa na gola e na barra, um chapeuzinho preto que tinha, na frente, um véu também preto preso por um alfinete de pérola, e uns sapatos grandes, de salto alto e grosso. Aparentava estar sempre triste, mas de uma tristeza raivosa. Era feiíssima, com um rosto comprido que mais parecia a cara de um cavalo, e a boca cheia de uns dentes enormes, sendo que os da frente viviam manchados de batom. O presente que ela lhe deu foi um quebra-cabeça feito de umas barrinhas de aço reluzente, retorcidas para criar formas complicadíssimas, e ligadas umas às outras de um jeito aparentemente inextricável; no entanto, um instante de profunda concentração foi o bastante para o garoto perceber qual o macete de cada par e separá-los, fazendo a tia fungar, franzir a testa e soltar uma espécie de grunhido. Chegava a ser quase voluptuosa a satisfação que dava ver aquelas alças metálicas luzidias se separarem tão suavemente, com a facilidade de uma articulação azeitada, e, por um momento, a sua mente se tornou um espaço azul ilimitado, de uma calma radiante, em meio ao qual umas formas transparentes se moviam, se aproximavam, prendiam-se, soltavam-se, enfiavam-se umas nas outras indefinidamente, num vasto silêncio.

Não querendo ficar para trás, a sua mãe lhe deu um livrinho encadernado em tecido com curiosidades e fatos divertidos sobre números. Foi aí que ele descobriu o quadrado mágico. Como era esquisito ir somando os números das casas em cada coluna e nas diagonais e encontrar invariavelmente o mesmo resultado, o mesmo, mas, para ele, um resultado de certa forma sempre diferente. Essa impressão de novidade entre valores idênticos era algo que Adam não conseguia explicar. Como quinze podia ser diferente de quinze? Mesmo assim, a diferença estava lá, uma espécie de aura que não se podia ver, mas sentir, como o ar, como o calor — isso mesmo, nós, os deuses, estávamos ali com ele já naquela época —, como o ar que ele respirava, aquele ar que às vezes ficava preso nos seus pulmões e inchava a ponto de se tornar sufocante, tamanha era a sua avidez por mais fatos, mais enigmas, mais soluções. Pegou livros na biblioteca, escritos por gente que trazia umas letras depois dos sobrenomes impronunciáveis. Por conta própria, tentou resolver problemas e quebra-cabeças. Os termos o confundiam, torcendo-se e retorcendo-se, escorregando pelos interstícios da sua mente. Se fechava os olhos, tinha a impressão de enxergar as profundezas mais claras, onde brilhavam os algarismos, mas, quando chegava lá, só conseguia fragmentos e resíduos, e tudo ficava turvo, envolto numa bruma espessa.

Conta. Quantos passos tem de dar até chegar à escola. Quantas vezes, durante a aula, a professora diz determinada palavra. No caminho de volta, conta as frestas na calçada, com quantos homens e quantas mulheres cruza pela rua, quantos compassos no ritmo da caminhada para ir de um poste ao outro, quantas vezes o passarinho pousado naquele galho vai piar antes que ele passe junto da árvore. À noite, na cama, conta os batimentos do próprio coração. A impossibilidade de exatidão o atormenta. Tantos isso, tantos aquilo, mas, antes de mais nada, o que é a unidade?

E há ainda a questão do tempo. O que é um instante, por exemplo? Horas, minutos, até mesmo segundos são algo compreensível, pois podem ser medidos num relógio, mas o que as pessoas estão querendo dizer quando se referem a um momento, um lapso de tempo, um instantinho? Claro que são apenas palavras, mas palavras que pairam sobre profundezas silenciosas. O tempo flui ou é uma sucessão de imobilidades — instantes — movendo-se tão depressa que nos dão a impressão de se unirem numa onda que jamais se quebra? Ou existe apenas uma grande imobilidade, espalhando-se por toda parte, em todas as direções, e através da qual nos movemos como nadadores dando braçadas num mar infinito e indiferente? E por que ele varia? Por que o tempo de uma dor de dente é tão diferente daquele em que a gente está comendo uma bala, uma das tantas balas que, com o tempo, vão provocar mais uma cárie? Agora mesmo, existem luzes no céu que se desprenderam das suas fontes há um bilhão de anos. Mas são luzes? Não, é apenas luz, fluindo sem cessar, deslocando-se a cada instante.

Tudo ultrapassa as suas próprias bordas, tudo penetra em tudo mais. Nada é separado.

Será que o trem da manhã já passou? Será que a sua mulher já lhe fez a primeira visita do dia?

As águas do tempo se turvam, os vultos se movem em silêncio.

O pai dos deuses está de mau humor. É sempre assim quando uma das suas garotas, na maior inocência, volta para o seu verdadeiro, ou melhor, o seu legítimo companheiro, como não poderia deixar de ser. Afinal, o que ele queria? Aproxima-se delas disfarçado, transforma-se num touro, numa águia, num cisne, ou, no caso, num marido, e acha que vai fazer com que elas o amem — ele mesmo, e não aquele ou aquilo que está fingindo ser, como se fosse um mortal igual a elas... É... O amor, isso que eles chamam de amor, deixa o meu pai inteiramente louco, pois é uma das duas coisas que os de nossa espécie não podem vivenciar; a outra é obviamente a morte. Ele está convencido de que ambos estão intimamente ligados, a ponto de, no seu caso, pelo menos, um levar à outra. Nesse ponto, admito que não deixa de ter razão. Não há dúvida que o amor dessas mulheres o leva à exaustão. Não o ato em si, pois há éons que ele não nos dá prazer algum, desde que o mundo ainda era jovem e fecundo, exigindo de nós constantes cuidados geradores — lembram-se de todo aquele rebanho de éguas com o traseiro voltado para o Norte, aguardando um sopro inseminador de Bóreas, o titã das asas de âmbar? Nem é o esforço, inútil, diga-se de passagem, para extrair delas uma reação apaixonada que suga as suas forças, deixando-o exausto e prostrado. Nada disso. É algo na troca em si, naquele inevitável vaivém entre a humanidade da moça e a divindade do meu pai, que o deixa tão debilitado, apesar de ele adorar...

Aliás, é por isso que sempre volta, querendo mais. Cada vez que se enfia na essência de uma garota, consegue, em troca, ao menos acredita que sim, mais um maravilhoso gole, puro e precioso, de morte. Pois ninguém ignora que ele obviamente quer morrer, como todos nós, imortais.

Esse amor, esse amor mortal é criação deles próprios, algo que não pretendemos, previmos ou autorizamos. Como poderia então não nos fascinar? Se demos a eles aquela irresistível compulsão entre as pernas — Eros e Ananke trabalhando de mãos dadas — foi só para que tivessem condições de superar a repulsa pela carne do outro e se unir de bom grado, ou mais, no ato de procriação, já que, depois que os fabricamos, não tínhamos lá muita vontade de deixá-los morrer. Afinal, eram criação nossa, para o bem, ou, o que quase sempre acontece, para o mal. Mas quem diria! Vejam só o que eles fizeram com essa história de bolinação... É como se déssemos umas sobras de madeira e um balde de lama a um filho levado só para mantê-lo ocupado e, de repente, ele fizesse uma catedral inteirinha, com batistério, torre, cata-vento e tudo o mais. No recinto desse edifício consagrado, eles concedem asilo um ao outro, perdoam-se mutuamente os defeitos, os suores e os cheiros, as mentiras e os subterfúgios, e, acima de tudo, o seu inextirpável egocentrismo. É isso que nos deixa atônitos: ver como conseguiram escapar à nossa área de influência e, de certa forma, tornaram-se livres para perdoar um ao outro tudo aquilo que eles não são.

E a coisa toda é sempre uma fantasia autoinduzida. O que o meu pai, que tanto deseja o amor deles, não vê nem vai ouvir é que o que o amor ama é exatamente a representação, pois ele não conhece mais nada além de representação. Ou talvez nem isso. Mostrem-me dois mortais em plena função e eu lhes mostrarei dois espelhos, levemente rosados, lisonjeiramente distorcidos, envolvidos num abraço de incompreensão mútua. Eles amam para poder ver os seus eus malabaristas magnificamente refletidos nos olhos dos amados. O que estão buscando é a imortalidade — isso mesmo, desejam aquilo de que daríamos tudo para nos livrar —, ou, ao menos, a ilusão dessa imortalidade, tendo a impressão de que vão viver para sempre num instante de paixão. Daí os seus rituais de entrega e comilança. *Ágape*? Pois é... Nesse banquete, comem-se mutuamente, devoram-se inteirinhos. E é isso que o meu pai tanto cobiça: os pequenos arrebatamentos que eles próprios fabricaram e dos quais o grande Zeus está excluído.

Os tais dos trovadores e os seus cantares têm muita culpa nessa história toda.

Enlouquecido de excitação, como um cachorro velho cheio de pulgas, o meu divino pai se coça, se coça, até acabar exausto. Nada de touro ou ave; um velho cão sarnento, isso sim. Ou, se preferirem, um pobre garoto, um jovem pastor, digamos, que, para espiar um bando de ninfas no banho, se esconde todo encolhido num bosquezinho ático qualquer, se esfrega freneticamente e solta uns gritinhos entrecortados de êxtase angustiado. O que mais o meu pobre velho pode fazer? Elas não vão amá-lo — nem sabem quem ele é, já que só podem ver o estranho disfarce sob o qual se apresenta, seja ele qual for, e não têm imaginação suficiente para fazer ideia do que seja um deus. Mesmo assim, ele continua implorando por uma palavra, uma promessa, um compromisso. É patético! Hoje de manhã, com a jovem esposa de Adam, o meu pai foi mais abjeto nas suas solicitações do que em qualquer outra ocasião que eu já tenha visto. Foi uma vergonha, e eu teria me afastado daquela cena se às vezes não houvesse, também em mim, uma Dafne ofegante espiando um mundo de prazeres e de paixões que está muito além do seu alcance...

Além do mais, eu vinha trabalhando muitíssimo e bem que merecia um pouquinho de diversão. O meu pai não apenas me mandou ficar vigiando para ter certeza que não ia ser perturbado nos seus amores ilícitos; ainda tive de fazer o marido da senhora

Helen ter insônia e sair andando pela casa para deixar um lugar vazio na cama. Depois — vocês nem fazem ideia! — recebi ordens para atrasar a aurora por uma hora, pois, assim, o velho teria um tempinho extra para seduzir a moça, que não desconfiava de nada. Tentem imaginar o esforço exigido por esse pequeno prodígio de prestidigitação: deter o percurso das estrelas, retardar a rotação do mundo, fazer todos os galos engasgarem... E a quantidade de ajustes subsequentes? Experimentem ir explicar àquele genioso do Fáeton por que lhe puxaram as rédeas, ou à Aurora de dedos rosados por que tive de lhe dar um empurrão. Mas o dia tinha de se atrasar em uma hora, e se atrasou.

Pensem só na cena.

Quando a paixão estava finalmente saciada, os dois ficaram deitados na cama, nus, recostados num monte de travesseiros naquele lusco-fusco azulado do amanhecer. Ou melhor, ele ficou recostado, apoiado num dos cotovelos, aninhando no colo a cabeça dourada e os ombros lustrosos da moça. Ela ergueu o braço esquerdo e o passou com uma facilidade um tanto displicente pelo possante pescoço do meu pai, que olhava para frente sem fitar nada. Nos seus olhos antigos, havia aquele ar de exaustão, de esperança destroçada, de melancolia atormentada que vi tantas vezes — muitas mesmo — nesses momentos. Ensaiava mentalmente o questionário milenar. Quando falou, não foi a sua voz que ela ouviu, mas a do marido, e foi o hálito familiar do marido que lhe bafejou os seios, um zéfiro decadente. Familiar, sim, mas, verdade seja dita, de uma doçura nada habitual para essa hora sonolenta da madrugada, já que, ó céus, eles geralmente fedem pela manhã.

— As pessoas casadas podem estar apaixonadas? — pergunta ele, na voz do jovem Adam. — Quero dizer, continuam tão profundamente, tão desesperadamente envolvidas uma com a outra quanto no tempo de namoro?

Sempre que ele começa essa conversa, o seu coração dispara e ele pensa: "Quem sabe, desta vez...?"

— Humm — murmura ela, e se ajeita, aconchegando-se mais naquele corpo, fazendo os velhos pelos secos do seu baixo-ventre estalarem sob ela como um arbusto de espinheiro. — Você faz cada pergunta... E nas horas mais estranhas...

A mão grande e pesada do braço que está passado pela barriga da moça faz um carinho na sua coxa quente. — Sabe? — diz ele. — Não é o seu marido que está aqui agora.

Helen sorri. Ele vê a sua boca de cabeça para baixo, com os lábios contraídos, recurvados como o pequeno arco dos mirmidões quando retesados. Os olhos dela estão semicerrados, sob as pálpebras que estremecem ligeiramente. — Quem é, então? — indaga.

Depois de um momento tenso, ele responde: — Ora, o seu amante, é claro!

— Ah, claro — diz ela, com um suspiro de satisfação, aninhando-se ainda mais naquele corpo. — Ele também.

Que silêncio... Não se ouve um som que seja nesse mundo suspenso. Ela abre os olhos e tenta fitar as sombras insondáveis acima da própria cabeça, mas em vão. Uma tranquilidade feliz percorre as suas veias. Pensa no bebê que perdeu no ano anterior, não com aquela pontada tão familiar que chega a lhe tirar o fôlego, mas com calma, até mesmo com algum distanciamento; é como olhar para trás numa planície e ver apenas vestígios de poeira onde, pouco antes, havia fogo, ruínas e lamentos. O bebê morreu dentro dela com poucas semanas de uma espécie de vida. Na verdade, ainda nem era exatamente um bebê. Ela o imagina como um molusco macio pendendo da parede do seu útero, cego e atônito, ao sabor das correntes amnióticas, assaltado pelos sons abafados das entranhas da mãe funcionando, uma coisinha frágil e impossível.

— Mas qual dos dois você preferiria — insiste o meu pai, e ela sente os dedos dele se retesarem na sua coxa —, o amante ou o marido?

A moça podia ter ficado irritada, mas não: achou aquilo engraçado. Está acostumada com aquelas chatices do marido, a sua mania de insistir em fazer todo o percurso de qualquer indagação até chegar ao seu final lógico, como se as coisas tivessem um final, como se elas fossem lógicas. Quer ser o próprio pai, reduzindo a vida a uma série de contas. Mas Adam não é rígido como o pai; é mais jovem do que o velho jamais foi, e o amor, sem qualquer lógica, é a sua fraqueza. Para que precisaria de um bebê uma vez que tem a ele? Este é um dos seus pensamentos mais secretos, um daqueles que jamais expressaria.

— Marido ou amante... — diz. — Qual a diferença entre os dois? Uma aliança?

— Um compromisso.

Com um gesto rápido, Helen inclina a cabeça para trás, tentando erguer os olhos para o marido. A sua voz tinha soado tão estranha, tão profunda e estranha, que parecia até que ele estava fazendo um voto solene. — Não percebe — prosseguiu ele, naquele mesmo tom mais grave, francamente ansioso — que o que sinto por você ultrapassa muitíssimo tudo que um simples marido jamais poderia sentir? Não notou isso agora, aqui, comigo? Alguma vez já foi amada desse jeito?

— Ah! — exclamou ela, rindo. — Foi divino, com toda certeza... — Está de novo fitando a escuridão de certa forma luminosa. Percebe que ele assentiu com um gesto.

— Exatamente — replica ele. — E você nunca vai esquecer essa noite, não é? Quando o sol nascer e o seu marido voltar, vai se lembrar de mim... Não vai?

— Mas você é ele!

— Vou estar nele, sim, mas ele não será eu.

— Bom, que seja... Você está me deixando tonta — replicou a moça e, com o braço passado pelo seu pescoço, puxa o rosto do marido e o beija na boca de cabeça para baixo. — Ué!

— exclama, estremecendo ligeiramente. — Parece até que você tem barba!

— Prometa — sussurra ele, com o rosto sem traços definidos sobre o dela —, prometa que vai se lembrar de mim.

Helen segura então aquela cabeça pelas orelhas, como se fosse uma ânfora, e tenta sacudi-la. — Como poderia esquecer você, seu bobo?

Quando ela o solta, ele volta a se recostar nos travesseiros e a moça percebe que, por trás da cortina rala, a janela está acinzentada. Há um brilho num dos trilhos da cortina; já se pode ver o contorno do pôster de futebol e, ao olhar para o próprio corpo, enxerga os dedos dos pés. Tudo aconteceu depressa demais, e foi tanta coisa... As suas pálpebras se fecham. *"Prometa!"* Num sussurro, a palavra volta a se fazer ouvir, mas, desta vez, vinda de muito longe. Tenta dizer sim, tenta verbalizar aquele compromisso, embora não saiba dizer exatamente com o que estaria se comprometendo; limita-se porém a suspirar, puxar o lençol para se cobrir, virar para o lado e pegar no sono.

Agora, o bobo do meu pai também está dormindo, depois de despejar as suas queixas quanto à inconstância das moças — logo *ele*, se queixando da inconstância! — e aos seus maridos intrometidos, pobres patetas, que nem sabem que foram traídos. Sorte do jovem Adam que não levou um raio pelas costas quando, satisfeito da vida, traçou a esposa ali, naquela mesma cama que o meu pai demorou tanto a deixar, à luz desse dia que pude enfim permitir que raiasse. E, a essa altura, o grande deus, tendo dado vazão aos seus ardores, está estirado numa nuvem com o polegar enfiado na boca, sonhando com sabe-se lá o quê. Está com o coração partido, ou estaria, se tivesse coração. Não me entendam mal: de certa forma, tenho pena dele. Também já me vi no dilema em que ele se encontra, ou em alguns bem parecidos. Estou pensando em

Acacális, a filha de Minos, e na bela Quione, mãe do meu filho Autólico — isso mesmo, o meu pai não é o único: tive os meus casos com algumas mortais, e, depois, exatamente como ele, mordi os dedos de raiva e de dor quando fui obrigado a devolver uma ou outra daquelas garotas ao imbecil a quem ela estava ligada. Acho, porém, que não padeço dos mesmos efeitos debilitantes, essa prostração e esse desânimo que acometem o meu pai ao término das suas aventuras carnais. Parece, inclusive, que as coisas estão ficando cada vez piores, o que seria impossível, já que nada pode mudar no nosso mundo imutável, seja para o bem, seja para o mal. Talvez ele esteja mesmo morrendo; talvez essa busca incessante pelo amor o esteja matando, e por isso ele insista com tanto empenho, porque deseja que isso o mate.

Um deus moribundo! E não um qualquer: o deus dos deuses! Ah, mortais... Cuidado. Zelem pela sua alma, pois se ele se for, tudo vai embora com ele, bang, craque e pronto. Se estivéssemos numa ópera, diria que a sua *Liebestod* se transforma em *Götterdämmerung*...

Preciso confessar uma coisa. Eu me permiti uma aventurazinha hoje de manhã, quando me cansei de ficar espionando os prazeres do meu pai com a sra. Adam, que supostamente estava sonhando, e depois de acertar os relógios e ajustar tudo direitinho com relação ao amanhecer. Absolutamente inquieto, saí andando pela casa, procurando um jeito de me divertir, e como não encontrei nada que me atraísse — a senhora Helen estava dormindo, e, acima de tudo, fora do meu alcance, e a pobrezinha da Petra dificilmente seria uma candidata adequada aos meus propósitos —, resolvi ir lá para fora e, num piscar de olhos, me vi diante do chalé de Ivy Blount. É uma construção sombria, de dois andares, com o telhado de ardósia estreito e pontudo, umas janelas em arco com as molduras pintadas de um verde bem escuro, lustroso, e particularmente desagradável, chegando até a ser sinistro. Quando me viu, Ivy soltou um gritinho de morcego — até quando se assusta ela hesita — e levou a mão à boca, como se espera que as criadas façam, mesmo as mais velhas.

— Deus seja louvado! — exclamou. — Como entrou aqui?

— Pela chaminé — respondi, acho que exagerando um pouco no jeitão ríspido, pois entrar plenamente na pele de um personagem é coisa que leva algum tempo, mesmo para um deus. Mas Duffy, o vaqueiro, é um sujeito grandão e o seu porte me cai às mil maravilhas. O nome dele é Adrian. Percebo que Ivy não o chama pelo nome, aliás, não o chama por nome algum, por conta de certa reserva natural entre os de sua classe e safra — é filha dos recatados anos 1950 —, aliada a uma incapacidade de levar a sério as atenções que o outro insiste em demonstrar a seu respeito. Vejam bem: ela não é indiferente a esses encantos um tanto rudes, de jeito nenhum; simplesmente não consegue acreditar que esse homem robusto possa estar romanticamente caído pela solteirona empedernida que ela já admitiu ser — ele deve ter bem uns dez anos menos que ela própria. No fundo, no fundo, desconfia que Duffy está de olho é na casa, na sua casinha...

Bom, mas ali estava eu, esse traquinas incorrigível, encarnado na pele de um filho da terra de mãos calejadas, o próprio Gabriel Oak, envergando um velho paletó de tweed, calças de veludo, camisa de algodão sem colarinho e um lenço vermelho, preso ao pescoço com um nó meio frouxo. Suponho que um belo par de perneiras de couro teria dado um toque final à minha aparência, mas, por uma questão de prudência, acabei desistindo da ideia, embora a contragosto.

Aquelas janelas pintadas de verde continuam a me incomodar, e não sei bem por quê.

Ivy estava sentada numa das cadeiras da cozinha, ao sol que entrava pela porta aberta. No colo, a galinha que acabou de matar — isso mesmo, a tal marrom pintada, de patas alaranjadas — e que estava agora depenando. Quando se virou, assustada com o som dos meus passos às suas costas, as pernas da cadeira arranharam o chão de lajotas. O sol da manhã batia em cheio na soleira. Havia ali um cheiro que era um misto de galinheiro, folhas de chá maceradas, grama úmida e aquele toque particular, pungente, que lembra groselha e que o campo exala nas manhãs de verão. Fiquei com aquela expressão — sincera, emburrada, aborrecida — que Duffy sempre parece adotar na presença da srta. Blount. O aborrecimento é resultado daquele ressentimento que todo mortal experimenta com relação àqueles por quem se sentem atraídos; imagino até o rosto de Aquiles, filho de Peleu, se anuviando quando Pátroclo, o rapaz que ele amava, entrou ruidosamente na sua tenda pela enésima vez. Ivy tem um rosto comprido e pontudo, e o seu cabelo castanho e revolto lembra um ninho de gralha; mas, justamente por isso, aliado ao fato de o primeiro rubor da juventude ter há muito desaparecido do seu rosto, ela acabou adquirindo uma beleza sutil, bem peculiar. O seu sorriso, raro e radiante, faz surgirem ligeiros pés de galinha encantadores em ambas as têmporas, e, quando sorri, ela logo trata de baixar a cabeça, encabulada, parecendo voltar a ser menina outra vez por um segundo que seja.

— Queria falar com você — disse eu.

Ivy tinha retomado aquela sua tarefa nojenta — a aparência horrível da pele de uma galinha depenada não lembra o que imagino ser a aparência e a textura do traseiro de um velho? — e deu um risinho que mais parecia uma fungadela. — Ah, é? E posso saber sobre o quê? — Ela também tinha uma voz doce, clara e branda; usava-a para falar três ou quatro línguas, graças ao tempo que passou num colégio suíço do qual foi mandada embora, sem maiores explicações, e no meio do ano letivo, quando a fortuna da família desapareceu.

— Sobre o futuro — respondi.

— Bom, é um assunto bem vasto...

Parei no vão da porta, com as mãos nos bolsos da calça, e fiquei olhando para ela. Reparei que a sua cabeleira, tão abundante por todo lado, está rareando no alto da cabeça, deixando ver a pele branca reluzindo ali debaixo, como se a mãe-gralha tivesse posto um ovo bem naquele local.

— Não vai me oferecer uma xícara de chá? — indaguei.

— Como pode ver, estou ocupada — replicou ela, sem erguer os olhos do trabalho que fazia. E que habilidade! As penas saíam pairando e iam pousar no piso. — Mas você apareceu cedo hoje...

— Lá na casa todos já estão em plena atividade — disse eu. — Exatamente como você.

— Está vindo de lá?

— Estou.

— Nenhuma novidade?

— Nenhuma.

Era assim que eles se referiam à questão do falecimento iminente do velho Adam.

Fui até o armário que fica defronte da porta dos fundos e peguei uma caneca marrom bem grande que estava pendurada num gancho. Havia uma jarra de leite em cima da mesa. Enchi a caneca e tomei tudo. O leite estava morno e visivelmente azedo; um dos interesses incidentais de assumirmos por algum tempo a forma mortal é que isto nos dá a oportunidade de experimentar novas sensações. Nunca tinha provado leite azedo antes; e não pretendo provar outra vez. Voltei para o vão da porta. Ivy me olhou desconfiada por baixo de uma mecha de cabelo. — Você está com um bigode branco — observou. Passei o dedo sobre o lábio superior, achando que tinha dado uma mancada quanto ao meu disfarce, mas claro que era apenas um bigode de leite. Resolvi testar de novo a extensão das liberdades de que Duffy gozava naquele chalé. Tinha me servido de leite como se eu fosse o dono da casa e não ouvi nem um ruído de protesto. Era uma liberdade bem modesta, admito, mas, nessa área, são justamente as coisas miúdas que podem acabar sendo as mais reveladoras.

— O que estou querendo dizer — principiei, estreitando os olhos por causa do sol — é que sustentar uma casa hoje em dia não é brincadeira. — A horta de Ivy, modesta mas escrupulosamente bem-cultivada, é protegida, na outra ponta, por uma cerca de brinco-de-princesa carregadinha de botões de um rosa intenso. Era uma bela visão, aquelas campânulas coloridas, a folhagem escura e, mais adiante, várias outras tonalidades de verde, dos taludes, dos campos, das árvores. Ivy não esboçou qualquer resposta à minha observação; ficou só esperando para ver como eu ia prosseguir e, pelo que pude perceber, com o maior interesse. No entanto, eu me calei. Adoraria que ela me ajudasse com uma palavra que fosse. Vocês precisam entender que um deus não é um cavalheiro e não há nada de que mais goste que brincar com o coração de uma dama, mas existem regras que se aplicam até mesmo às divindades, e, para manter a elegância do jogo, eu tinha de agir com cautela e deferência. Só que não tinha o dia todo... — A minha — acrescentei — está me levando à ruína. — Duffy também tinha um chalé e não muito diferente daquele onde estávamos. O seu também era meio torto, sombrio, com paredes de pedra, e ficava do outro lado da colina. Morou ali a vida toda, até pouco tempo atrás na incômoda companhia da mãe viúva, uma criatura de maus bofes que todos diziam ser bruxa e que só morreu no ano passado, com idade bem avançada.

— Levando à ruína! — exclamou ela, fingindo espanto e, discretamente, debochando de mim. — Que horror!

O gato de Ivy apareceu, saindo furtivamente do gramado que ficava do outro lado do pátio calçado de pedras. Tom, ele se chama. É um velho animal já meio caindo aos pedaços, com umas malhas de um marrom-acinzentado que me lembram lesmas; a cara é cercada por uns tufos de pelo arrepiado, parecendo um colarinho torto e mal-ajambrado, como se, num momento qualquer do passado, ele tivesse tomado um tremendo susto do qual nunca conseguiu se recompor. Ao me ver, parou e ficou só olhando, estreitando os olhos verdes e com uma pata parada no ar. Deve ter achado esquisitíssima aquela história de um Duffy que tinha tudo de Duffy e, no entanto, não era ele.

— O telhado lá de casa desabou — prossegui —, ou melhor, praticamente desabou.

Tirei uma latinha de tabaco do bolso esquerdo meio rasgado do paletó, um maço de folhas de papel do direito e enrolei um cigarro com uma mão só. Não foi nada fácil. Quanta coisa essa gente aprende no seu breve tempo de vida!

— É... Um telhado novo seria uma despesa e tanto — retrucou Ivy, num tom voluntariamente neutro. Fiz todo aquele malabarismo com o cigarro para impressioná-la, mas ela não se abalou. Sabe que a mãe de Duffy deixou um maço de notas enfurnado numa meia de nylon debaixo do colchão, mas desconfia que a quantia não seja lá essas coisas. Ah, claro, pensa, claro, ele está de olho é nesta casa.

Aliás, tenho o prazer de informar que esta é a última vez que vamos ouvir falar da chata daquela velha bruxa Duffy.

— Eu venderia amanhã mesmo — disse eu — se achasse que poderia conseguir um preço decente por ela.

A galinha já estava depenada; mesmo assim, Ivy não ergueu a cabeça para me olhar. O dorso das suas mãos é todo manchado, e os seus dedos parecem uns feixes de gravetos finos e secos. Lá no pátio, Tom, o gato, subitamente perdeu o interesse por mim, sentou-se, levantou uma das patas traseiras e, na maior calma, começou a lamber o buraquinho franzido e cinzento que fica debaixo do seu rabo. Ouvi aquela mistura de zumbidos característica do verão e pensei: como esses humanos são inseguros; como hesitam e tateiam com relação às suas motivações, escondendo dos outros e de si mesmos desejos, esperanças e temores, agindo como as eternas crianças que são.

— E… — principiou Ivy com uma voz abafada, longínqua, com o corpo ainda inclinado para frente, na direção oposta à que eu estava — o que você faria depois?

Descalçou as botinas e deixou-as nas lajotas onde estava batendo sol. Os seus dedos artríticos eram todos tortos e encalombados. Ela os mexeu, bem devagar. Como os pés são esquisitos: tuberosos, fibrosos, parecendo coisas que crescem debaixo da água. Desviei os olhos, constrangido; é estranho como as mínimas demonstrações de intimidade, como pés descalços, podem sobressaltar um mortal, mesmo sendo um camponês robusto como o sr. Duffy. Acima do rebaixo onde fica a casa, o céu estava de um azul profundo, cheio, tendo, aqui e ali, umas nuvenzinhas que mais pareciam uns fiapos de algodão. De vez em quando, esse mundo parece um verdadeiro faz de conta, um simples desenho colorido de criança… Com aquele seu jeito arrogante, o gato veio se aproximando e, me ignorando solenemente — era óbvio que tinha decidido que eu era um fantasma —, foi se esfregar nas canelas ossudas de Ivy, que são cobertas de marcas de antigas frieiras.

— Quer dizer… onde vou morar? — indaguei, passando a mão pelo cabelo. Duffy tem o maior orgulho daquele cabelo tão preto, tão lustroso, tão extravagantemente ondulado. Nunca o lava, deixando-o manter-se por conta própria, como os bichos fazem com o pelo. Aparentemente, também não cuida dos dentes pois, ainda agora, quando passei a língua por eles, senti um gosto amargo, muitíssimo desagradável, que parecia até absinto. — Pois é. Tem esse problema, não é?

Como se pode perceber, em matéria de paquera, não saí ao meu pai… Mas o que me falta em intensidade me sobra em dissimulação. Vocês vão ver só.

De repente, de um jeito quase violento, Ivy se levantou da cadeira, passou por mim e entrou, levando no colo a galinha que, assim, já não parecia mais o traseiro de um velho, mas sim um bebê gordo e acinzentado. Os seus pés úmidos foram deixando sua marca pelo caminho, com um traçado maravilhosamente esguio e estilizado — estranho como essas extremidades tão feias podiam deixar pegadas tão lindas! Mais que depressa, o gato foi atrás dela, sem fazer ruído algum. Já eu não saí da porta; continuei recostado no portal e virei a cabeça para segui-la com os olhos. O que fiz do tal cigarro? Ivy depositou a galinha na mesa, de barriga para cima, com o pescoço caindo pela borda do móvel, e as patas da ave se encolheram devagarinho, de um jeito horrível, me deixando meio nervoso.

— Se tem alguma coisa a me dizer — exclamou ela, com uma voz nitidamente trêmula —, pois diga de uma vez!

Que quadro impressionante deve ter sido aquele! Uma cena de costumes digna de um dos mestres holandeses de segunda categoria: eu, na soleira iluminada da porta, ela na penumbra reinante no aposento, e a galinha, natureza morta, em cima da mesa; e vejam o gato, a louça no armário, porcelana delf, como é chamada — originária de Delft! —, o vermelho e o preto das lajotas do chão e aquela nesga do dia ensolarado, na porta às minhas costas, calado e tranquilo como dinheiro. A pobre Ivy esticou um dos braços em direção à mesa para se apoiar e me olhou com um ar tão carente e indefeso que cheguei a ficar com remorso. Alguma coisa a lhe dizer? Não, não tinha nada a lhe dizer. Só estava me divertindo, brincando com uma das minhas criaturas, como tantas vezes acontece.

Virando-me para sair, fiz um gesto com a cabeça apontando a jarra em cima da mesa. — Aquele leite ali — disse eu — azedou.

Adam está se sentindo como o seu xará no primeiro dia no Paraíso. Está deslizando, isso mesmo, deslizando por uma estradinha na velha caminhonete do seu pai, com o cotovelo apoiado na janela aberta, assobiando "Lillibullero", a única música que conhece. O carro é um dos modelos originais Salsol, equipado com um conversor de água salgada que faz um barulho danado e fica instalado numa caixa preta bem grande debaixo dos bancos da frente. A janela do carona também está aberta e, nas retas, quando ele pisa fundo no acelerador, todo aquele verde passando e se agitando de ambos os lados faz o seu coração pular com uma empolgação infantil. O sol da manhã já adiantada está bem forte, e o ar que vem lá de fora tem cheiro de poeira, mato e de um monte de coisas que brotam por ali, mas são uns aromas tão leves e tão misturados que ele não consegue identificá-los pelo nome, mesmo que soubesse esses nomes. Por algum tempo, quando era mais moço, chegou a pensar em se tornar jardineiro profissional; não que tivesse alguma queda especial pela agricultura ou conhecesse as implicações dessa atividade, mas achava que seria um jeito agradável e produtivo de ganhar a vida. O seu interesse nasceu com a recente derrocada da teoria evolucionista de Wallace e a consequente comoção nas ciências naturais, que era o assunto do momento. No entanto, os seus projetos não levaram a nada: mais uma ideia que simplesmente não foi adiante. Pelas brechas da cerca, avista uns arbustos de tojo coalhados de amarelo no pé do morro, e nas depressões do terreno ainda pairam uns borrões da bruma matinal. Adam está absurdamente feliz, o que é um perigo — pois ninguém ignora que a felicidade humana é uma grande provocação para nós. Sob aquele verme flácido que tem entre as pernas, ainda guarda uma mistura quente e pegajosa dos seus fluidos mesclados aos de Helen. Ao pensar na sua linda esposa, para de assobiar e fecha os olhos por um instante, lembrando dela lá no quarto, de manhã cedo, usando a sua camisa, aproximando-se da cama com as pernas de fora. O vento sopra, agitando o seu cabelo. É... às vezes, nós, os deuses, sorrimos para a nossa criação; mas só às vezes, e não dura muito.

Não é comovente vê-lo assim, tão satisfeito consigo mesmo, quando a gente sabe tudo o que aconteceu mais cedo, lá no seu velho quarto de solteiro, enquanto ele circulava pela casa sem desconfiar de nada durante aquele tempo em que o amanhecer se atrasou? Boa pergunta, aliás: Helen o traiu com meu pai, em sentido técnico, é claro? Afinal, ela não conhecia a verdadeira identidade do seu amante divino, e achava que era o seu Adam, por que não? Depois, chegou à conclusão que aquilo tudo tinha sido um sonho e tratou de reproduzir da melhor maneira possível o que tinha acontecido no tal sonho, só que, desta vez, com o marido de verdade, ou seja, com o marido real. E estava tão apaixonada, tão inflamada pela inspiração divina, na verdade, tão desavergonhada, para a surpresa e para o prazer um tanto escandalizado do marido — não estavam exatamente naquele quarto onde tinha sonhado os sonhos mais excitantes da sua meninice? —, que, poderíamos dizer, tudo o que o meu pai fez foi preparar o caminho para o rapaz, esse sujeito que, agora, está assobiando, feliz da vida, dirigindo a velha e barulhenta Salsol com uma mão só por essas estradinhas verdes, mergulhado nas mais doces recordações.

Adam guarda um segredo; um segredo que jamais contou a ninguém, nem mesmo à sua mulher, com medo de parecer ridículo. Tem uma fé inabalável na possibilidade do bem. Não naquela piedade transcendente dos santos, nem naquela entidade abstrata dos filósofos, mas naquele impulso nada enfático que, acredita ele, é a fonte de inúmeras decências humildes e tão negligenciadas, decências estas que, por seu turno, nutrem e mantêm a fonte das próprias inspirações. Ora, tal ideia seria bem inofensiva se ele não concebesse o bem como uma coisa em si, algo ativo, vigoroso e independente de qualquer agente. Para o rapaz, o bem e o mal são duas espécies de vírus competindo entre si pela hegemonia do coração dos homens, com o bem conseguindo levar uma margem, estreita que seja, de vantagem. Não se trata de uma ilusão rara entre vários milhões de seres humanos desde a época em que o pálido galileu circulava no meio de vocês, ou talvez até antes, desde a aurora daquele dia terrível em que Moisés veio descendo o monte trazendo, inscrita em pedra, a notícia de que existe apenas um único Deus e não haverá nenhum outro. Mas vocês deviam ter ficado conosco. Não lhes oferecemos a salvação da alma, mas tampouco a sua danação; nada de outra vida para vocês se entediarem por toda eternidade; nada de parúsia, de dia do juízo e de recompensa divina, nem de reino do céu na Terra; na verdade, não lhes oferecemos nada a não ser histórias, relatos reconfortantes, ou pelo menos reconfortantemente razoáveis, de como e por que as coisas são como são e como devem ser mantidas, ou até, ocasionalmente, embora isso seja raro, modificadas. Se o homem sábio sofre é por causa de uma falha oculta que existe dentro dele e que muito lamentamos; se o tirano prospera é porque admiramos a sua incontida e irresistível determinação. Por que as calamidades? Porque o seu rei foi amaldiçoado. Como os seus exércitos podem vencer uma batalha? Ponham gado e virgens solitárias diante de nossas imagens e cortem-lhes a garganta. Às vezes, nós lhes pedimos coisas horríveis — lembrem de Ifigênia, lembrem do pai de Ifigênia — e, quase sempre, não lhes damos absolutamente nada em troca. É o nosso jeito de demonstrar a insondável ação do Destino. Acima de tudo, fazemos com que vocês percebam e aceitem que a natureza da sua vida é trágica, não porque a vida seja cruel ou triste — o que são a tristeza e a crueldade para nós? —, mas porque é assim que as coisas são, e o Destino é inevitável, e, sobretudo, porque vocês vão morrer e tudo será como se nunca tivessem existido. Esta é a diferença entre nós e o sonso daquele tal de Salvador: não fingimos ser benignos; somos apenas brincalhões e estamos sempre nos divertindo com o espetáculo dos seus exames de consciência e buscas espirituais.

Quando Adam chega à pequena gare, ela está absolutamente vazia: não se vê o chefe da estação, nem carregadores ou passageiros esperando. Ainda é cedo. O próximo trem só deve passar dentro de uns quinze minutos e, além disso, com certeza vai estar atrasado, como sempre. A estação fica junto ao rio, a quilômetros de lugar nenhum, e nem sequer existe por causa de algum vilarejo — por que será que foi construída aqui, na borda desolada de um pântano? Decerto para servir a alguma mansão senhorial dos arredores que há muito deixou de existir. O rapaz pensa em todo aquele passado empilhado às suas costas, com inúmeras camadas sobrepostas e no que seria o breve momento passado por ele próprio nessa terra tão tenra, tão frágil, tão sofrida. Estaciona perto do guichê e atravessa a plataforma sem topar com qualquer obstáculo. A calça de tweed que encontrou no armário do Quarto do Céu está começando a pinicar a parte interna das suas coxas. O que lhe passou pela cabeça quando resolveu vestir aquilo? Na hora, lhe pareceu a coisa certa a fazer. Eis mais um sinal da piedade inerente e humilde do rapaz, daquela noção do sagrado que ele tem nas mínimas e mesmo nas mais absurdas das ações. Bom, pode ser até uma santa calça, mas Adam acha que ela está suja: tem um cheiro bem desagradável, um misto de guardado e de azedo. E também está pequena para ele, apertada na cintura e curta nas pernas, como o pijama que usou para dormir. Por menor que seja para ele, porém, é grande demais para ter pertencido ao seu pai. Mais uma vez, então, o rapaz se pergunta de quem seriam aquelas roupas. De repente, sente uma pontada de raiva. Será que a própria casa está de gozação com ele, fazendo-o vestir esses troços ridículos e mandando-o circular pelo mundo aos trancos e barrancos como um perfeito idiota? Mas Adam sabe que, se parece bobo, a casa não tem nada a ver com isso: a culpa é toda dele mesmo.

Para na plataforma, à sombra. Por que será que aqueles trilhos sempre cheiram a gás de cozinha? Olha ao seu redor. Pelo que pode ver, nada mudou por ali desde que era criança. A estrutura metálica do telheiro de vidro é pintada de amarelo com uma borda de ferro fundido em filigrana e deve ter sido instalada há uns cem anos ou mais. A estação é muito bem-cuidada. Há vasinhos de gerânios no parapeito das janelas da sala de espera; os bancos dispostos na plataforma, a intervalos regulares, foram envernizados recentemente, e, na parede, uma mão estilizada indicando o banheiro é pintada de esmalte vermelho vivo com os contornos de um preto brilhante. Mas onde está o chefe da estação? Onde está o carregador vesgo com aquela espécie de alça a tiracolo que eles usam e que parecia até fazer parte do próprio local? Aquele vazio é muito estranho. Anda um pouco, de um lado para o outro; depois, senta num daqueles bancos — com o sol, o verniz novo fica quente e meio grudento. Do outro lado dos trilhos, o mato está ressecado e estala de leve com o calor. Mais adiante ainda, o largo trecho que se vê do rio é de um azul-esbranquiçado que lança escamas de luz prateada. Ouve-se o zumbido do silêncio. Ali nos trilhos, um corvo cinzento de penas arrepiadas saltita de dormente em dormente, procurando alguma coisa. Contrariado por não encontrar o que procura, solta um grasnido e sai voando. Aquela onda de felicidade incontida que tinha se apossado do rapaz enquanto dirigia pela estrada praticamente já desapareceu. Adam estilhaçou a superfície ensolarada do dia, como um jardineiro desajeitado enfiando o pé bem fundo numa sementeira até a úmida mistura do que está ali embaixo. Levanta-se então do banco e volta a andar pela plataforma, agora, um pouco mais agitado.

Mais uma vez, tem medo de que o seu casamento esteja fracassando. Não pode apontar nenhum motivo definido para esse temor, como aquela mão vermelha indica a direção do banheiro, mas ao longo desse ano começou a perceber uma inconsistência, uma insusbtancialidade cada vez maior na sua vida com Helen. Alguma coisa está murchando, está ficando seca e desbotada. Será que ela o culpa pelo aborto? Não vê como poderia ter sido culpa sua, mas talvez tenha sido, de uma forma ou de outra. Não sabe ao certo; aliás, não tem certeza de nada. O fato, ou o não fato, da perda do bebê é uma presença miúda e desolada que está sempre se intrometendo entre os dois. Às vezes, Helen o fita como se não soubesse quem ele é. Adam sente que está recuando no seu campo de visão, como um homem parado numa plataforma de estação, alguém que também é olhado lá da janela de um trem que parte, devagar, de início, mas, aos poucos, vai ganhando velocidade. Imagina a mulher desviando os olhos da janela, ajeitando-se no assento de veludo, sorrindo para os outros passageiros daquele seu jeito meio vago, pegando uma revista, e, a essa altura, ele está ficando cada vez mais distante em sua mente...

De repente, como se a ideia houvesse conjurado a coisa, o trem de verdade surge lá embaixo; é um daqueles modelos modernos a vapor, cheios de novidades: a enorme locomotiva azul-rei com a chaminé preta e, atrás dela, os vagões vermelhos com um friso dourado contornando portas e janelas, tudo reluzindo em meio ao sedoso véu do calor que sobe dos trilhos. E, por incrível que pareça, está chegando na hora!

... No entanto, uma hora atrás, quando ela veio se aproximando daquele jeito meio cômico, de joelhos sobre a cama, pegou o seu rosto, apertou-o de encontro aos seios e deu aquele riso de tigresa, ele estava ali por inteiro, ele todo, carne e sangue, uma presença sólida nos braços da mulher, não é mesmo?

É impressionante como esses humanos podem ser casuístas, mesmo os mais simplórios deles; quantas distinções e discriminações minuciosas são capazes de conceber! É por isso que estamos sempre nos espantando com essas criaturas, com as tempestades que fazem nos meros copos de água das suas paixões, enquanto os seus verdadeiros eus selvagens ficam o tempo todo agachados, bem escondidos, esquadrinhando os arredores à procura de perigo ou oportunidade, predadores ou presas.

Quando o trem para, Roddy Wagstaff é o único passageiro a descer. Alto, magro e ligeiramente encurvado, Roddy parece um galã daqueles filmes de antigamente. Está usando uma calça cáqui impecavelmente bem-passada, mocassins marrom-claros e uma camisa branca, que chega a brilhar ao sol, com o colarinho aberto sob uma gravata amarela bem frouxa. O cabelo castanho-claro é repartido do lado e cuidadosamente arrumado, com uma espécie de franja que lhe cai na testa. Tem olhos verdes e uma palidez de tísico. No braço, traz um paletó de linho branco dobrado e está carregando uma maleta de couro de porco, velha, mas de boa qualidade, que, por algum motivo, acrescenta um toque sinistro à sua aparência. Quando vê quem veio buscá-lo, franze ligeiramente a testa no ponto entre os olhos que são um tanto próximos demais. Dá uma olhada na calça cor de ferrugem de Adam e nos dois centímetros de tornozelo que aparecem por baixo da bainha.

— Olá — exclama, sem muito entusiasmo. Exatamente como o velho Adam, Roddy não se dá o trabalho de chamar as pessoas pelo nome.

Os dois rapazes saem andando pela plataforma. Na parede externa da sala de espera, Adam vê uma tabuleta com um anúncio desbotado dos cigarros Player's Navy Cut — a boia com as cordas, o bravo Jack Tar e, ao longe, atrás dele, no mar, dois veleiros com as velas enfunadas. Nunca tinha reparado naquilo, embora a tal tabuleta provavelmente esteja ali desde antes de ele nascer. Mais uma vez, lá está o tempo a tocá-lo de raspão com a sua asa fria. Como se estimulado pelo anúncio, Roddy se detém para tirar uma cigarreira de prata do bolso do paletó, abri-la e pegar um cigarro que acende com um isqueiro a fluido com o mesmo jeitão de antiguidade que a cigarreira. Uma baforada de um fumo rico, exótico chega às narinas de Adam. Então, continuam andando.

— E o seu pai? — pergunta Roddy entre uma tragada e outra. — Como está? — Não olha para Adam. Ele sempre ostenta um ar distraído, distraído e levemente emburrado, como se vivesse esperando algo que com certeza iria aborrecê-lo. As suas mãos revelam um ligeiro tremor.

— Na mesma — responde Adam.

— Na mesma como? — replica Roddy num tom quase ríspido. — Está esquecendo que não o vi depois que teve o derrame?

Chegam à saída da estação. A expressão aborrecida de Roddy se abranda quando ele vê o velho Salsol tão conhecido, com os painéis lustrosos de madeira marrom, à sua espera estacionado ali ao sol. Seguem andando e passam debaixo de uma árvore qualquer meio cabisbaixa naquele calor e, por um segundo, Adam tem a impressão que, ao penetrar na sua sombra, Roddy como que desaparece, tornando-se apenas um borrão quase transparente, quase apagado. Pisca os olhos, e Roddy, que já voltou à luz do sol, vira-se para ele e faz uma observação qualquer.

— É, sim — responde Adam, sem saber com o que está concordando, já que não ouviu o que o outro lhe disse.

Está levando a mala que Roddy pôs no chão quando parou para acender o tal cigarro e não se deu o trabalho de pegar de novo e, agora, vai botá-la no banco de trás da caminhonete. Inclinando-se diante da porta aberta, o rapaz fecha os olhos, respira fundo, inalando os cheiros tão familiares daquele carro, cheiro de sal incrustado, de couro mofado, de suor humano, e, de repente, volta a perceber vagamente um trechinho da melodia daquela felicidade que sentiu ainda há pouco, quando vinha dirigindo sozinho. Mais uma vez, lembra da mulher ajoelhada na cama à sua frente, segurando o seu rosto com as mãos quentes, com os olhos ávidos e brilhantes. Depois de se ajeitar ao volante — até aquela caminhonete grandona é apertada para o seu porte avantajado —, percebe que Roddy já está sentado no banco ao seu lado, com o paletó no colo. Ainda não acabou de fumar. Faz um gesto descontraído com o cigarro e pergunta:

— Você não se importa, não é mesmo?

À medida que a manhã avançava, o calor ia ficando mais intenso e, durante o trajeto de volta pelas estradinhas, o cheiro de mato queimado e de terra esturricada estava mais forte que nunca, chegando a arder nas narinas. Roddy subiu o vidro, mas as rajadas de vento que entravam pela janela de Adam começaram a espalhar fagulhas da ponta do cigarro, obrigando-o a apagar o quarto que lhe restava no cinzeiro que havia debaixo do painel.

— Pete está louca para vê-lo — disse Adam. — Está de pé desde bem cedo e só fala de você.

— Meu Deus! — murmurou o outro, fitando a cerca viva que passava pela janela do carro. Sabe muito bem como são aqueles intermináveis monólogos de Petra. — Ela continua a colecionar doenças?

— Continua — responde Adam, com uma animação despeitada. Roddy acha os projetos da moça irritantes. O mais recente é um almanaque de indisposições onde pretende listar, anexando as devidas definições clínicas, todas as doenças conhecidas que afligem a humanidade.

— Até onde conseguiu chegar?

— A última que mencionou foi a abasia astásica.

Ao ouvir isso, Roddy se virou para fitá-lo.

— A perda da capacidade de ficar de pé e andar. É rara, mas registrada, segundo ela afirma.

— Ó Deus! — geme o rapaz pela segunda vez.

Aliás, caso vocês tenham esquecido de mim, devo dizer que estou encarapitado no meio do banco de trás, inclinado para a frente, com as mãos entre os joelhos — tenho joelhos, posso me encarapitar —, observando tudo avidamente, palavras, gestos, olhares, reparando em tudo isso que está acontecendo, ou que não está acontecendo, entre esses dois rapazes naquilo que eles chamam de vida.

— Você devia levá-la a algum lugar — diz Adam.

— Tipo dar um longo passeio? — replica Roddy, com um risinho meio debochado. — Fazer uma caminhada pelas montanhas?

— Por que não? Ou chamá-la para ir à cidade.

— À cidade?

— É. Levá-la para almoçar.

— Levar Petra à cidade? Para almoçar? — indaga o outro, voltando a fitar o companheiro de viagem.

— Está bem. Só para dar um passeio, então. Sei lá. Qualquer coisa. Pete está muito sozinha, Roddy. Fica muito isolada. Isso não é bom para ela.

Desta vez, Roddy não responde; limita-se a se virar novamente para frente com um suspiro profundo, irritado. Tem um jeitão de velho, muito mais do que a idade lhe permitiria. Aos vinte e poucos anos, comporta-se como alguém muito mais velho, ora sendo bem rabugento, ora assumindo uma atitude *blasée*. Leva uma vida misteriosa, sendo de origem obscura e nunca deixando claro o que pretende. É difícil saber exatamente como ganha a vida. De vez em quando, sai um ou outro texto assinado por ele nas páginas de jornais conceituados e revistas sérias, sempre sobre os assuntos mais esquisitos — cerâmica bizantina, móveis americanos típicos do século XIX, a vida monástica contemporânea no monte Atos —, mas isso não bastaria para custear os cigarros turcos e os lenços de seda de que ele tanto gosta. Consta que a família tem dinheiro, mas os seus parentes, aquelas inúmeras tias-avós e aqueles primos proprietários de terras de quem ele está sempre falando, parecem ser lamentavelmente longevos. Uma noite, quando Roddy estava passando o fim de semana em Arden, tomou um copo de vinho além da conta e confessou ao jovem Adam o seu projeto de convencer o pai do rapaz a indicá-lo como seu biógrafo oficial. Adam riu ao ouvir isso, deixando o outro surpreso e magoado. Na manhã seguinte, trêmulo e ainda de ressaca, Roddy o levou a um canto, fazendo-o jurar que guardaria segredo sobre a indiscrição da véspera, e, até hoje, Adam sente que, com relação a ele, o rapaz, de língua geralmente ferina, mantém certa reserva, mesmo que a contragosto.

Entraram a toda pela estradinha de terra e chegaram à Hunger Road, um longo trecho de asfalto bem liso que acompanha o curso do rio. Foi uma obra da época da fome, visando à criação de frentes de trabalho para os desempregados pobres e famintos da região. Adam se sente desconfortável nessa estrada. A sensação de desesperada inutilidade lhe pesa. Toda essa área pantanosa e lamacenta é sinistra. Tudo ali parece voltar os olhos para longe, fitando impassível qualquer outro lugar, e, mesmo nos dias ensolarados, a luz do sol parece fraca e desbotada. Naquele ponto, o rio começa a se encaminhar para a foz, e aquela quantidade de água que vai se expandindo, de certa forma mais calma do que a água deveria ser, é tristonha e inexpressiva. Há vários tufos de juncos, secos e acinzentados — por que será que nunca se vê junco verde, pergunta-se Adam —, umas garças, de vez em quando, uma daquelas menores que parecem fantasmas branquíssimos das outras, só que em escala reduzida, e um cormorão preto encarapitado num tronco com as asas bem abertas para secar ao sol, parecendo até fazer pose para ser fotografado como emblema imperial. Um ou outro píer esquecido, com as tábuas esbranquiçadas rachadas ou caindo, penetra água adentro por um ou dois metros e acaba de repente. Há uns grandes trechos de uma lama reluzente, tão escura que chega a ser azulada, repletos de pegadas de pássaros, e, aqui e ali, vê-se um bote ou uma daquelas balsas de caçadores de patos pintadas de branco meio tombados, como se estivessem bêbados, naquele solo lamacento. Num ponto em que fica mais estreito, o rio é atravessado por uma misteriosa ponte de madeira com uma balaustrada enferrujada que vai de lugar nenhum a lugar nenhum.

Bestamente, Adam se pergunta onde exatamente termina o rio e começa o estuário. Ao seu lado, Roddy está tentando acender outro cigarro, mas o vento sempre acaba apagando o seu isqueiro. Adam finge não perceber e não pretende subir o vidro, apesar do fedor sulfuroso de lama e de algas apodrecidas que entra pela janela.

— Como foi a viagem? — indaga.

Com um ar emburrado, Roddy volta a enfiar o cigarro na cigarreira, o fita de esguelha com as sobrancelhas exageradamente franzidas, como se aquela pergunta fosse tão desconcertante em sua idiotice que ele até tivesse custado a entender.

— O trem — diz Adam, falando um pouco mais alto. — Que tal o trem?

— Sei lá — replica o outro, dando de ombros. — Sujo, lerdo... A mesma coisa de sempre, acho...

Adam concorda, sem lhe dar muita atenção. Já está acostumado àquela grosseria um tanto lânguida de Roddy. Claro, pensa, que não tem nenhuma linha ou delimitação no ponto em que o rio deixa de ser rio e o estuário começa a ser estuário; os dois se misturam, necessariamente, um entrando pelo outro, dependendo da correnteza do rio e da maior ou menor força das marés. Mas deve haver um limite qualquer, mesmo que seja um trecho grande ou amorfo. Pensa a respeito e, tendo pensado, chega à conclusão que não existe essa história de o rio ser uma coisa e o estuário, outra; na verdade, o que os separa, e não se trata absolutamente de uma efetiva separação, é o simples fato de ele ter se feito aquela pergunta. Pois esta se baseia em dois termos criados pelo homem — rio, estuário —, ao passo que tudo que existe é um único corpo de água, misturando-se ali ao sabor do incessante fluir, por um lado, e da mudança das marés, por outro; qualquer separação é pura e simplesmente criada pelo ato de perguntar. Estranho...

— O seu pai fala? — indaga Roddy. — Quer dizer, ele pode falar? — Há um toque de ressentimento no tom daquela pergunta. O mundo está sempre pondo obstáculos em seu caminho, e o derrame de Adam Godley é o mais recente e, no momento, o mais sério exemplo de tal convicção.

— Não — replica Adam. — Ele está em coma. — Roddy faz que sim com a cabeça. — Mas — prossegue o outro — é claro que não se sabe se é um coma profundo ou não. Ele pode ter algum grau de consciência e ser capaz de pensar e ouvir, pelo que nos disseram. La está convencida de que ele está consciente e simplesmente não consegue se comunicar. Diz que ele abre os olhos, embora ninguém mais tenha visto isso acontecer. Mas pode falar com ele. O meu pai sempre gostou muito de conversar com você.

Roddy lhe lança um olhar ríspido, desconfiando de alguma ironia naquela frase.

De repente, mais uma coisa ocorre a Adam. Sal. O que tem o sal? A água do rio é doce, mas a do mar é salgada. Isso é uma diferença efetiva. Não sabe por que não pensou nisso antes, principalmente porque — graças à descoberta da fusão a frio, cuja ciência se baseia, para surpresa de todos, nas célebres equações Brahma do seu pai —, hoje em dia, a maior parte da energia do mundo vem da água salgada. E ainda tem o movimento. Pura cisma? Pode ser, mas, quando as águas do rio que vão descendo encontram a maré que vem subindo, o que se tem são duas forças em oposição, e duas forças significam duas coisas separadas realizando essa força. Então, afinal de contas, não é apenas uma questão de o homem propor — no caso, o próprio Adam —, mas de o fato dispor. Rio aqui, estuário ali; não apenas dois nomes, mas duas entidades distintas. Mesmo assim, ainda fica a pergunta: onde exatamente elas se misturam? Adam suspira. Voltou ao ponto de partida.

Saem daquela reta, deixam para trás o rio com a sua vastidão de água e pegam a estradinha das colinas que, em outras épocas, faziam parte das terras de Arden. À medida que vão subindo, o ânimo de Adam também melhora. O solo, ali, é bem irregular, e a caminhonete sacoleja e ronca, e dá para ouvir a água salgada chacoalhando no tanque que fica debaixo dos bancos. O morro da esquerda é um pasto raso e sem cerca, encimado por um bosquezinho de cedros. Uns carneiros pastam tranquilamente pelas suas encostas. Um cavalo malhado bate com os cascos no chão quando eles passam, sai galopando todo animado e, pouco mais adiante, para, vira a cabeça e olha para eles com ar atrevido, mostrando-lhes o traseiro e abanando a cauda de um lado para outro. Umas gralhas esvoaçam ao sol, acima do tal bosquezinho. Ó Arcádia! Que saudades eu tenho dos teus prados e regatos...

— Tenho muito carinho pelo seu pai — disse Roddy. Adam precisou se conter para não sorrir. Esse rapaz tem um jeito estranho de dizer umas coisas que parece ter anotado em papeizinhos e repetido mil vezes até decorar... Antes, porém, que Adam pudesse dizer o que quer que fosse, Roddy voltou a falar, depressa, baixinho, mas num tom a um só tempo acusatório e ofendido. — Sei muito bem o que você pensa de mim.

— Sabe? — indagou o outro, espantado. — Nem eu sei exatamente o que penso de você, ou de qualquer pessoa, aliás.

Adam aguarda um pouco, mas, aparentemente, Roddy não tem mais nada a acrescentar. Fica sentado ali, a cabeça espichada para frente, olhando fixo através do para-brisa, com um leve sorriso de satisfação, talvez até de triunfo, como se houvesse entre ambos uma questão a ser resolvida e ele a tivesse resolvido de forma gratificantemente rápida e rasteira.

Adam tem a desconfortável sensação de ter sido arrastado para uma discussão muito mais ampla, muito mais rancorosa que o envolve, mas que, de certa forma, acontece sem a sua efetiva participação.

Já eu estou admirando os tojos em flor: é sem dúvida uma visão gloriosa, aquela espuma dourada cobrindo os flancos das colinas e se espalhando pelas cercas vivas. É... Esse mundo que demos a eles é sem dúvida um lugar lindo, às vezes...

— Tudo isso aqui é do seu pai? — pergunta Roddy.

— Não, não. Só a casa, um terreno de um ou dois acres e o bosque dos fundos. O resto já tinha sido vendido muito antes do nosso tempo. — Roddy aquiesce. Continua espiando o espetáculo itinerante todo verde e amarelo e franze a testa como se lamentasse ligeiramente tudo o que vê. Com o rabo do olho, Adam dá uma olhada nos mocassins de couro do rapaz. O paletó de linho branco, no seu colo, está tão bem-dobrado que parece até um embrulho. — Sabe que todos estão felizes com a sua vinda?

Roddy não esboça qualquer reação ao ouvir essa frase; continua alheio, como se não tivesse escutado ou estivesse preocupado demais para dar atenção a coisas como essas. Adam, porém, insiste.

— A casa tem andado muito estranha desde que Pa ficou doente. Todos estamos nos sentindo na expectativa de um velório — acrescenta, com um sorriso tristonho.

Roddy vira a cabeça depressa para fitá-lo.

— Ele vai morrer? — pergunta, aparentemente incrédulo.

Fazem uma curva e avistam a casa. Ela é sem dúvida, percebe Adam, e não pela primeira vez, de uma esquisitice impressionante, quadrada de um jeito amalucado, com as paredes pintadas de amarelo, as venezianas de azul-claro e aquela figura alada de metal — epa! — encarapitada no único torreão. Vista por este ângulo, a estrutura inteira parece meio caída para o lado, como se estivesse bêbada. De cada lado dos pilares do portão, tem duas palmeirinhas, empoeiradas e tristonhas — palmeiras! neste clima, e logo aqui, bem no centro do país! —, trazidas de algum lugar longínquo, talvez no *SS Esmeralda*, por um dos antepassados Blount que foi missionário ou, o que seria mais provável, um daqueles piratas sem escrúpulos. Em criança, Adam brincava com as folhas dessas árvores; segurava uma delas em cada mão, fingindo que eram cimitarras, e duelava consigo mesmo. Quando vira, saindo da estrada para pegar a entrada da casa, o barulhinho rascante que as rodas fazem no chão de cascalho traz de volta, por um instante, uma mistura confusa de verões perdidos e ensolarados. Rex ouve o carro chegando e, a distância, solta uns sonoros latidos, cada um deles seguido de uma breve pausa, quando espera em vão por um eco ou uma resposta. Seguem até o fim da aleia bordeada de limoeiros, dão a volta no chafariz que há muito já não funciona — um menino de olhar vago, montado num golfinho empinado, e um tanque entulhado de folhas mortas dos últimos anos —, param diante da porta da frente e ficam ali imóveis por um momento, no silêncio súbito e assustador.

— Olhe, Roddy — diz Adam, e se cala. O rapaz pegou a cigarreira de prata e está escolhendo um cigarro com todo cuidado, como se eles não fossem absolutamente idênticos. — Queria lhe pedir uma coisa. Seja legal com a minha irmã.

Roddy se detém, com o cigarro a caminho da boca, ergue os olhos e fica olhando para frente. O sol batendo em cheio no para-brisa deixa o vidro abaulado de um cinza enevoado, e, além dele, tudo fica indistinto.

— Legal? — indaga ele, parecendo pegar aquela palavra com a pontinha dos dedos.

Adam sente o cotovelo quente apoiado ali na janela aberta do carro. Um bando de cinco patos passa voando depressa, batendo as asas ruidosamente — *andem, andem, andem* —, e, mais lá de longe, atrás das aves aparentemente em fuga, vem o estampido abafado de um tiro de espingarda fora de temporada de caça. A tinta azul da porta da frente está descascando: glicínias retorcidas se enroscam pelo portal.

— É — limita-se a replicar, enchendo as bochechas e voltando a desinflá-las. — Legal. Não é pedir muito, é? Faça isso em consideração ao meu pai. Afinal, ele está morrendo...

Acendendo o cigarro, Roddy parece a ponto de começar a rir — do quê? — quando a porta se abre e Rex sai a toda, latindo novamente. Dispara em direção à caminhonete, de um jeito ameaçador, com passos rígidos, artríticos, não exatamente correndo, mas antes dando pulos das patas traseiras para as dianteiras como um daqueles cavalinhos de pau de balanço que alguém tivesse posto em movimento com toda força. Quando vê Adam, para de latir e fecha a boca, parecendo envergonhado. O rapaz salta do carro, e Roddy, ao seu lado, destrava a porta, mas a deixa apenas entreaberta, protegendo-se atrás dela até ver que o cachorro já parou de pular e a poeira do chão de cascalho começou a assentar. O acre cheiro salino que sai do escapamento do carro se espalha levemente no ar empoeirado. Petra surgiu no vão da porta, com uma calça de veludo bem folgada e uma camisa azul de manga comprida com os punhos abotoados. Fica parada ali, com o braço esquerdo bem apertado de encontro ao portal descascado, fitando, com as sobrancelhas franzidas, um ponto qualquer no chão, entre ela e a caminhonete de onde agora emerge Roddy, segurando a mala à sua frente com todo cuidado e carregando o paletó de linho dobrado no braço, ainda de olho no cachorro. Avança na direção da moça, com um sorriso meio enojado.

Lá do Quarto do Céu, Ursula ouviu Rex latindo e o barulho dos pneus no cascalho, mas continuou cortando as unhas do marido. Na verdade, elas não estavam realmente grandes; Ursula, porém, resolveu cortá-las mesmo assim, para ter o que fazer. As cortinas ainda estão fechadas, o quarto está escuro, e ela acendeu o abajur da mesinha de cabeceira, virando a lâmpada para iluminar o que estava fazendo. Não sabe por que mantém as cortinas fechadas, impedindo a entrada da luz do dia, nem por que pôs um abajur ao lado da cama. Não sabe se o marido registra a luz ou a sua falta nos raros momentos em que abre os olhos; aliás, não pode saber se ele registra o que quer que seja, mas prefere acreditar que sim. As mãos dele estão frias como água, macias e pegajosas. As unhas estão mais achatadas e com umas estrias bem fininhas; a pele por baixo delas é agora de um azul leitoso, e as meias-luas em sua base têm um tom acinzentado fantasmagórico. Começou usando a tesoura, mas elas estavam tão delicadas que a mulher chegou a se arrepiar; resolveu, então, usar o cortador. Ficou mais fácil, mas, apesar de tudo, aquela tarefa continuava a lhe dar arrepios. Nunca tinha cortado as unhas de ninguém antes, só as suas próprias, e, mesmo assim, não as cortaria se tivesse alguém que pudesse fazê-lo. Quando Adam e Petra eram pequenos, tinha tanto horror de cortar as suas unhas que deixava isso a cargo do marido ou da mãe dele. Tem uma vaga ideia de que vovó Godley aparava as unhas de Adam com os dentes quando ele era bebê. Seria possível? Decerto que não... Seria pura imaginação sua? No entanto, lhe vem à mente a imagem bem nítida da velha, alta, magra e bem branca como o filho, debruçada sobre o berço e exibindo aqueles dentes equinos, grandes e amarelados, exatamente como a bruxa de um conto de fadas.

Sabe que não é verdade, mas tem a aflitiva sensação de que o marido, mesmo de olhos fechados, a está observando ali no escuro que reina fora do círculo amarelado do abajur diante do qual ela está meio inclinada; que ele a está observando lá debaixo das cobertas, por entre as pálpebras cerradas. Quantas vezes não o pegou olhando-a de esguelha, sorrindo consigo mesmo, divertindo-se ali calado, principalmente nos primeiros anos que viveram juntos? Poderia ser sua filha, em vez de esposa, e, mesmo agora, há momentos em que se sente assim. Tem certeza que essa ideia é terrível e jamais contará isso a quem quer que seja.

Anos atrás, ele tirou a barba, sem dizer nada, simplesmente apareceu de manhã, à mesa do café com metade da cara faltando, ou, pelo menos, foi a primeira impressão que ela teve, chocada, no instante em que o viu. Se tivesse encontrado o marido na rua, não o teria reconhecido, a não ser pelos olhos. Como ele estava esquisito, grotesco quase, com aquelas bochechas nuas de um jeito até indecente e o queixo liso e quadrado como a ponta rombuda de uma daquelas machadinhas de pedra. Era como se a parte de cima tivesse sido arrancada, escavada, aparada, empurrada para baixo e socada nas mandíbulas de um estranho. Ursula quase chorou, mas ele continuou comendo uma torrada como se nada tivesse acontecido. Tinha comprado uma navalha daquelas dobráveis, com cabo de marfim, uma antiguidade do século passado; veio mostrá-la à mulher no estojo de veludo preto forrado de cetim vermelho. Ela sentia arrepios só de ver aquilo. Já o marido adorava exibir as suas habilidades com a peça e deixava a porta do banheiro aberta para Ursula poder admirar a destreza com que ele manejava aquela coisa perigosa e reluzente, segurando-a de um jeito elegante, entre os dedos e o polegar, com o mindinho meticulosamente encolhido e passando a lâmina naquela espuma que parecia até neve com um barulhinho rascante. A luz forte acima da banheira, o brilho metálico do espelho e um olho sombrio, meio retorcido de um jeito engraçado, fitando-a de lado através do espelho. Onde será que anda agora a tal navalha? Umas duas semanas depois, ele já tinha se cansado de usá-la e voltado a deixar a barba crescer.

Que coisa chata, essas bordinhas mais duras nas pontas dos dedos dos pés e das mãos, que estão sempre crescendo, mesmo depois da morte, ou, pelo menos, foi o que ouviu dizer… O que é isso? Para que servem? Matar, esfolar, rasgar?

São fracas e quebradiças demais para isso. Talvez fossem mais fortes muito tempo atrás; talvez fossem garras. Acha que leu num lugar qualquer que, originalmente, elas eram uns tufos ou camadas de pelos que se fundiram e endureceram, exatamente como se supõe que os espinhos das rosas sejam na verdade folhas que, ao longo dos séculos, foram se enroscando de um jeito cada vez mais apertado, até acabarem afiadas como agulhas. Mas tudo isso parece muitíssimo improvável. Não sabe quase nada e mesmo quanto ao que sabe tem lá as suas dúvidas. Adam poderia lhe falar das unhas e dizer como vieram a ser o que são hoje. Trataria de descobrir isso para ela. Adorava descobrir coisas. Ia se recostar na cadeira, com a testa bem franzida e os lábios contraídos como se fosse assobiar. Percorreria então as estantes e, pouco depois, voltaria com um daqueles livros bem grandes aberto nas mãos, folheando-o como que pé ante pé, curvado e ágil, lendo à medida mesmo que ia passando as páginas.

A sua cabeça ainda não havia lhe permitido ter uma noção exata de toda a extensão da calamidade que havia se abatido sobre eles, não apenas sobre Adam e ela mesma, mas que atingia também o resto da família. O seu coração está envolto num entorpecimento protetor. Consegue quase senti-lo. É como uma película de ar isolante instalada entre as paredes do músculo pulsante e aquela polpa vermelha e macia que reveste a caixa torácica onde ele fica pendendo. Apesar de tudo que os médicos lhe disseram, ela não vai, simplesmente não vai se convencer de que ele está completamente inconsciente e não apenas adormecido num certo sentido profundo, especial, e continua esperando vê-lo se sentar, pigarrear e começar a pedir coisas, roupas, comida, uma taça de vinho, daquele jeito falsamente encabulado que ele assume quando está fulo da vida, desviando os olhos e franzindo a testa, fingindo estar pensando em outra coisa qualquer. Não, ele não está inconsciente, tem certeza disso, só mais imerso que nunca num dos seus impenetráveis devaneios. Adam sempre teve a capacidade de escapar ao mundo ao seu redor por dias a fio, fechando-se em si mesmo e deixando a tudo e a todos de fora. Sentada ali sozinha ao lado dele, daquele jeito, nessa escuridão diurna tão peculiar, Ursula tem a impressão de ouvir, ou, pelo menos, de sentir um zumbido constante, distante e bem baixinho. Está persuadida de que é o som da mente dele que continua trabalhando. Quando aquele som cessar, aceitará que ele se foi, mas antes disso, não.

Chego mais perto e me inclino sobre ela todo solícito, passando as minhas asas invisíveis pelos seus ombros tristes e recurvados. Estão vendo? Apesar do nosso jeitão insensível, estamos sempre cuidando de vocês. Ela não sente a minha presença; só o seu efeito reconfortante.

Acabou de cortar as unhas do marido e, agora, está segurando a mão dele pousada na palma da sua mão esquerda. Vista mais de perto da luz do abajur, a pele dele perde a suavidade e assume uma aparência marmórea, com um brilho pálido e úmido. Ouve vozes lá na escada. O seu filho está indo levar Roddy Wagstaff até o quarto. Imagina que Petra venha logo atrás, esgueirando-se junto à parede, meio encolhida e encabulada, como sempre.

Antes de conhecer Adam, achava-se uma pessoa satisfeita. Bem mais cedo, quando era pequena, ainda criança, decidiu que o mundo não era para ela. Chegou até a pensar em entrar para uma ordem qualquer, ir para o convento, mas acabou ficando em casa mesmo. Era o pássaro que faz o ninho atrás da cachoeira e se encarapita ali com toda calma, em meio aos constantes respingos da água, à espuma, à iridescência faiscante. Foi Adam quem a arrastou, por algum tempo, até o coração da catarata.

Água: para Ursula, este sempre foi o elemento do marido, o seu emblema. A primeira vez que o viu foi numa ponte sobre um rio caudaloso, num dia de inverno, debaixo de um céu nublado. Tinha vindo ver a célebre pororoca e alguém o trouxera para ver também. Estava aflita, pois tinha medo de altura. Sempre tinha a sensação de que ia cair para frente e ficou o tempo todo achando que estava prestes a se debruçar de forma irresistível na mureta e se precipitar naquele turbilhão de água lá embaixo. Ele estava bem perto. Segurava a mureta, como se também estivesse com medo. O vento soprava no seu cabelo e na sua barba, e Ursula teve a impressão de que ele estava abalado, desesperado. Antes que pudessem ver o fenômeno, começaram a ouvir o barulho que ele faz, um ronco surdo que pareceu fazer estremecer a luz acinzentada que os cercava e a ponte metálica vibrar sob os seus pés. Foi então que ela apareceu, erguendo-se ao longo da margem: uma muralha de água suave, alta, quase imponente, desmoronando em câmera lenta de ambos os lados do rio. Ursula ficou pensando no frio que sentia apesar do casaco bem grosso e do gorro de lã. Quando aquela onda gigantesca ia passar sob a ponte, por alguma razão ela olhou para cima e não para baixo, e a massa de nuvens cor de chumbo que passavam baixinho, como um reflexo confuso do rio que se agitava no extremo oposto, a deixou ainda mais estonteada. Por um instante, teve a assustadora sensação de que ia desmaiar. Mas não desmaiou e, quando baixou a cabeça, piscando os olhos, viu que aquele homem a fitava e não desviou os olhos quando ela o fitou também. Ele sorriu; um sorriso que mais pareceu uma careta de dor. Ela tinha dezenove anos.

Foram a um pub que ficava entre as árvores no parque gramado do outro lado da ponte. Sentaram numa daquelas saletinhas com paredes de madeira de onde o barulho do tráfego incessante da curva da estrada parecia um eco do próprio sangue de Ursula deslizando pelas suas veias. Por entre a teia das árvores de um azulado espectral, dava para ver a ponte. Quando ele lhe perguntou o que ela gostaria de beber, tudo que lhe ocorreu foi gim, embora nunca tivesse tomado aquela bebida antes. E, realmente, aquela coisa fria, insidiosa e sutilmente perturbadora não se parecia com nada que já houvesse provado. Também gostou da aparência da bebida com o seu brilho metálico e, bem no fundo, um leve toque azulado. O homem não tirou o sobretudo; sentou-se e ficou passando a mão pelo lado interno da lapela, como se estivesse procurando a origem de uma dor qualquer. Disse-lhe que vivia com frio, que nunca conseguia se aquecer. Com aquele topete bem preto e o nariz ossudo e proeminente, ele parecia uma ave de rapina, de olhar aguçado, meio perdido, pairando em algum outro lugar, em alguma outra altitude solitária. Ursula se sentou toda empertigada no banquinho em frente ao dele e ficou tomando a sua bebida. A névoa vinda do rio subia a colina e se apertava timidamente contra as janelas de vidro chumbado às suas costas. O gim lhe subiu direto à cabeça.

Não lembra mais sobre o que conversaram. Ele se mostrou distante e brincalhão, provocando-a de certa forma, fitando-a com a cabeça meio inclinada e um sorriso nos lábios. Ursula não se deixou enganar. Apesar do gim, via bem mais adiante através dele; através da minúscula fissura que percorria a máscara tão cuidadosamente elaborada, via que aquele homem estava resistindo a ela; enxergava por baixo de tudo o que estava enrolado e aninhado dentro daquele homem, como os fios inimaginavelmente finos que, segundo ele lhe disse, as pessoas achavam que, em última instância, constituíam o mundo. Quando pediu mais um drinque, ele lhe disse que achava que dois já eram o bastante. Então, começou a lhe falar sobre a esposa, Dorothy, que tinha morrido. Olhava fixo para frente enquanto falava, franzindo a testa, como se tudo aquilo estivesse impresso no ar e ele tivesse apenas que ir lendo para ela. O seu tom era de um leve espanto; a dor o tinha deixado espantado.

Era mais velho que o seu pai. Mas Ursula não ligava para isso. Quando ele a pediu em casamento, teve a impressão de já ter dito sim há muito tempo.

Põe então a mão do marido de volta na cama, ao lado do corpo dele, e fica prestando atenção, à procura de um movimento, por menor que seja. Acha que ele lhe faria um sinal qualquer se pudesse. Embora esteja convencida de que a mente dele ainda está ali, presente e consciente, ocorre-lhe a ideia de que talvez não seja dela que ele tem consciência. Talvez ele não esteja ali com ela, como não estava exatamente com ela naquele primeiro dia no pub, apesar de todos os seus sorrisos provocadores e de toda aquela conversa. Será que em algum momento ele foi para ela uma presença completa? Ursula sente um ligeiro bolo na região do diafragma, como se algo lerdo e terrivelmente aflito estivesse tentando se virar de costas. E se ele estiver com Dorothy? Quem sabe não está muito mais perto da falecida mulher que da que ainda vive? Existe um mundo dos vivos e outro dos mortos, e ele está suspenso em um ponto qualquer entre os dois. Não é provável que, nesse lugar, os mortos tenham mais poder que os vivos, estejam mais nitidamente presentes para aquele que já está a meio caminho de ir encontrá-los? Talvez nesse exato momento a sua falecida mulher esteja lhe estendendo a mão, por sobre a água escura, chamando-o bem baixinho para ir até onde ela está.

Levanta-se depressa. Quando apaga o abajur, a escuridão se espalha instantaneamente e Ursula imagina que pode senti-la roçando no seu rosto, no dorso das suas mãos, como uma coisa levemente pegajosa. Afasta-se da cama, leva a mão às costas, na altura da lombar, e geme baixinho.

Lá de baixo chega o som abafado das badaladas do relógio da sala de estar, chamando-a de volta para o mundo e suas necessidades.

As coisas que, para Petra, pareciam em perfeita ordem estavam, para os demais, bagunçadas e espalhadas. Era como se ela fosse escrita num alfabeto primitivo, todo feito de linhas retas e diagonais, uma espécie de Ogham que nenhum erudito houvesse ainda aprendido a decifrar. Nem mesmo o seu pai tinha conseguido destrinchar aquele código. Os outros não entendiam que era exatamente isso que a deixava tão cansada e aborrecida, esse esforço incessante para se interpretar pensando neles. Tudo que a moça pensa e pretende precisa ser traduzido de forma aproximada para a língua deles antes que possam entender qualquer coisa que ela esteja dizendo. Petra sabe que o mundo não é do jeito que ela o concebe; sempre soube disso, desde que se entende por gente. Tem alguns pedaços faltando e outros só estão ali porque ela os botou nesse lugar. O que não significa que as partes que faltam sejam reais e as outras, presentes, sejam imaginárias. É sempre assim em matéria de fatos. De fato. Aliás, é sempre assim em matéria de matéria, como diria o seu pai. Pois o que é espírito neste mundo pode ser carne em outro qualquer. Numa infinidade de mundos, todas as possibilidades se concretizam; esta foi uma das coisas comprovadas por aquilo que o seu pai chama, com algum desprezo, "minhas contas". É claro que ele não disse que tal coisa estava provada, já que todas as provas, segundo ele, são provisórias.

O tempo também é uma dificuldade. Para Petra, ele tem dois modos. Ou vai se arrastando sofrido por aí afora, como algo se arrastando no seu próprio muco por cima de um graveto e de folhas mortas no solo de uma floresta, ou passa a toda, aos trancos e barrancos, como as cenas de um rolo de filme chocalhando loucamente num projetor quebrado. Ela sempre ficava bem lá para trás ou desesperadamente à frente de todos os demais, chamando-os aflita com as mãos em concha diante da boca ou virando a cabeça, sem fôlego, para tentar lhes falar. Quando confessou isso ao pai, dizendo-lhe que jamais conseguia ficar lado a lado com quem quer que fosse, ele não pareceu se espantar e respondeu que ela tinha toda razão, que o tempo não é uniforme e só mesmo os idiotas o veem assim.

Foi num anoitecer de verão, e os dois estavam no bosque dos fundos da casa, sentados junto à fonte santa que ficava entre as touceiras de amoreiras e de azevinhos e que, pelo que dizia o seu pai, existia desde o tempo dos druidas. Lembra da luz amortecida, do cheiro de limo e de água parada, dos raios de sol parecendo uma lâmina de ouro branco e do enxame de mosquinhas minúsculas e translúcidas pairando acima da fonte, ocupadas em traçar um desenho imaginário. Estavam os dois sentados nas pontas do velho banco escolar que alguém tinha posto ali tempos atrás para que os peregrinos tivessem um lugar onde descansar — tem uma servidão que vem direto dos campos até a fonte e qualquer pessoa pode entrar; ainda hoje há quem faça isso, especialmente nos dias santos. Petra estava com os pés em cima do banco, segurando com os dois braços as pernas encolhidas e o queixo apoiado nos joelhos. O tempo, prosseguia o seu pai olhando para cima e coçando o queixo barbudo, o tempo tem umas falhas minúsculas, umas quedas bem pequenas; no início, eram elas que detinham o fluxo do que era informe e criavam a forma. Exatamente como acontece com as nossas unhas, acrescentou ele, que às vezes agarram em alguma coisa de seda, com umas farpinhas miúdas que a gente nem sabia que existiam até elas prenderem ali. "Está entendendo?", perguntou. Falhas na matriz, discrepâncias temporais. Assim, no começo de tudo, quando ainda não havia nada, pode-se dizer que o mundo foi obstruído para poder existir. Aquele todo imenso — e, nesse ponto, fez um gesto amplo abarcando o que ficava fora da pequena gruta onde estavam sentados —, uma vasta rede de acidentes minúsculos, de estorvos infinitamente minúsculos. Olhou então para a filha, com um sorriso desamparado. "Está entendendo?"

O que Roddy Wagstaff não daria para estar ali, ouvindo aquelas coisas sobre o tempo e as suas origens... Petra sabe muito bem que ele só finge estar interessado nela para poder vir ver o seu pai em Arden. Todo mundo, como, por exemplo, o seu irmão, acha que ela fica magoada com isso, mas não fica, não — na verdade, muito pelo contrário. Foi justamente o incrível autocentramento do rapaz que tanto a impressionou da primeira vez que ele apareceu para passar uns dias naquela casa. Nunca tinha conhecido ninguém assim, a não ser o seu pai, é claro. Roddy lhe parecia um espírito inteiramente livre, imponderável e aéreo, e, à diferença do seu pai, sem o peso do trabalho, das descobertas, da fama. Aparentemente, Roddy se dedicava, na maior felicidade, a passar a vida sem fazer nada. Como ela própria adoraria ser assim, nem que fosse só um pouquinho... Desde sempre, viveu sob o imenso rochedo que era a presença avassaladora do pai. Quando aquele rapaz conseguiu se guindar até ali e sentou ao seu lado, à sombra daquele rochedo, limpando o pó dos joelhos das calças e acendendo um cigarro com a maior tranquilidade, convidou-a, voluntaria ou involuntariamente, a olhar para aquele vasto panorama que nunca deixou de estar ali, bem à sua frente, para além dos limites onde ela havia passado tanto tempo encolhida.

A palavra que lhe veio à cabeça para caracterizar Roddy, no primeiro fim de semana que ele passou em Arden, foi jovial. Antes disso, nunca havia tido oportunidade de usar aquela palavra com relação a quem quer que fosse, nem mesmo ao seu pai. Depois do almoço, ficou observando o rapaz lá no jardim de inverno, sentado numa daquelas cadeiras de espaldar alto, com um dos tornozelos finos apoiado no joelho da outra perna, um cotovelo no encosto da cadeira, uma das mãos segurando o cigarro com certa tensão, atento, sem perder nada do que se passava e, o tempo todo, com aquele sorriso incansável dirigido ao seu pai. Nunca tinha conhecido alguém tão afável, tão estudado, e, ao mesmo tempo, tão concentrado e tão determinado também. Considerou até o leve tremor que viu na sua mão como uma marca de distinção, sem dúvida resultante da constante atenção que ele prestava a tudo, principalmente a si mesmo. Encaixou-se naquela casa como uma luva. Aos olhos de Petra, é exatamente a falta de qualquer substância que constitui a qualidade mais atraente daquele rapaz. Ele não é sincero e confiável como o seu irmão; não é bondoso ou delicado; não é praticamente nada, a não ser ambicioso e ávido — parece até uma pega, sempre de olho nas pequenas coisas reluzentes que podem lhe trazer alguma vantagem, aquelas ninharias a que os outros não dão a mínima atenção e que podem acabar sendo tão úteis. Além disso, tem certo brilho impecável. Petra acha a maioria das pessoas desconcertantemente repulsivas, principalmente os homens. Se um deles estiver parado bem à sua frente, de terno e gravata, com uma flor na lapela, falando sem parar e gesticulando cheio de pose como sempre fazem, ela logo vai imaginá-lo sentado no vaso sanitário, com os cotovelos nos joelhos, as calças baixadas até os tornozelos e, ali debaixo, aquelas coisas molengas e horríveis penduradas. Pensa no ânus enrugado, nos sovacos fedorentos, naqueles tufos nojentos de pelos encaracolados — não consegue se impedir de fazer isso —, na sujeira sob as pregas do prepúcio, dentro das narinas, entre os dedos dos pés. Já Roddy lhe parece tão inócuo e certinho quanto um manequim de vitrine. A sua pele tem aquela aparência meio lustrosa do gesso levemente descorado de que são feitos esses manequins. Consegue imaginá-lo por baixo das roupas todo lisinho e inteiriço, a não ser pelas intricadas articulações dos cotovelos, joelhos e tornozelos; e sem nada entre as coxas, apenas um certo volume suave e um tanto amorfo. Deitada, sem conseguir dormir naquelas noites sombrias, faz fantasias com ele deitado ali ao seu lado, um dos joelhos dobrados e uma das mãos estendidas com o indicador erguido, como se estivesse chamando um táxi ou um garçom, com aqueles lábios de um rosado perfeito recurvados num sorrisinho meio bobo, os olhos bem abertos olhando para nada em particular, e ela, abraçando-o, sentindo no corpo a reconfortante frieza das suas canelas, dos seus quadris, da sua barriga sem umbigo.

Duffy, o vaqueiro, é o oposto de Roddy. Foi só na véspera que lhe ocorreu se levantar, sair andando pela casa do jeito que estava, com aquele pijama enorme do pai, ir correndo até a casa de Duffy, por trás do morro e jogar umas pedrinhas na janela, como se faz nos livros, para que ele viesse abrir a porta e a levasse lá para cima, para o quarto, e... e o quê? A ideia daquela cama de solteiro rançosa chegou a lhe dar arrepios de nojo, mas não foi só: tinha também outra coisa a que ela não podia, não ia dar nome de jeito nenhum. As dobras das mãos do vaqueiro são impregnadas de terra; as suas palmas devem ser duras, ásperas e quentíssimas como são as mãos de todos os homens, exceto as do seu pai. Imagina aquela pele tocando a sua, o contato daquela aspereza, como se a língua de uma vaca a lambesse.

Pobre Petra, tão bobinha... De todos ali naquela família, é dela que mais gostamos. E justamente porque gostamos tanto dela, logo, logo vamos trazê-la para nós, mas não agora, não agora...

Agora, ela vai se esgueirando pelo corredor atrás de Roddy Wagstaff e do irmão, um esguio e de um certo tom de bege, o outro, de ombros largos e traseiro avantajado. Os saltos dos sapatos finos e impecáveis de Roddy fazem um barulhinho meio seco nas lajotas escuras do chão. Na verdade, vistas mais de perto, as pedras não são pretas, como ela já tinha reparado, e sim de um marrom brilhante e bem feioso, parecendo a cor de um caramelo queimado ou da pelagem espessa de algum animal já extinto. Esse corredor, que passa por uma arcada sombreada e vai dar no grande hall de entrada da casa, aquele quadrado com piso em preto e branco, sempre lhe traz uma recordação, se é mesmo uma recordação, de algo que ela mal e mal consegue identificar, algo que vem de um passado distante demais para ela poder se lembrar, remoto demais para ela ter presenciado, alguma coisa do século passado, provavelmente, ou do outro, ou talvez até de três séculos atrás. Tem a ver com um homem, um sujeito grandalhão, de cara amarrada, embora ela não consiga absolutamente distinguir os seus traços, usando umas roupas de antigamente e botas de cano alto, parado ali e recusando-se a fazer alguma coisa, acatar um pedido ou uma ordem qualquer, mas sabendo que vai ter de ceder, que vai ser forçado a fazê-lo. A tal manifestação fantasmagórica se resume a isso: o sujeito grandalhão parado ali, obstinadamente emburrado — será que ele usa alguma coisa no pescoço, um lenço amarrado, ou uma meia? — num dia de verão como o de hoje, com o relógio do avô fazendo o seu tique-taque pesado e uma mancha de luz que entra pela porta aberta refletida no espelho do console. Petra tem certeza que é um dos antepassados de Ivy Blount. Não duvida que essa lembrança dele, ou essa visão, ou seja lá o que isso for, embora impossível também é de certa forma real.

Quando a moça se vira para ver o que o fantasma teria visto — a porta da frente aberta, o espelho refletindo a luz —, percebe que a valise de Roddy Wagstaff está ali na soleira onde o seu irmão a deixou, na certa achando que já a tinha carregado por tempo suficiente.

Passam pela arcada, chegam ao saguão com piso em xadrez, os dois rapazes na frente. De repente, os sapatos de Roddy fazem um barulho mais forte naquele cômodo de pé-direito mais alto. Atrás deles, Petra, agora levando na mão a valise de couro de porco. O ar ali tem um odor levemente adocicado — de caruncho, como sugeriu Duffy, todo satisfeito —, e a luz que penetra pelas altas janelas parece de certo modo machucada. Até agora, Roddy não lhe disse nada, nem uma única palavra de verdade. Petra vai ficar esperando que o rapaz olhe para ela, que a olhe do jeito certo, um jeito que lhe dê a certeza de que ele a está efetivamente vendo; então, vai sorrir e não vai desviar os olhos, vai sustentar aquele olhar enquanto ele a estiver fitando. É isso que vai fazer.

Nesse meio-tempo, num rompante de inspiração divina, estou transportando o velho Adam através dos oceanos até o ponto em que, juntos, inventaremos Veneza. Faz bem uns quarenta anos, ou mais. É inverno e os tão propalados encantos da cidade estão absolutamente transtornados pelo frio. Uns chapeuzinhos de neve cobrem a cabeça dos cavalos de bronze da basílica de São Marcos e paira uma névoa gélida sobre os canais e debaixo daquelas pontes pitorescas que parecem até de brinquedo. Ele está sentado num restaurante, no andar de cima, a uma mesa de canto com vista para o canal onde, na lúgubre claridade do meio-dia, reluz com certo ar fantasmagórico a fachada estilo bolo de noiva de uma igreja branca cujo nome ele sabe que devia saber. Num cantinho qualquer do céu baixo brilha um solzinho fraco e as pequenas ondulações da água quase parada do canal estão salpicadas de uma luz sombria de um prata amarelado. Ele está comendo costelas de cordeiro e bebendo um Melony Tocai de Friuli — ainda hoje lembra desse vinho como se o estivesse tomando, o brilho quase castanho e o movimento untuoso do líquido na taça, o agridoce da uva encorpada e tardia. Sofre com a perda da esposa recém-falecida. O sofrimento parece até um imenso globo que foi atirado em seus braços sem a menor cerimônia; Adam cambaleia sob aquele peso escorregadio, desajeitado. Com tal fardo, fugiu para a cidade quase submersa onde não conhece ninguém e ninguém o conhece.

Pouco depois, um estranho se aproxima da sua mesa e se apresenta. É um sujeito de pernas compridas e cara serena, com uma cabeça estreita, maçãs salientes e um bigodinho escuro que não combina nada com o resto e que ele fica ajeitando como se tivesse consciência de que aquilo ali não é lá essas coisas. Está usando uma calça de tweed inglês, apesar de não ser inglês, um inacreditável colete amarelo-canário e, no bolso do paletó *pied-de-poule*, vê-se a ponta de um lenço de seda que combina com o tal colete. O seu nome, provavelmente o seu sobrenome, estranho aos ouvidos de Adam, é Zeno e ele se diz conde, embora não explique de que linhagem ou por graça de que monarca. É educado e mantém uma conversa fluente — fala do tempo, dos preços exorbitantes daquele restaurante, do desleixo dos moradores de Veneza —, e, agora, depois de três ou quatro dedinhos de *grappa* ingeridos lá no bar do térreo, os dois homens estão atravessando o canal numa gôndola. A tarde de inverno é puro sal e névoa ao som dos gritos agudos das gaivotas. Adam arranjou um lugarzinho no banco de madeira úmida, protegendo-se ao máximo com a fina capa de chuva que estava usando. Tem a impressão de ser um recipiente inteiramente oco com alguma coisa chocalhando lá dentro, a sementinha seca em que o seu antigo eu tão sólido se transformou. Às suas costas, o gondoleiro, um sujeito já mais velho e bem enrugado, usando um daqueles jaquetões de marinheiro curtos por cima da camiseta listrada de praxe; utiliza um remo bem comprido meio amarelado enquanto vai cantarolando trechos de uma barcarola. A embarcação oscila ao cruzar com uma lancha a motor. Um chuvisco miúdo se espalha no ar.

A casa, grande e em péssimo estado de conservação, fica numa ruela estreita atrás da basílica da Salute. O estuque ocre da fachada tem umas falhas gigantescas, deixando à mostra os tijolos e a argamassa da construção. Pela umidade dos aposentos e o silêncio que paira sobre tudo ali dentro, como camadas de poeira, parece que o local está desabitado há um bom tempo. As janelas da sala de estar dão para a Giudecca, e, além dela, do outro lado da lagoa, vê-se o grande dique a hidrogênio recentemente construído para salvar a cidade de uma inundação iminente e que parece um colar de contas prateadas um tanto foscas estirado na linha recurvada do horizonte. Em cima de uma mesinha baixa que fica bem no meio da sala tem uma enorme cabeça de Zeus em mármore lascado — ora, ora! Oi, papai! —, sem pescoço, coroada de cachinhos e com uma barbicha pubiana. Parece até que ele está enterrado até o queixo na madeira, com uma expressão desconcertada e um ar de indignação acumulada. Adam senta numa poltrona de frente para aquela irada cabeça divina, tristonho e distraído, as mãos pousadas no colo com as palmas voltadas para cima, feito um daqueles palhaços melancólicos da *commedia dell'arte*. O conde, que não tinha tirado o sobretudo, foi buscar uma garrafa de vinho tinto e duas taças de murano roxo. Tem os modos levemente imperturbáveis de um mestre de cerimônia de circo. O vinho está frio como uma pedra e é tão encorpado que Adam sente a garganta arder. Lá fora, o ar ficou escuro retinto. Numa janela do outro lado da sala, agiganta-se a cúpula da Salute com o seu tom amarelado de pergaminho. Sente-se inteiramente poroso, esfolado; faz quinze dias que vem se sentindo assim, entorpecido pelo sofrimento, dilacerado pela culpa. Sempre achou que o luto era um processo exclusivamente interior, uma doença da alma, e está estarrecido com aquelas manifestações físicas tão brutas. Os seus olhos estão fervendo, os lábios, rachados, até os folículos dos seus cabelos parecem se retorcer em ebulição. Está convencido de que também possui agora um cheiro especial, um cheiro de carne, forte e quente, e tem um gosto ruim na boca, que não sai por nada no mundo. Apesar de tudo, porém, é invadido de vez em quando por uma onda de algo que lembra, por incrível que pareça, euforia, uma espécie de vertigem como aquelas que não sentia desde garoto nas últimas tardes de aula antes das férias de verão. O que será isso? — como se desejasse a morte da mulher, como se sempre tivesse querido se livrar dela. Esta é, sem dúvida, uma ideia assustadora, mas, mesmo assim, estando à mercê do remorso, o sr. Inquisidor, vê-se forçado a pensar nela.

Quando a jovem aparece, ouve chamarem-na de Alba. Tem a pele de uma brancura incrivelmente delicada — Adam pensa em gelo, em vidro bafejado, naquela película dura e cintilante que recobre uma pérola. Ela vem se sentar no braço da sua poltrona. O seu olhar não se detém em nada, indo de um lado para o outro, pousando com a inconsequência de uma mariposa nos objetos mais aleatórios, a taça de vinho sobre a mesa, a borda esfarrapada de um tapete no chão, o gigantismo da cabeça luzidia daquele deus. Tem um ar a um só tempo sonhador e ansioso, como se estivesse esperando a chegada iminente de algo maravilhoso que, no entanto, ainda não sabe o que poderia ser. Quando muda de posição ali no braço da poltrona e, por um instante, apoia a mão no ombro de Adam, este estremece como se um fantasma o tivesse tocado. O conde fita radiante aquele casal e parece esfregar as mãos mentalmente.

O quarto era inteiramente desprovido de móveis, a não ser por uma cama quadrada bem baixa coberta com uma colcha branca não muito limpa e sem travesseiros; acima dela, na parede caiada, há um crucifixo de ferro onde, em vez do Cristo crucificado, veem-se umas pedras parecendo rubis incrustadas nas quatro extremidades. Adam saboreia a súbita suavidade de estar com uma estranha num quarto estranho, despido, em plena luz do dia, ou quase. O ar em sua pele é tão frio, a quietude, tão pomposa, pomposa e, de certa forma, arcaica. Alba tirou o vestido com um movimento harmonioso, estilizado como o de um toureiro, foco de todos os olhares, fazendo a capa deslizar pela poeira do chão diante do touro desnorteado;

por baixo do vestido, estava nua. Olha para o lado, para baixo; tem as pálpebras tão reluzentemente brancas que Adam pode ver nitidamente todas as minúsculas veias que há ali, de um azul profundo. Dá um passo meio hesitante para frente até o seu peito chegar quase a tocar os mamilos dela e sentir todo o palpitar prenhe dos seus seios. A moça põe as mãos espalmadas no seu peito e se inclina sobre ele num simulacro de um desmaio, com um ruído que é quase um lamento. Está com a pele dos quadris arrepiada e Adam sente a penugem dos seus braços eriçada. Quando beija aquela boca quente, macia, com um machucadinho num dos cantos, logo percebe que ela esteve com outro homem, e ainda agora mesmo — por mais discreto que seja, aquele cheiro de muco de peixe e de serragem é inconfundível —, pois tem certeza que aquela boca ali é de uma profissional concorrida. Mas isso não tem a mínima importância.

Foram se dirigindo para aquela cama branca, sob o crucifixo de ferro com as pedras vermelhas, bela imitação de carícias apaixonadas, um incessante vaivém na borda de um precipício além do qual se pode avistar um verde-escuro longínquo em meio à névoa cerrada e, de lá, algo brilhando para eles, um ponto de luz pulsante, peremptório e intenso. O coração de Adam pula dentro do seu peito, uma veia pulsa na sua têmpora como um lento tambor. Quando enfim terminam, e aquele farol no meio da selva já perdeu a sua intensidade, ficam deitados ali, juntos, satisfeitos, num emaranhado de braços e pernas, conversando sobre isso ou aquilo, cada qual na sua língua, sem entender praticamente uma palavra do que o outro diz. Alba, virando e revirando uma mecha de cabelo com um dedo, cala-se, agora, e passa a ponta de uma língua ágil na mancha roxa que tem no canto da boca. É de um lugar qualquer no Norte do país — faz um gesto na direção da janela que está às suas costas, revelando uma axila úmida e não depilada —, Bergamo, é o que lhe parece, talvez daí a pele clara e o cabelo mais claro ainda, pois Adam, sabe-se lá por quê, imagina os habitantes dessa região louros e risonhos.

Ele fala sobre Dorothy que morreu. Fica encantado ao perceber como é fácil contar tudo, alto e bom som, para alguém que não entende absolutamente nada do que ele diz.

Pouco depois, levanta-se da cama branca e sai andando pela casa até chegar ao que julga ser a cozinha, um cômodo esquisito, também branco, mais para o comprido, que estranhamente lhe faz pensar numa sala de ordenha, com um teto altíssimo e uma fileira de janelas de vidro fosco bem no alto de uma das paredes. Zeno, o conde, está ali, ainda de sobretudo, sentado diante de uma mesinha redonda sobre a qual se vê, detalhe bem conveniente, um copo de leite já meio vazio. O conde, que está descansando e fumando um cigarro, o cumprimenta com um aceno, do jeito que o papa faz, e sorri. Adam sabe que está sem camisa e descalço. À luz crua que se reflete nas paredes brancas, nota que o sujeito é mais velho do que havia imaginado de início. Tem as costeletas grisalhas, umas veias rompidas no nariz e bolsas sob os olhos. Adam percebe naquele homem um cansaço imenso, o cansaço de um velho ator no meio de uma longa tirada de um pequeno papel. Mas talvez ele seja mesmo um conde, o último de uma linhagem tão antiga quanto os Guelfos e os Gibelinos, reduzido a bancar o alcoviteiro para viajantes carentes e necessitados como aquele com quem topou hoje. O velho aponta para o copo de leite, dá uns tapinhas na barriga e diz, sorrindo com uma careta:

— *La solita ulcera.*

Continua a sorrir, com uma expressão serena e delicadamente conivente. Adam senta defronte dele, de repente exausto, cruza os braços em cima da mesa e deita a cabeça sobre eles. Está com frio. Sente calafrios nas costas, em espasmos, como rajadas de vento na superfície do mar. Sinos dobram lentamente por toda Veneza. Ele começa a chorar, em silêncio.

O conde se levanta, tira o sobretudo e cobre com ele aqueles ombros que se sacodem.

— *Poverino* — murmura. — Você está com frio.

E Adam continua a chorar.

Dorothy, ou Dottie, como a chamavam, ou ainda Dot — até a diminuição do seu nome servia para reduzi-la a praticamente nada —, morta há apenas duas semanas, já está, nesse dia lá em Veneza, surpreendentemente, se apagando da sua lembrança. Como se, em vida, não houvesse sido presente o bastante para que a sua memória florescesse depois da morte. Era uma mulher grande, ou melhor, alta, mas nada pesada. Lembra da própria surpresa quando a pegou no colo pela primeira vez e notou como ela era leve; era como se todos aqueles ossos graúdos, os dela pareciam maiores que a média, fossem ocos como caniços. Ele bem poderia estar carregando um pássaro grande e frágil, gracioso, mas também desajeitado, um grou talvez, ou uma íbis. Fica impressionado ao se dar conta de como ela lembrava sua mãe, já que ambas tinham o mesmo tipo: claras, magras, angulosas.

Dorothy era bem misteriosa e adorava levar uma vida furtiva. A casa onde moraram durante todo o tempo de casados não era tão grande, mas, mesmo assim, ela dava um jeito de desaparecer lá dentro por horas a fio. Era capaz de passar uma manhã inteira sem fazer barulho algum, a ponto de Adam achar que a mulher tivesse saído — mas para ir aonde? De repente, quando ia do escritório até o banheiro ou a cozinha, esbarrava com ela num corredor, no vão de uma porta ou dentro de um aposento qualquer que, misteriosamente, se tornava mais profundo e mais escuro pela sua simples presença. Com um sobressalto, ela se virava então para o marido, levando as mãos às costas num gesto brusco e arregalando os olhos numa assustada exibição de inocência, como uma criança travessa apanhada em flagrante. Quando estavam juntos, Adam sempre tinha a impressão de que ela estava ansiosa, prestando atenção a alguma coisa na casa, um indício qualquer, por menor que fosse, que pudesse denunciá-la. Perguntava-se o que a mulher ficaria fazendo o dia inteiro. Era comum ela fazer planos — jardinagem, cozinha exótica, até marcenaria —, mas logo se cansava deles. Sabia até quando determinado passatempo havia deixado de ser interessante, pois ela tinha um jeito peculiar de deixar cair algo das mãos, um livro de culinária, uma tesoura de poda, um novelo de lã traspassado heraldicamente por duas agulhas de tricô cruzadas, e se virar para o outro lado, com um vago suspiro, passando os dedos pelo encosto de uma cadeira ou pelo parapeito de uma janela. A tal coisa ficaria ali, onde ela a tinha deixado, até que, por um processo gradual de transformação operado pelo tempo e pelo descaso, a sua identidade original fosse se desvanecendo e aquilo se tornasse um simples objeto, inerte e sem vida, cuja função já houvesse sido praticamente esquecida. Quase sempre, era ele que acabava tirando-a do lugar onde estava, discretamente, sem qualquer comentário. Dorothy tinha sempre aquele ar distraído, mas cauteloso, de quem guarda alguma grande revelação ou alguma confissão terrível. Nas suas últimas semanas de vida, foi ficando cada vez mais distante, e ele a pegava fitando-o com o cenho franzido, intrigada, como se soubesse que o conhecia, mas não conseguisse lembrar exatamente quem ele era. Adam então dizia algo, com toda calma, bem de mansinho; mesmo assim, percebia que estava gritando com ela, falando bem mais alto do que pretendia. Ela se assustava e, então, a luz do entendimento surgia no seu rosto, seguida daquele sorriso radiante, desamparado que parecia vir lá de longe e ir abrindo caminho até ele através de distâncias imensas e difíceis de transpor.

Há quanto tempo estaria planejando ir embora? Será que teria mesmo feito um plano, logo ela que parecia viver como se cada momento não tivesse qualquer relação com todos os demais? A mãe dele ficou furiosa, com Dorothy e com ele, insistindo, a princípio, que devia ter sido um acidente. Depois, passou a acusar o filho, afirmando que era sua culpa, que o seu descaso tinha levado a esposa à morte.

Quando retiraram o corpo dela da água, havia pedras nos bolsos do seu vestido. Será que Dorothy achou que umas pedrinhas daquelas eram peso suficiente para levá-la para o fundo? Mas alguma coisa levou.

Adam aceitou todas as acusações da mãe; ficou se culpando — eles sempre fazem isso, como se fossem senhores da vida e da morte — e se culpa até hoje, quando a ideia lhe passa pela cabeça. As noites é que são particularmente difíceis. Fica rolando na cama, suando, gemendo e murmurando imprecações, como um mártir assando numa grelha. Não deve tê-la amado o bastante; com certeza foi isso. Quando era jovem, aprendeu uma lição com a mãe, tanto pelos tapas quanto pelos carinhos: o amor é ação, é o que a gente faz, não o que a gente sente. Mas quem sabe, pensa ele hoje, não está tudo errado e o amor é algo completamente diferente, alguma coisa que ele não faz ideia do que seja? Pode ver esse amor pairando como o Paráclito sobre a cabeça do casal vestido com folhas de figueira, de Cranach, derramando sobre eles a graça divina na forma de raios ardentes. Onde estava a sua própria alma enquanto esse fogo pentecostal caía do céu?

E, agora, a garota, a garota de Veneza, Alba. Seria o fantasma de Dottie que voltou para consolá-lo? Talvez fosse. Às vezes, uma alma pode voltar por um breve tempo lá dos domínios de Plutão, com permissão do seu taciturno guardião e seu cão policéfalo, mas não sei se Dorothy teria sido uma delas — eu só as guio no caminho de ida, não no de volta, pois Plutão é um deus ciumento e protege bravamente o seu tão temido reino. Eu sei, eu sei que tentei fazer um favor a Orfeu: ele estava sofrendo tanto! Mas vejam no que deu... Coitada da Eurídice! E Orfeu, então! Primeiro, perdeu a esposa; depois, perdeu-a pela segunda vez, até que ficou completamente perdido e acabou como uma cabeça decepada boiando nas pequenas ondas do Hebrus, e tudo isso sem parar de cantar. Vira e mexe fico pensando que, a despeito de todos os nossos poderes, ou justamente por causa deles, não deviam permitir que nos metêssemos na vida dos humanos, considerando-se que quase sempre os resultados das nossas intromissões são catastróficos.

Certa vez, muitos anos mais tarde, Adam voltou a vê-la — quero dizer, a ver Alba, não Dorothy, pois esta ele vê todos os dias, por assim dizer. Essa segunda vez não foi em Veneza, mas em alguma cidadezinha do interior da Itália. Ele não se lembra qual. Tem certeza que era ela, apesar de só a ter visto de relance, na rua, no meio da multidão que passava para lá e para cá. Alba não parecia ter envelhecido nada desde aquela tarde na tal casa perto da Salute, mas tinha mudado, mudado muitíssimo. Estava numa cadeira de rodas, empurrada por uma outra moça baixinha, gordinha, com um jeitão rancoroso, um cabelo ruivo todo arrepiado que lembrava uns filamentos de cobre carregados de eletricidade. Adam podia jurar que também reconhecera essa outra pessoa. Não era ela que estava lá, no fundo da cena naquele dia em Veneza, quando ele, querendo ir embora, se desentendeu com o conde por causa do dinheiro? O velho, apesar de irredutível quanto ao preço, ficou ali parado, sem tomar qualquer atitude, parecendo até se divertir e exibindo aquele sorriso com um leve toque de paciência, de condescendência de um adulto às voltas com a cena que faz uma criança escandalosa por causa de umas balas enquanto, é isso mesmo, mais atrás aquela moça gorda, de cabelo vermelho ficava rondando pelo aposento com um ar furioso, fumando um cigarro daqueles compridos e soltando a fumaça numas baforadas rápidas que pareciam até jatos de veneno. Como é estranho o jeito que os fragmentos de lembranças têm de ir e de voltar. A cadeira de rodas em que Alba estava sentada, ou melhor, em que ela se agarrava com toda força, era um daqueles modelos antiquados, pretos, com um arco de madeira já liso de tão usado, preso às rodas de ambos os lados para que o ocupante possa dar impulso para frente ou para trás, e, nas costas, dois cabos para o caso de alguém precisar empurrá-la, como acontecia nesse dia. A moça estava agarrada aos braços estofados da cadeira, inclinada para frente, com o torso meio virado de lado numa posição meio tensa, como se a outra tivesse começado a empurrá-la de repente, sem aviso prévio, e ela estivesse fazendo o maior esforço para se levantar dali. Os seus pés, com aqueles dedos gorduchos ligeiramente esparramados, detalhe que Adam se surpreendeu de lembrar com tanta nitidez, estavam colados aos apoios como se ela estivesse prestes a fazer mais uma tentativa inútil e desesperada de se levantar de um salto e conseguir fugir. Alba estava usando umas sandálias transparentes de plástico rosa, bem vagabundas e meio infantis. Aquele ar de expectativa sobressaltada que havia notado aquela tarde, diante da cabeça do deus, tinha se transformado numa expressão de fúria meio perdida; era evidente que, a essa altura, a maravilha que ela aguardava não aconteceria. Falava sozinha, os lábios se movendo rápida e frouxamente, como um penitente despejando no confessionário uma ladainha de pecados e quase implorando perdão. Bem poderia tê-la chamado, ter ido atrás daquelas duas para abordá-las, mas para dizer o quê? Para fazer o quê? Continuou então parado onde estava, sob a luz amarelada da tarde italiana, e reviu Veneza no inverno, com aquele seu ar sombrio, as gaivotas girando no céu e o velho e engelhado barqueiro Caronte cantarolando para ganhar uns trocados.

II

Rex, o cachorro, foi o primeiro a avistar o estranho que andava com alguma dificuldade lá no alto do morro, vindo da linha do trem. A tarde já vai adiantada e uma nebulosa quietude tomou conta dos campos. As árvores fervem com o calor. O ar está lânguido e de um cinza-azulado. Tudo reluz. O homem é baixo e gordo, e mais que andar parece rolar, jogando de um lado para outro, como um pneu murcho que tivesse se soltado de uma roda. Está usando um terno preto e uma camisa branca com o colarinho desabotoado. Trata de se manter do lado da sombra. Parece aflito — deve estar suando, com aquele terno. É uma aparição improvável, surgindo ali a pé, no morro coberto de vegetação. Mas Rex não ficou surpreso, pois, vivendo há tanto tempo entre seres humanos, já se acostumou aos seus hábitos muitas vezes incompreensíveis. A sua visão não é mais a mesma, mas os seus outros sentidos continuam tão bons quanto antes, especialmente o faro. Ergue o focinho, que tem o tamanho e a textura de uma trufa úmida, fareja o ar à cata de algum cheiro do tal sujeito que um ventinho errante possa lhe trazer. Há uma glândula minúscula lá no alto, dentro daquele focinho, praticamente entre os olhos, capaz de detectar uma única molécula de odor — e esses humanos ainda se gabam do polegar como marca evolutiva! O cachorro está parado no portão, no final da alameda do jardim. Apesar de velho, ainda impressiona pela aparência, com a parte frontal da cabeça quadrada e os ombros robustos. O rabo se move com a elegância de uma folha de palmeira balançando ao vento. Estreita os velhos olhos, tentando distinguir o rosto do homem, mas tudo o que percebe é um borrão esbranquiçado. Solta então um dos seus latidos profundos, sonoros, que vêm lá da barriga e provocam uma ligeira sacudidela nas suas patas da frente. Vira a cabeça para olhar a casa às suas costas. Nenhuma porta se abriu, ninguém apareceu nos degraus da entrada, nem sequer uma cortina se mexeu. Será que deve deixar aquele estranho entrar, se for essa a sua intenção?

Aliás, diga-se de passagem, é mesmo. O sujeito chega ao portão, um tanto ofegante e descabelado. Homem e cão se fitam até que o primeiro estala a língua, estende a mão, faz um carinho na cabeça do animal e este abana o rabo. O estranho tem um cheiro forte, pegajoso, muito pungente, um cheiro diferente, que lembra lugares distantes.

— Olá, Rex — diz ele, em tom amigável.

Rex fica chocado. Como é que aquele homem sabe como ele se chama? E, além disso, está sorrindo.

— Tem alguém em casa? — indaga, protegendo os olhos com a mão e espiando lá para dentro. Tem uma careca contornada por uma coroa de louros de cachos pretos, um rosto bulboso, com um ar doentio, branco como cera, e um nariz que mais parece um dedinho quebrado; as mãos, gorduchas e meio infantis, dão a impressão de serem duas rolhas enfiadas nas pontas dos braços gordos. Do bolso do paletó, ele tira um lenço branco, enxuga a testa e a papada de carne flácida e acinzentada que lhe cai debaixo do queixo. Passa por Rex, sai andando pela alameda e um velho instinto determina que o animal lhe crave os dentes no tornozelo. Em vez disso, porém, o velho cão sai correndo atrás dele, deixando a língua quente pender naquele bendito arzinho fresco e empoeirado.

Petra está lá em cima, no aposento pomposamente denominado sala matinal. Trata-se de um lugarzinho sombrio e nada convidativo. Como é raro alguém ir até ali pela manhã ou em qualquer outra hora do dia — a casa tem tantos cômodos assim, que praticamente não são usados —, a moça sabe que vai poder trabalhar sem ser incomodada. Espalhou os livros e dicionários médicos pela mesa em forma de meia-lua com pernas bem compridas que fica encostada na parede oposta à das janelas. A tal mesa, bem antiga, tem uma pátina magnífica, e no seu tampo há várias lascas escuras e profundas embora as bordas tenham sido polidas pelo tempo. Antes dela, quantos outros, ao longo dos anos, teriam ficado sentados ali, trabalhando no silêncio de um dia de verão? Petra imagina como alguém a veria se estivesse espiando para dentro daquele quarto, debruçada sobre tantos papéis, caneta na mão, parecendo um ilustrador fazendo gravuras no velho livro de um erudito, trabalhando sobre alguma concordância legendária e abstrusa. Apesar de destra, segura a caneta como fazem normalmente os canhotos, com o pulso dobrado sobre si mesmo e as juntas salientes chegando a ficar brancas nos pontos onde os ossos reluzem sob a pele esticada.

O dia de hoje é um marco no progresso da sua enciclopédia da morbidez humana a que a moça deu o título de *Florilegium Moribundus Humanae* — não sabe se o latim está certo, mas gostou daquela sonoridade —, pois ela acabou de concluir o verbete sobre azotemia, o último da letra A, e, portanto, amanhã começa a letra B com o verbete bacilemia ou, talvez, com o reflexo de Babinski, embora, em sentido estrito, este último seja um sintoma e não uma doença. Está escrevendo num caderno daqueles in-quarto com a capa coberta de flores de lis que o seu pai lhe trouxe uma vez, acha ela, lá de Florença como presente de aniversário. Usa uma caneta-tinteiro de aço e tinta azul, tomando o maior cuidado para não borrar o papel. Adora aquele som que a pena faz, raspando o papel grosso e granulado. Para que as linhas fiquem bem retas, usa uma régua e um utensílio especial com uma roda de metal dentada que cria uma pauta-fantasma onde as letras podem ser escritas. Ao longe, vindo lá do vilarejo, pode ouvir o sino do Angelus. Uma mosca que ficou presa a um canto da janela não para de zumbir às suas costas, fazendo um barulho que mais parece um minúsculo motor elétrico que falha de modo intermitente. Petra não está pensando em nada, principalmente não em Roddy Wagstaff que descansa no seu quarto depois do desconforto das duas horas viajando de trem. Está tranquila. A sua mente boia como um cabelo na água. Vai escrevendo naquela pauta-fantasma pontilhada: *concentração anormal de ureia e outros corpos nitrogenados no sangue...*

Ouviu os latidos de Rex lá no portão e, a princípio, não deu muita bola para isso. Agora, porém, alguma coisa, algum nervo muito sensível entre as suas escápulas, a está alertando para o fato de alguém vir se aproximando da casa. Levanta-se da mesa e vai até a janela, ainda com a caneta na mão. Vê o homem vindo pela alameda do jardim e Rex em seu encalço. Dá um passo para trás, temendo que ele possa vê-la também. Ouve o som duro dos passos do sujeito no cascalho do chão. Ao avistar aquele homem, tem um sobressalto, como o mercúrio disparando dentro de um termômetro. Pergunta-se quem será, como chegou até ali e o que estaria querendo. Não gosta nada de estranhos vindo àquela casa, principalmente desse jeito, a pé, parecendo surgido do nada. É a doença do seu pai que virou tudo de pernas para o ar, e Petra tem certeza que é também por causa disso que esse homem veio até aqui. Não sabe muito bem o que fazer. Alguém vai atender à porta e deixá-lo entrar, mas talvez devessem lhe barrar a entrada — talvez devessem mandá-lo embora imediatamente.

De repente, vira-se, sai correndo do quarto, cruza o patamar e desce a escada de dois em dois degraus, às vezes até três. Escancara a pesada porta no exato momento em que o homem ia pondo a mão na aldraba. Ele recua, assustado, e ela também toma um susto, pois ambos se surpreenderam: ele com ela; ela consigo mesma. A impressão que dá não é de uma porta se abrindo, mas de um painel deslizando entre dois mundos.

O lado de fora lhe parece estranhamente luminoso, como se iluminado não pelo sol, mas por gigantescas lâmpadas invisíveis. Petra está ofegante e tem o rosto corado. O homem sorri. Diz algo que ela não entende, o próprio nome, talvez. Atrás dele, Rex mete a cabeça na altura dos joelhos do sujeito e fica olhando para a moça, hesitante, inquiridor. Ela se afasta um pouco e sacode o braço um tanto rigidamente, num gesto brusco que o convida a entrar. Ele dá um passo à frente, quase tropeça na pedra mais elevada da soleira e penetra no vestíbulo com aquele andar vacilante, jogando o corpo para um lado e para outro — é como um bailarino comicamente gordo cujas sapatilhas fossem pequenas e apertassem os seus pés.

— Importa-se que eu me sente? — indaga ele, embora já tenha se atirado naquela *bergère* alta e preta nada convidativa que fica junto do console. Petra nunca tinha visto ninguém sentar ali antes. — Ufa! — exclama o sujeito, inflando as bochechas. Pega o lenço e volta a enxugar o rosto. A sua pele muito pálida brilha como se estivesse inteiramente recoberta por uma boa camada de óleo. O lábio inferior, gorducho, pende frouxo e a moça pode ver a ponta de uma língua, afilada e sombriamente úmida. — Desculpe — acrescenta o homem, com um sorriso desesperançado, ofegando ainda mais para mostrar como estava sem fôlego. — Calor — prossegue ainda, baixando os olhos com um ar inquiridor; ela continua a segurar a caneta, como se fosse escrever ali no ar. Mais que depressa, Petra esconde a mão às costas. Lembra do barulho da mosca voando de encontro à vidraça, o zumbido daquelas asas; deve ser terrível ficar presa assim, pensa, inexplicavelmente isolada de todo aquele dia, aquele ar e aquela luz que havia lá fora. — O seu nome... — diz o visitante, batendo com um dedo na testa. — Eu sei que devia saber...

Rex ficou parado na porta olhando para aqueles dois de orelhas em pé, balançando o rabo de um lado para outro.

— Petra — diz a moça. Por que ele devia saber o seu nome? Como poderia saber?

— Petra. Isso mesmo — replica o homem olhando ao seu redor com um ar distraído. Ele se afundou na cadeira e parece até que não tem pescoço; a sua cabeça se mexe como uma bola grande e bem pesada instalada num pequeno pedestal.

— O meu pai não pode receber visitas — diz Petra, num tom mais estridente do que pretendia. — Quero dizer, ele não está bem.

O seu interlocutor continua a passar os olhos pelo vestíbulo como se não tivesse ouvido nada. — Eu bem que tomaria alguma coisa — diz ele. — Acha que seria possível me arranjar algo para beber? Um copo de água está ótimo.

A moça olha para a porta aberta, uma caixa alta de luz, onde Rex continua parado, ainda balançando o rabo, para lá, para cá. Além do cachorro, ela é a única que viu aquele homem, que sabe que ele está ali. Pode lhe dizer que vá embora, pode mandar que ele se vá e ninguém na casa vai saber de nada. Se fechar a porta, o homem fica. Mas será que iria embora, mesmo que ela mandasse? Daquela poltrona horrorosa, que mais parece um trono, ele a fita com ar bonachão por entre as pálpebras semicerradas, com aquela boquinha úmida e aveludada meio retorcida para um lado num sorriso afável e divertido.

Quem quer que ele diga que é, o que quer que pretenda ser, eu, Hermes, o mensageiro, sei perfeitamente quem ele é. *Et in Arcadia ille* — disseram a Thamuz que o grande deus Pan tinha morrido, mas estavam enganados. Se esse tratante não se comportar direitinho, como sei que vai, acabo lhe dando umas boas bofetadas.

— Estou com muita sede — prossegue o estranho, insistindo. — A estrada... A poeira...

— É — replica Petra, balançando um pouco sem sair do lugar, como numa espécie de transe. — A poeira.

Então, agora somos três rondando por essa casa. O meu pai, eu e esse bandido que acaba de chegar. A coisa ficou feia.

Na verdade, eu não devia falar deste ou daquele personagem quando se trata de deuses imortais — somos todos um só, mesmo na nossa diversidade — e sempre que uso, por exemplo, as palavras "pai" ou "ele", ou ainda, no caso, "eu", faço isso por uma simples questão de conveniência. Nesse contexto, tais denotações são tão frouxas, tão cruas que chegam a ficar quase incompreensíveis. Quase, mas não efetivamente, claro. Elas lançam certa luz, por mais fraca que seja. Há uma espécie de penumbra, por assim dizer, envolvendo e evidenciando a presença de uma entidade inefável. Mas que abismo sombrio existe entre essa luz e o grãozinho de areia que ela vai iluminar... Era comum Adam tatear por profundezas de indefinição igualmente frustrantes sempre que era convocado a sair dos limites seguros do Grande Consistório e expor as suas noções mais extravagantes a um público mais amplo. Sempre deplorava os humildes objetos que os seus predecessores — tantos dos quais ele próprio colaborou para desacreditar — usavam para forjar as suas metáforas, todas elas colidindo como bolas de bilhar ou dados num tabuleiro, cruzando-se como elevadores subindo e descendo, como navios que passam uns pelos outros na noite escura. Mas que outra forma eles teriam para falar do que não pode ser falado, ou, pelo menos, não em linguagem comum? Procurou ater-se exclusivamente a algarismos, figuras, símbolos concretos. Sabia, é claro, como é perigoso confundir a expressão de alguma coisa com a coisa em si, e, por vezes, chegou a se perder na zona incerta que existe entre o conceito e a coisa conceitualizada; até ele, como eu, enganou-se às vezes e tomou a manifestação pela essência. Porque, para nós dois, essa essência é essencialmente inessencial quando se trata de tornar algo manifesto. No meu caso, os deuses; no dele, os infinitos. Vejam só a bela enrascada em que nos metemos...

Pensem nesse sujeito que Petra, apesar de desconfiada, acabou deixando entrar na casa. O nome com o qual se apresenta é Benny Grace. O que ele está fazendo aqui, ou pretende fazer, não sei dizer, embora tenha cá as minhas suspeitas, ora se tenho... Será que devo descer voando do telhado agora mesmo — estão lembrados da figurinha lamentável daquela estátua minha com que já topamos lá no telhado do Quarto do Céu? — e usar o meu caduceu com serpentes para lhe dar uma pancada de advertência? Com gente como ele, se é que isso existe, é sempre melhor não deixar coisa alguma para depois. Conheço bem os seus rompantes — como poderia não conhecer? Olhem só para ele, escarrapachado ali naquela poltrona grotesca, mergulhado do próprio suor, com as mãos no colo e os dedos cruzados, aqueles joelhos gordos bem separados e aquela bolsa disforme e volumosa entre as coxas. Quem ele pensa que é, quem está fingindo ser? Benny Grace, não é? — Ele vai ver só quem é Benny Grace... O cachorro sentou ao seu lado, meio recostado na perna dele de um jeito todo amistoso. Petra continua parada ali, as mãos juntas, olhando aquele desconhecido sem saber o que fazer. O dia esmorece por um instante e tudo se aquieta. Benny Grace ergue os olhos para o teto, com aquele sorrisinho meio torto nos lábios.

Enquanto isso, lá em cima, na imobilidade do quarto às escuras, Adam, deitado na cama, percebeu a entrada do estranho na casa como se fosse um ligeiro tremor bem distante, um estremecimento na atmosfera geral. Também ele ouviu o latido de alerta de Rex no portão e, depois, toda a comoção provocada por Petra ao descer correndo a escada e escancarar a porta da frente. Agora, está inquieto. Seja quem for essa pessoa que deixaram entrar ali, não é um visitante habitual. Adam sempre cultivou um vivo sentido do numinoso. Verdade, por mais que isso possa parecer improvável em se tratando de alguém com as suas inclinações. Os deuses que cuidam do seu mundo não são exatamente divinos nem os demônios exatamente demoníacos; mesmo assim, são deuses e demônios, com uma presença tão palpável para ele quantos os elementos invisíveis que dedicou a vida a estudar, as partículas que se apinham no espaço ilimitado e as forças titânicas que as ordenam. A despeito da célebre sutileza das suas faculdades especulativas, no caso de Adam trata-se de simples fé. Uma vez que há infinitos, na verdade uma infinidade de infinitos, como ele demonstrou, deve haver entidades eternas que os habitem. É, ele crê em nós, e acredita que vivemos nesse até então insuspeitado reino além do tempo que descobriu.

"Benny Grace!" De repente isso lhe ocorre. "Deve ser ele que acabou de chegar. Sem dúvida alguma, só pode ser ele. Benny, quem mais poderia ser? Devia ter imaginado", pensa ele, acho eu. "Devia ter imaginado."

Para Petra, a vida daquela casa, aliás, a única vida que conhece, é um processo de preenchimento trabalhoso e interminável; como se houvessem posto à sua frente um quebra-cabeça com toda uma miríade de pecinhas ou um imenso jogo de palavras cruzadas que ela tivesse de resolver. Agora, precisa encaixar Benny Grace ali dentro, encontrar a lacuna que tenha exatamente o seu formato. Ele lhe disse que tinha vindo ver o seu pai — ah, mas é claro, por quem mais alguém viria até ali? —, mas a moça pensa na mãe. Talvez ela precise de proteção contra aquele sujeito: seria possível? O tal do Grace não parece ser mau; mesmo assim, tem alguma coisa nele que é nitidamente inquietante. Lembra o Polichinelo. Talvez vá lhe dar uma surra com um porrete qualquer. Petra não gosta da mãe, mas acha que deve amá-la, pois o que seria então aquela indizível pontada de pena, remorso e desejo senão amor? A sua mãe põe todo mundo para baixo, todos ali naquela casa, inclusive Pa, embora ele talvez não se dê conta disso. Não que ela faça isso de propósito, mas faz, soprando para cá e para lá, aleatoriamente, como o vento num milharal. Quem sabe Benny Grace não vai fazer uma mágica qualquer, não vai empunhar um porrete, mas usar uma varinha para deter toda agitação e, assim, todos eles, talvez até Pa, vão sair flutuando, sozinhos e aos pares, trêmulos de espanto e de prazer, pelo ar brando e calmo?

Acabou levando Benny para a sala de estar do térreo, que, a seu ver, é o máximo que pode lhe permitir penetrar, por enquanto, em termos de interior doméstico. A sala fica numa quina da casa e tem duas janelas bem altas de guilhotina dispostas em ângulo reto, uma com relação à outra. A primeira dá para o semicírculo coberto de cascalho que fica na frente da casa; a outra, para uma densa e vagamente assustadora confusão de pés de azaleias com a folhagem meio esturricada e uns galhinhos artríticos e sorrateiros. O teto alto acabou adquirindo um leve tom de madressilva e, ali dentro, paira sempre um cheirinho ligeiramente alcatroado de turfa vindo da lareira, mesmo agora, em pleno verão, quando faz meses que ela não é acesa. Os sofás e as poltronas são estofados com um chintz desbotado. Os sofás estão afundados no meio, parecendo até as costas de um pônei velho, e os tamboretes para os pés conseguem estar ainda em pior estado. Junto à grade da lareira, há um balde de latão para o carvão e, nas paredes, umas antigas armas nativas, umas coisas assustadoras como machados, azagaias, clavas e umas lanças finas, bem compridas, com penas escurecidas pelo tempo e cujas pontas de bronze, em formato de folha, têm a aparência do couro velho que chega a brilhar de tanto que foi esfregado. A presença de Benny faz com que Petra veja todas essas coisas com outros olhos, talvez até como se fosse pela primeira vez. Percebe o tom quase prateado das costuras do chintz nos pontos em que o tecido está mais gasto, o brilho profundo dos amassados do balde — por que será que aquele brilho do latão a faz pensar em Alexandre, o Grande? —, o acinzentado da poeira depositada em linhas bem nítidas como se fosse uma guirlanda franzida debruando o cabo esguio daquelas lanças.

— O meu pai gostava muito desta sala — disse Petra. Não sabe se é verdade, nem por que resolveu dizer aquilo. É ela que gosta dali; o seu pai não tem essa história de gostar das coisas, ao menos não de coisas como uma sala. — Era... a sua sala favorita — acrescentou bem alto, como se esperando que fossem contradizê-la —, o seu lugar predileto dentro desta casa.

Benny faz um aceno de cabeça, passando os olhos pelo aposento e parecendo até satisfeito com tudo o que o seu olhar ilumina. Dá a impressão de estar esperando, numa expectativa tranquila com relação a algo nem tão interessante assim e que ele sabe que vai acontecer na hora certa. É um sujeito estranhamente pouco curioso. Não parece se importar a mínima com o fato de ela não ter quase nada a lhe dizer — ele também não tem quase nada a lhe dizer. Só pediu alguma coisa para beber, e, embora tenha feito esse pedido mais de uma vez, não dá o menor sinal de impaciência. Finalmente, foi Ivy Blount quem surgiu lá da cozinha, trazendo uma bandejinha de cobre com um copo de água bem gelada. Aquela água, cuja superfície treme de forma quase imperceptível, está meio turva, parecendo gelo que acabou de derreter — os canos aqui em Arden estão sempre cheios de ar —, mas Benny bebe tudo sem qualquer hesitação e até estala os lábios. Ivy põe o copo vazio de volta na bandeja, como uma enfermeira recolhendo material para exame; sai apressada e fecha a porta às suas costas com um cuidado tão exagerado que não faz barulho algum, a não ser um clique ínfimo, como o estalar de uma língua. Benny recomeça a observar a sala, assentindo com a cabeça. O sol que entra por uma das janelas forma uma gaiola de luz delicada e elaborada que se apoia meio de banda no parapeito. Petra olha fixamente para um dos botões da camisa branca do estranho; que esquisito, pensa a moça, um botão, de um branco lustroso feito osso, com aqueles dois furinhos abertos lado a lado bem no meio. Tem certeza que Ivy está ouvindo atrás da porta. É algo que ela sempre faz. E também lê as cartas dos outros. Claro que está louca para saber quem é Benny Grace e o que veio fazer ali. Ao que parece, Duffy também está curioso, pois fica passando pelo quintal como quem não quer nada, mas não disfarça tão bem assim, pois dá um jeito de espiar pela janela para dar uma olhadinha naquele intruso. Na verdade, não é Duffy, mas eu, na pele dele — acho que devo dizer que, a essa altura, já estou conseguindo imitar perfeitamente o jeitão desafiador do vaqueiro. Preciso bolar um estratagema qualquer para ficar de olho em Benny, todo gordo e cheio de si naquele terno reluzente com manchas de suor debaixo dos braços, aquela pele branca e suja e aquele narizinho de rabisco. Vou fazer o possível para que ele não atrapalhe demais as coisas nessa casa.

Petra toma um susto com um barulhão lá no corredor — claro que Ivy, agitada como está, deixou cair a bandeja. Murmura um pedido de desculpas e logo sai da sala, fazendo o possível para que Benny não pense que ela está fugindo, como a tímida Ivy. Ouve a própria respiração. Ao passar pela porta, vê de relance os calcanhares e as costas encurvadas da mulher que desce os degraus da cozinha. Ao seu redor, a casa tem um ar de cochicho, como se houvesse vários ouvidos à espreita de cada som, por menor que seja. Por que sobrou para ela ter de lidar com aquele sujeito? Ainda não sabe quem ele é nem o que veio fazer ali; só sabe o que ele lhe disse: que veio ver o seu pai. Desce a escada atrás de Ivy, ouvindo o ruído oco dos seus pés nos degraus de madeira. Sente-se como uma atriz que esqueceu a própria fala e que, mortificada, passa por um alçapão para deixar o palco. Pensa na mulher do irmão e, por dentro, faz um muxoxo de desprezo.

O irmão está na cozinha, sentado à mesa, tentando consertar um rádio. Retirou o painel traseiro e, com todo cuidado, está cutucando as entranhas do aparelho com uma chave de fenda comprida e bem fina. Arregaçou as mangas da camisa. Os seus braços, grandes como um presunto pequeno, são rosados e recobertos de uma penugem clara. O rádio é daqueles antigos que têm uma tela de tecido diante do alto-falante, uns botões de baquelita marrom e uma janelinha de vidro com uns nomes de lugares de que a moça jamais ouviu falar — Hilversun, por exemplo. Onde será que fica isso? La diz que é um transistor, que funciona sem fio, mas, como Petra pode ver claramente, o aparelho está abarrotado deles: lá dentro tem rolos e mais rolos de fios de cores diferentes.

Não vê Ivy Blount em lugar nenhum. Ela deve ter se esgueirado pela porta dos fundos.

Adam está concentradíssimo, com a testa franzida, o lábio superior cobrindo o inferior como a ponta de um polegar rosado e uma mecha de cabelo caída na testa. O seu irmão é ótimo para consertar coisas: mais um motivo para a moça admirá-lo, e também para ter inveja e raiva dele. Chega ao fim da escada e Adam continua o seu trabalho como se ela não estivesse ali. Por um instante, Petra fica parada, observando; ele é tão jeitoso, apesar daquelas mãos grandes e daqueles dedos grossos... Manuseia a chave de fenda como se fosse um estilete.

— O que deu em Ivy? — pergunta Adam, sem erguer os olhos.
— Passou por aqui correndo, como se tivesse visto um fantasma.

Petra lhe fala da chegada do estranho.

— Veio ver Pa — acrescenta. — Fiquei sem saber o que lhe dizer.

O rapaz se inclina ainda mais, e a lâmina da chave de fenda mergulha mais fundo naquelas espirais coloridas.

— Como ele se chama?

Ela percebe como a nuca do irmão ficou vermelha, como sempre acontece quando ele está hesitando ou se irrita com alguma coisa. A chegada daquele estranho deixou todos ali apreensivos... Primeiro foi Ivy; agora, Adam. Petra fica mais tranquila ao ver que não está sozinha.

— Sei lá... — responde. — Ele me disse, mas não entendi direito... Ele parece o Popeye falando...

— O marinheiro...

— O quê?

— Eu sou o marinheiro Popeye... — cantarola Adam e dá uma risadinha, enfiado ali dentro do rádio.

A moça fica parada atrás dele, fitando aquela nuca que continua ainda bem vermelha. Nesse ponto, o cabelo de Adam termina formando um cachinho diminuto.

— O que ele quer com Pa? — indaga, virando-se e olhando para a irmã.

Petra morde o lábio e não responde nada.

— Disse que o conhece?

Ela dá de ombros daquele seu jeito peculiar, sacudindo o braço esquerdo um tanto rígido, erguendo o ombro direito e inclinando o rosto como se quisesse encostar nele.

— Você não lhe perguntou nada? — prossegue Adam, abanando lentamente a cabeça.

Mais uma vez, Petra não responde, limitando-se a encará-lo com um ar meio apático e emburrado.

— Você não tem jeito mesmo… — diz o rapaz, desviando o rosto. Pega a tampa traseira do rádio — ela também é de baquelita, não é? —, encaixa-a no lugar certo e começa a prendê-la de novo com os parafusos.

— Qual é o problema? — pergunta Petra.

— O quê?

— Isso aí — responde ela, apontando para o aparelho. — O rádio, o transistor, seja lá que nome tenha… Qual o problema com ele?

Adam larga a chave de fenda e se levanta da mesa, massageando um ombro enrijecido com uma daquelas mãos carnudas.

— Convenhamos, Pete… — diz ele. Mas continua evitando encará-la. É claro que está tão nervoso quanto a irmã diante da perspectiva da presença de Benny Grace. Mas por que ficaria nervoso? Ele vive no mundo, ao passo que ela, não; devia estar acostumado com ocorrências inesperadas, coisas que dão errado, gente que surge assim do nada.

Atrás da irmã, sobe os degraus, atravessa o vestíbulo e chega à sala de visitas. Vão encontrar Benny Grace sentado de novo, desta vez, numa das poltronas estofadas de chintz, sereno como uma imagem de Buda, exatamente como antes, à vontade, com as pernas bem abertas e as mãos no colo, com os dedos entrelaçados. Dá para ver um pequeno triângulo da barriga branca feito carne de peixe por uma fenda entre dois botões da camisa, logo acima do cós apertado da calça. Ao ver o casal que se aproxima, o homenzinho se põe de pé. Não parece muito mais alto do que quando estava sentado.

— Grace — diz ele, estendendo a mão para Adam. — Benny Grace.

O rapaz franze o cenho.

— O meu pai está doente — diz. — Não sei se a minha irmã lhe contou. — Petra nota que ele também está falando num tom mais alto, exatamente como ela tinha feito. — Na verdade, bem doente.

Benny assente com um aceno de cabeça. Está sorrindo, como se estivessem lhe dando alguma notícia boa.

— Eu sei, eu sei... — replica e fica esperando, sempre sorrindo, com a cabeçorra bem redonda meio inclinada. Adam pensa num melro, gorducho e alerta, com os olhos luzidios pulando de um lado a outro.

— Ele está em coma — prossegue. — Teve um derrame.

— Um derrame — repete o outro, contraindo os lábios e abanando a cabeça. — Isso é grave. Na verdade, muito grave.

Depois disso, silêncio. Adam sabe que Petra está ali ao lado, assimilando sofregamente tudo o que acontece ao seu redor.

— Como chegou aqui? — indaga. Também tem consciência de estar falando muito alto, mas, ao que parece, não consegue baixar o volume da voz. Por que todos gritam com o pobre Benny? Chego quase a ficar com pena dele...

— Ah, foi fácil — responde Grace sem hesitação. Ele, pelo menos, está falando baixo. O tom da sua voz sugere uma vida inteira de obstáculos negociados com a maior habilidade.

— Mas como? — insiste Adam, incapaz de se deter. — Veio de carro?

— Não dirijo — diz Benny, abanando a cabeça e dando de ombros. — Nunca consegui aprender.

Sem saber o que fazer, Adam só aquiesce. Sente uma espécie de pânico crescer dentro de si. Fica com medo de ter um acesso de riso histérico e incontrolável. Vira-se para a irmã.

— Por que... — principia ele, quase gritando. — Por que não leva Mr. Grace para ver Pa?

A moça desvia o rosto e franze o cenho, fitando os joelhos do irmão. — O quê? — murmura. A sua perna esquerda começou a tremer. Metida naquela velha calça de veludo e a camisa azul grande demais, magra, frágil e praticamente careca, Petra parece até uma prisioneira, ou uma refugiada que acabou de sobreviver a uma terrível marcha forçada. Benny junta as pontas dos dedos diante da barriga e a fita, quase com carinho.

— Só vou dar uma olhadela — diz ele, tentando convencê-la, como velho espírito esperto que é. — Assim posso dizer que o vi.

Os três se viraram e foram se dirigindo para a porta onde aconteceu um breve confronto, pois, inadvertidamente, todos tentaram passar por ela ao mesmo tempo. Do vestíbulo, Petra começa a subir a escada com Benny Grace. A luz penetra pela claraboia, indiferente como uma chuva silenciosa, algo que se deixa absorver por outra coisa. Na quina do patamar, a moça hesita por um instante; olha para o irmão que ficou parado na porta da sala de visitas e, de lá, a fita com a cabeça erguida. O rosto dele está impassível, e não lhe dá qualquer sinal de ajuda. Ela continua a subir, e, quanto mais sobe, mais o seu coração parece sucumbir. Ao seu lado, Benny Grace, com seus pés de cabra, vai ofegando brandamente escada acima. E se Pa despertar do coma? O que vai dizer ao vê-la chegar assim, de repente, trazendo consigo esse estranho? E o que ela lhe diria? Como poderia se explicar?

Agora, os dois estão diante da porta que dá para a escada do Quarto do Céu. Petra bate e gira a maçaneta. Que ar é esse que vem lá do alto? Que espíritos guardam essa passagem?

O que eles estão pensando? Se pudesse, me ergueria da minha mortalha, arrancaria todos esses tubos nojentos, sairia espalhando papinha e xixi por todo lado, e iria bater a porta na cara desses dois. Ah, pobre fanfarrão dos moribundos... Não que eu tenha medo de Benny Grace; o que me assusta é virem me perturbar. Estou quieto aqui no meu canto e me apavora esse súbito enfunar de velas. A minha história com Benny é longa e complicada. Quando mergulho no cristal cada vez mais enevoado da memória, vejo uma multidão alvoroçada, se acotovelando, e, do meio dela, o rosto gordo de Benny rindo para mim, sugestivo, sardônico, hipocritamente ávido. Terá vindo discutir comigo nos meus últimos estertores, dizer que estou abordando a morte de forma inteiramente errada? Eu o conheço, ele me conhece há mais tempo do que consigo lembrar, embora deva lembrar, suponho, agora que ele resolveu aparecer aqui desse jeito. Na verdade, sinto que esteve comigo a vida toda, o que é praticamente impossível, já que não é tão velho quanto eu e vai continuar assim. É isso mesmo, Benny é sem dúvida alguma um imortal.

De repente, lembro de um pesadelo que tive quando era criança, decerto ainda bem pequeno, talvez bebê, acho, dormindo no meu berço. Nunca pude esquecê-lo. Foi tão assustador, tão repleto de significação que, durante todos esses anos, guardei uma lembrança nítida dele. Mas nem sei se posso dizer que tenha sido um pesadelo, já que foi bem curto e desprovido de incidentes. Nem posso garantir que tenha sido mesmo um sonho; talvez fosse a indicação de uma coisa qualquer, num estado de semivigília. Só que, na época, eu era jovem demais — e, agora, sou velho demais e estou distante demais desse episódio — para poder interpretá-lo ou entendê-lo. Seja como for, nesse pesadelo, ou sonho, ou devaneio, pouco importa, alguém tinha me posto num rochedo absolutamente liso, bem no meio de um oceano sem nada à vista. E me puseram ali, pois ninguém me trouxe de barco nem por qualquer outro meio terreno, quero dizer, aquático. Eu simplesmente cheguei ali do nada, quem sabe um Ícaro caído, com a cabeça girando e as asas desprovidas do seu fogo, encharcadas e imprestáveis. Ao meu redor, o tal oceano tinha um tom arroxeado e estava absolutamente imóvel, sem uma onda ou marola que fosse — mesmo quando atingia o rochedo onde eu estava todo encolhido, a água sequer estremecia; na verdade, o oceano parecia estar cheiíssimo, a ponto de transbordar, como se a qualquer momento pudesse dar uma violenta sacudidela e virar, feito um grande disco polido cuja borda alguém pressionasse com toda força. Em qualquer direção, até onde a vista conseguia alcançar, não se via nada, e não havia linha do horizonte: as distâncias indefinidas pareciam o simples prolongamento de um céu igualmente indefinido. Não se ouvia som algum, nenhum grito de pássaro ou gemido de vento. Por todo lado, apenas um imenso vazio e eu, aterrorizado, agarrado naquela pedra com ambas as mãos, mal conseguindo impedir que uma das beiradas do mundo se inclinasse fazendo com que tudo despencasse no abismo do vazio, inclusive, principalmente inclusive eu. O que isso significa? Deve significar alguma coisa, ou, pelo menos, denotar algo. Ainda um bebê de fraldas, será que eu já estava mergulhando a ponta do pé nas águas do Lethe, ou até mesmo patinhando na sua parte mais rasa? Nunca é cedo demais para começar a morrer.

Eu sabia que era Benny. Soube disso assim que senti a presença de um intruso na casa. Talvez tenha estado esse tempo todo à sua espera, sem perceber.

Agora que chegaram ao final da escadinha, os dois vêm andando na penumbra, fazendo o chão ranger sob os seus pés. Para conseguir vê-los, tenho de virar os olhos para o lado e para baixo de um jeito tão violento que os globos oculares iam doer se eu pudesse senti-los. Eles parecem até uma dupla de fantasmas avançando na minha direção dentro daquele quarto escuro. Não posso deixar que vejam que estou olhando: vão achar que estou só fingindo esse estado de torpor, o que talvez seja verdade, já que o meu cérebro anda trabalhando tanto. É provável que eu os veja melhor do que eles a mim, pois os meus olhos estão absolutamente acostumados a essa maldita falsa noite a que a minha mulher me condenou desde que me deitaram nessa cama. Benny... Olhem só para ele, o meu homúnculo. Está falando aos sussurros, feito um padre, com a cabeça meio calva inclinada para a minha filha, que também se inclinou; podiam perfeitamente ser um monge e uma donzela num confessionário. Em vão, luto para ouvir o que ele está lhe dizendo, que besteiras está despejando nos seus ouvidos. *Mm mm mmm*. E cá estou eu, absolutamente calado.

Petra vai até a janela do meio, que fica bem defronte da minha cama, ergue os braços e, com a gesticulação dramática de uma bailarina, abre as pesadas cortinas, empurrando-as para os lados, primeiro para a esquerda e, depois, para a direita. É incrível como a visão de um ser humano em movimento me afeta agora! A claridade parece hesitar por um instante antes de entrar. Ofuscado, fecho os olhos e, por dentro das minhas pálpebras, o reflexo daquela luz vai criando umas formas acrobáticas, escuro sobre fundo um pouco menos escuro, como bolhas de tinta preta estourando devagarinho numa água já bem suja. Mesmo assim, fico excitadíssimo com aquela claridade indesejada, exatamente como, há um instante, fiquei empolgado com os rodopios dançantes da minha filha. Quando chegar a hora, e, agora, esse momento já não deve tardar muito, quero morrer na luz, como uma velha árvore que, na sua última refeição, se nutre do brilho do mundo. Nos últimos dias — quantos? —, com as cortinas fechadas, tenho me sentido num imenso espaço escuro onde portas distantes vão se fechando lentamente, uma após a outra. Não ouço quando elas se fecham, mas sinto uma alteração no ar, como se fosse uma sucessão de respirações, longas e lentas, feitas com a maior dificuldade. Sempre gostei de pensar que a morte fosse mais ou menos uma continuação das coisas como elas são por aqui, um atenuar, um contrair, um encolher tão gradual que eu não registraria nenhum desfecho, ao menos até que chegasse o efetivo fim. Talvez fosse esta a intenção de Ursula: manter-me no escuro para que eu não percebesse a luz começando a se reduzir. Mas não quero dar o meu último suspiro neste quarto. Por que será que ela me exilou aqui, logo aqui, o lugar dos meus triunfos e dos tão mais numerosos fracassos? Quero ir para outro lugar qualquer. Quero morrer ao ar livre. Será que eles conseguiriam dar um jeito para que fosse assim? Isso mesmo, deitado numa caminha em algum ponto do quintal, na grama, debaixo das árvores, ao cair do dia… Seria uma maravilha, uma bênção final…

Mas e se nesse exato momento eu estivesse prestes a recuperar as sensações? E se… não, não, seguindo por aí vou acabar topando com coisas que não quero enfrentar. Deixem-me morrer entorpecido, insensível, mas, ainda assim, pensando, se for possível.

Senti — senti! — uma espécie de tremor do assoalho quando Benny Grace chegou perto da cama. Agora, numa exibição de zelo silencioso e reverente, ele se debruça acima de mim e espia o meu rosto. Volto a ser criança fingindo que estou dormindo a sono solto quando a minha mãe, desconfiada, se inclina sobre mim à luz da manhã de um dia de aula. Viram como a simples presença de Benny já me reduziu à condição de criança, com aqueles sonhos e medos vagos brotando lá das profundezas? Ora, talvez por perceber como aquele bafejar quente perto do meu rosto me perturba, ele dá uma risadinha contida.

Será que devo abrir os olhos? Devo abrir os olhos.

— Ele não mudou nada — diz Benny, virando um pouco a cabeça na direção de Petra, que, às suas costas, continua parada junto da janela, decerto não querendo chegar muito perto de mim, com medo do que poderá ver ali. Não a culpo: um cateter, por exemplo, mesmo que apenas a sugestão da sua presença, não é algo bonito para uma filha ver, tanto pela coisa em si quanto pelo local em que está instalado. — Ainda tem o cabelo preto — prossegue Benny —, o perfil nobre. — Mais uma vez aquela risadinha abafada. — O Adam original. — Essa última frase foi mais dirigida a mim, num murmúrio; ele deve saber que posso ouvi-lo ou, pelo menos, deve desconfiar disso. Afasta-se e começa a andar de um lado para o outro, com aqueles seus pés mancos fazendo um barulhinho caprino nas tábuas do assoalho. — É, quantos anos! — diz ele, agora a certa distância, dirigindo-se a Petra, nitidamente dando prosseguimento a uma conversa já iniciada. — Tem tantas coisas que eu poderia contar! Tantas histórias!

Eu riria, se fosse capaz. Estou sentindo uma espécie de espanto pânico — Benny Grace, aqui em Arden, com as suas histórias! E eu deitado ali, sem poder falar, enquanto ele fica de pé — logo Benny, quem diria! Não consigo crer. Devo ter me enganado no que disse, ou melhor, no que pensei um minuto atrás; não é possível que eu estivesse à sua espera pois, se estivesse, por que ficaria tão surpreso ao vê-lo chegar? Mas, pensando bem, era inevitável que ele fizesse essa aparição no final. Benny Grace, a minha sombra, o meu duplo, o meu incorrigível demônio. É, eu riria mesmo.

Nunca fui lá muito bom para lidar com os outros. Diria até que não sou o único nessa triste situação, mas percebo com toda clareza a minha incompetência em termos de relações pessoais. Vocês sabem o que é isso. Digamos que um de vocês está andando por uma rua não muito movimentada. Avista então, a uma boa distância, com o rabo do olho, de certa forma com o rabo do seu espírito alerta, um estranho que nitidamente também percebeu a sua aproximação. Mesmo de longe, ambos começam a fazer pequenos ajustes, pequenas fintas e desvios disfarçados para evitar uma eventual colisão, sempre fingindo não estar nem notando a presença do outro. Em geral todos esses esforços visando a uma evasão acabam sendo inúteis, exatamente porque vocês ficaram tentando botá-los em prática, suponho eu, e, no fim, um dos dois é obrigado a desviar todo desajeitado para deixar o outro passar lépido e fagueiro, com um sorriso irritado. Em geral, é o que acontece comigo, onde quer que eu esteja, seja lá com quem for. Estou sempre, sempre na defensiva diante da possibilidade de esbarrar com alguém da minha espécie. E quando sou obrigado a entrar nessa agitada dança de evasiva a longa distância, o mais amplo dos espaços acaba virando uma trilha apertada, e fico como se estivesse numa floresta selvagem com macaquinhos que uivam e pássaros noturnos que gritam e batem em debandada. Não tenho dúvidas de que as coisas podiam ser diferentes. Não há motivo para não seguir em frente com um sorriso nos lábios e abraçar o estranho contra o peito num gesto de companheirismo e afeto. Se não me engano, foi o poeta Goethe — hoje, completamente esquecido, mas, no seu tempo, houve quem o pusesse acima do sublime Kleist! — quem insistiu para que não cumprimentássemos os outros usando os termos *monsieur, sir,* ou *mein Herr,* mas como companheiro de infortúnio, *Socî malorum, compagnon de misères*! Ou teria sido Schopenhauer? Ah, não poder mais ir procurar alguma coisa… Mas não faz mal. Deu para vocês entenderem. Quanto a mim, acataria de bom grado esse conselho, desde, é claro, que eu possa transmitir meus cumprimentos por meio de algum sinal luminoso.

O problema foi que não vi Benny Grace se aproximando. Foi lá no extremo Norte que o encontrei pela primeira vez — ou melhor, que ele me encontrou pela primeira vez —, o que me pareceu estranho, já que, na minha cabeça, ele é muito mais uma criatura do Sul. Era um auditório, uma sala branca, comprida, e o burburinho era geral. Eu estava na primeira fila, num lugar reservado, e a mulher ao meu lado balançava freneticamente o texto da comunicação que ia fazer. A simples perspectiva de falar em público era um verdadeiro tormento para ela, embora já tivesse feito isso mil vezes antes. O seu nome era Inge, ou Ilsa; não consigo me lembrar direito. Vejamos: vou admitir que era Inge. Na abertura do colóquio, houve um coquetel — barulho, risos, taças de champanha com um xarope alcoólico branco e pegajoso — e, mais tarde, haveria um jantar seguido de uma circunspecta apresentação de tango. De um dos lados da sala, a parede era de vidro e dava para uma rampa gramada, salpicada, aqui e ali, de umas bétulas prateadas bem esguias. Será que tinha também veados? A minha memória insiste na presença desses animais, pastando tranquilamente em meio às árvores; essas criaturas aborrecidas, de pernas compridas, com aquela pelagem bege e marrom e aqueles rabinhos curtos que se remexem de um jeito cômico. Aquele solzinho fraco do Norte, uma fina película de um ouro desbotado. Estávamos em pleno verão e, naquelas latitudes, os dias são intermináveis. Choveu, e ia chover ainda mais, por isso a grama cintilava assumindo um ar malicioso. A primeira visão que tive de Benny foram uns pés que mais pareciam cascos e um par de coxas grossas vestidas de um preto meio ruço tentando, com algum esforço e uma respiração ofegante, se encaixar na poltrona à minha esquerda. Depois, vi aquela cabeça globular, aquela cara de lua úmida, o sorriso, a coroa no topo da cabeça — já naquela época ele estava ficando careca — e aquelas orelhas em espiral terminando em ligeiras pontas.

Não consigo me lembrar em que cidade estávamos, nem mesmo em que país. Nós dois, Inge e eu, tínhamos chegado naquele dia, vindo de outro lugar qualquer. Lembro que a belicosa Suécia estava de novo às portas da guerra, pronta para outra batalha expansionista contra os países vizinhos, e viajar pela região era arriscado, sempre com o perigo de atrasos, por isso eu estava com medo de ficar preso por lá, aflito, numa Sei-lá-o-que-borg ou Sei-lá-o-que-sund da vida. Inge era sueco-finlandesa, ou fino-sueca. Acho que nunca consegui saber ao certo qual dos dois. Miúda, com um cabelo louro-acinzentado, muito magrinha, parecendo realmente uma menina, mas uma pesquisadora séria e famosa na sua área, que, lembro bem, eram as teorias de Gauge, que, na época, estavam muito na moda. Ainda posso ver a pequena Inge, com as mãos trêmulas, as pernas fininhas e os dedos dos pés encolhidos; ainda posso sentir o cheiro da sua pele limpa e o seu hálito de cigarro. Ela tinha quarenta anos, mas parecia vinte, exceto de manhã bem cedo e já tarde da noite. A morte de Dorothy ainda era recente e eu, que andava perdido numa névoa de tristeza e de remorso, teria me agarrado a qualquer mastro naquela vastidão de águas escuras e turbulentas. Uma sensação de estranheza generalizada, de ser estranho a tudo e a todos, se apodera das pessoas que passam pelo que eu estava passando. Garanto que aqueles que sofreram uma perda igualmente súbita e violenta sabem o que estou querendo dizer. Tudo o que eu via ou fazia, qualquer ambiente por onde circulasse estonteado me pareciam esquisitos, inteiramente desconhecidos, e, como uma criança boba, precisava que alguém me levasse pela mão de um espetáculo assombroso a outro.

Adoraria lembrar mais de Inge — devo-lhe isso: a lembrança. Logo aquela mulher, que tanto precisava de alguém que cuidasse dela, tomou conta de mim. É estranho que, no meu sofrimento, eu tenha procurado uma pessoa como ela, e não figuras mais fortes como aquelas intelectuais quase masculinas tão comuns na minha área. Sentindo-me desamparado, me apeguei a uma desamparada.

Nunca fui mulherengo, nem mesmo naquela época, naquele ano em que saí por aí arrastando a minha dor, apesar de tudo o que diziam a meu respeito. É verdade. Fui e ainda sou encantado com as mulheres, mas não, ou não exclusivamente na expectativa de trepar em cima delas e ficar, como um bombeiro, acionando a mangueira para apagar um incêndio. De jeito nenhum. Para mim, o fascínio sempre foi aquele momento transformador quando uma delas resolve tirar a roupa e, no mesmo instante, tudo passa a ser diferente. Esse é um fenômeno de que jamais me cansei; era sempre uma surpresa, algo que me tirava o fôlego. Como era mágico, como era encantador quando aquela cabeça com quem eu estivera conversando na rua, num ônibus ou no meio de uma sala cheia de gente, de repente, num quarto na penumbra, se descobria do pescoço para baixo, revelando-se em toda a clara e reluzente extensão daquele corpo que, nu, era inteiramente distinto de quando estava vestido. E não era apenas o corpo, mas também a sensibilidade — surgia ali uma nova pessoa, cândida, desejosa, íntima, vulnerável. A perspectiva do puro espanto por ter nos braços aquela criatura nova, de pele fresca, era o que me segurava ali, naquele auditório envidraçado, sentindo na boca o gosto pegajoso daquele licor de framboesa e um bocejo contido que chegava a deixar as articulações do meu maxilar doloridas, vendo Inge se encaminhar como se fosse meio cega para a mesa de conferências, ainda amassando o seu texto e com uma rodelinha escura na parte de trás do vestido leve de verão bem no lugar onde ela tinha feito xixi, só um pouquinho, apavorada diante da iminência de se levantar e falar para o público.

Eram os primeiros tempos da grande renovação, depois de termos exposto a mistificação da relatividade e revelado o que efetivamente era a constante de Planck. O clima estava pesado, com os relativistas e os adeptos da velha escola da mecânica quântica despencando desesperados lá dos seus píncaros. Estou convencido de que, enquanto trilharam os caminhos juntos, eles aproveitaram para testar os seus princípios de movimento relativo e os seus valores de rotação intrínseca. Eu estava na vanguarda da nova ciência e já era considerado uma figura eminente na área que, devo admitir, ainda era uma esfera restrita e especializada. A minha hipótese de Brahma, como a chamaram — aliás, como Benny a chamou —, arrasou com todos eles. Nela eu propunha o celebrado cronotron, denominação muito feia, aliás — mais uma vez, obra de Benny —, para um conceito refinado, a partícula primordial do tempo, o ovo de ouro de Brahma de cuja gema rompida surgiu toda a criação. Tal teoria é a coisa mais simples do mundo, uma vez que alguém ousou pensá-la. No começo, riram de mim, o que, obviamente, é sempre a promessa de um provável triunfo. Levaram um bom tempo para entender, mas, quando conseguiram, a comoção foi geral. Lembrando agora daquela ocasião, vejo-me carregado em triunfo nos ombros de um bando de fanáticos de olhos brilhantes, mas como algo rígido, pintado, parecendo a imagem sofredora de um santo qualquer levado em procissão numa festa religiosa, chocalhando um pouquinho por ficar sacolejando para lá e para cá, com a mitra torta e o dedão do pé que chegava a brilhar de tanto ser beijado pelos piedosos devotos. Não pedi toda aquela adulação. Eu estava lá no meu canto quando dei um pontapé voador e enfiei o meu dedão do pé reluzente na grande Teoria de Tudo daquela gente. Tinha o maior desprezo pela maioria deles. Começaram a me bajular e me elogiar quando enfim perceberam que o meu trabalho era absolutamente irrefutável. Mas não é que comecei então a desprezar também a mim mesmo, a mim e ao meu trabalho, a minha Obra, assim com letra maiúscula, da qual supostamente tanto me orgulho? Ah, não que eu acredite que o meu feito seja menos importante que o de qualquer outro

— na verdade, acho que é mais, mais do que os meus pares jamais conseguiram realizar —, só que não me basta. Vejam se me entendem. O mundo está sempre disposto a se surpreender, mas o eu, esse monitor com olhos de lince, vê todos os subterfúgios, todos os jeitinhos, e não se deixa enganar.

Os meus pares? Eu disse meus pares? Todos os meus pares já morreram.

Não gostei do jeito de Benny Grace. Definitivamente, ele parecia do tipo grudento. No jantar, lá estava ele de novo ao meu lado. Era Inge que devia estar sentada ali, mas tinha ido ao banheiro e estava agachada num daqueles compartimentos, trêmula e enjoada depois da provação de falar em público. No entanto, nem mesmo o mais carinhoso dos apaixonados poderia ser tão irresistivelmente insinuante quanto Benny. Cada vez que eu erguia os olhos do prato, aqueles olhos pretos reluzentes estavam pregados em mim, com um arzinho todo feliz, expressivo. Agia como um maestro, curvando-se, balançando o corpo e fazendo com os braços um movimento ascendente no ímpeto de arrancar da sua orquestra magníficas ondas sonoras sempre num crescendo. Do outro lado da parede envidraçada, um ventinho prateava o gramado e fazia as folhas das bétulas se agitarem loucamente. Que tarde melancólica aquela, que se recusava a terminar, preferindo continuar se estendendo indefinidamente, cada vez mais esgarçada, à luz pálida do norte. Benny estava inclinado para frente e, sobrepujando as vozes dos nossos companheiros de mesa, apresentava-se, estendendo a mão na ponta de um braço que não se esticava inteiramente de tão apertado que estava na manga do paletó.

"Já eu, é óbvio, sei perfeitamente quem *você* é."

Agora, lá se vai ele até onde está a minha filha, perto da janela que dá para o jardim, e começa a lhe explicar a minha teoria dos infinitos. Benny adora explicar. Petra fica calada; já ouviu isso tudo antes, mas é bem-educada demais para não dar ao menos a impressão de estar encantada com aquela novidade. Eu, que, de onde estou, não consigo mais vê-la, posso imaginá-la parada ali, de olhos baixos, os braços cruzados com força, como se tentasse evitar que o próprio corpo se estilhaçasse em mil pedaços, assentindo sem parar, como um daqueles brinquedos mecânicos. Quando ela se obriga a ficar assim atenta, a intensidade da sua concentração é tamanha que ela parece estar absolutamente apavorada, paralisada pelo medo, em suma, petrificada. No entanto, o que me passa pela cabeça é que é justamente Petra quem menos vai se abalar com a vinda de Benny à nossa casa. Não sei bem por quê — por que acho isso, quero dizer; só sei que acho que vai ser assim, ou espero que seja assim. Deve ser por isso que os outros deixaram que ela trouxesse Benny até aqui, para ver os meus despojos: também devem ter percebido que Petra não é a pessoa ideal para ser dominada por ele. É uma garota adorável, mas tão perturbada... Será que foi um erro fazer dela, quando me dava na telha, a minha confidente, a minha amiga íntima, a musa que eu não soube aproveitar? Desde que Petra nasceu, tornou-se a minha preferida, em detrimento do meu filho, aquele pobre epígono — ele esteve aqui mais cedo, e ficou choramingando ao lado da minha cama. Agora, porém, acho que, fazendo tanta diferença entre os dois, talvez tenha sido tão injusto com ela quanto fui com o seu irmão. Normalmente, Ursula me tranquilizava, com aquele seu jeito bondoso, dizendo que, graças à atenção que eu dedicava à nossa filha, eu lhe transmitia confiança, força, persistência nos seus objetivos. Pode ser que eu tenha mesmo nutrido nela um nadinha dessas qualidades de que, Deus sabe, ela tanto precisa. Mas não tenho muita certeza disso. Cometi muitos erros com relação a muita gente e tenho medo que se... Aha! Será que é neste ponto que entro na célebre confissão feita no leito de morte? Sem nenhuma alma que possa ouvi-la, a não ser os deuses que não têm o poder de me absolver? Evitemos os desabafos e vamos adiante, sem perdão.

Ali, perto da janela, Benny está contando a Petra como o pai dela, quando jovem, conseguiu, com os seus cálculos, revolucionar a chamada realidade.

— Até hoje, o que ele fez ainda não foi devidamente compreendido ou avaliado — diz, em tom de desprezo. Posso vê-lo fazendo aquele gesto circular que costuma fazer com a mão direita, acionando as engrenagens do seu desdém. — Só poucos de nós fomos capazes de entender. Fico impressionado com o *frisson* de sinceridade que há em sua voz. Assumiu esse tom por Petra, para incutir nela a glória dos dias áureos do seu papai, glória esta cuja luz, como ela deve entender, acaba se refletindo nele próprio, meu companheiro e mentor. Mas, nessa época áurea, era Benny quem sempre se mostrava menos impressionado. Enquanto o resto da academia lutava com a vergonhosa estranheza deste ou daquele ponto da minha hipótese, ajeitando no corpo a sobrecasaca e cofiando a barba com ar grave, Benny, sentado lá no fundo, bem no meio da última fila do auditório, se recostava na cadeira, enfiava os polegares no cinto, empinava a barriguinha roliça e ficava só sorrindo. Ah, aquele sorriso que lhe iluminava o rosto inteiro. O que quer que eu fizesse, o que quer que conseguisse, Benny sempre dava a entender que já tinha previsto aquilo há muito tempo. Nada que eu produzisse era novidade para ele, ou, pelo menos, não o bastante. E estava sempre presente, quando eu descia da mesa de conferências, deixando para trás o quadro-negro todo rabiscado; sempre presente, mas sempre se mantendo ao longe, com aquele arzinho de satisfação, ao passo que os outros se adiantavam com murmúrios de admiração ou, a maioria das vezes, consternados, ofendidos ou até mesmo furiosos. Benny podia esperar. Lembro de outro gesto que fazia com a mão: ele a estendia, com a palma voltada para frente, um dos dedos erguidos, mais uma vez parecendo um maestro comandando um pianíssimo; a cabeça ficava ligeiramente inclinada, os olhos semicerrados e os lábios contraídos; um homem que nada poderia surpreender, confundir, levar ao desânimo. Mesmo quando encostei a escadinha na imensa árvore de Natal que todos os que me precederam haviam erguido ao longo de séculos e enfiei a fadinha bem lá no alto de onde a sua varinha iluminou o que fora antes a escuridão de uma infinita floresta de pinheiros cheinhos de badulaques pendurados; uma região coberta por densos bosques de cuja existência até então ninguém, inclusive eu mesmo, nem sequer tinha desconfiado — mesmo nessa ocasião lá estava Benny me dizendo, com um delicado sorriso condescendente, que eu tinha sido um tolo ao imaginar que qualquer coisa podia ser completada, logo eu que sabia melhor que ninguém que naquele caos de realidades que propunha tudo se estende e se desdobra indefinidamente, mundo após mundo. Óbvio que era verdade: como poderia haver uma conclusão para aquilo que eu e alguns outros, pouquíssimos aliás, tínhamos desencadeado? Será que pensei que era o último homem?, ele perguntou e ficou me olhando, abanando a cabeça com um sorriso de branda censura. E tinha toda razão: olhem só para mim agora, o que restou de mim, nada mais que isso...

De repente, ouço aves marinhas, gaivotas com os seus gritos roucos. Elas vêm voando lá do litoral para fazer seus ninhos nas chaminés da casa que há muito não são usadas. Levantam voo e ficam girando acima do telhado, como correntes partidas, as asas agitando o ar, as vozes lançadas no vazio, lamentos das velhas cantigas celtas. Sempre adorei o início desse pandemônio anual que passou a ser um dos marcos do meu ano. É comum os filhotes caírem pela chaminé e aparecerem dentro de casa, intimidados apesar de serem uns grandalhões, e, mais de uma vez, aconteceu de eu dar com um deles parado diante da lareira, com aquelas ridículas patinhas cinzentas, as penas amarfanhadas e sujas de fuligem, os olhos meio turvos voltados para mim com um ar de submissão inteiramente apática. Outros mundos, outros mundos onde não estamos e, no entanto, estamos.

— Está entendendo? -- diz Benny, naquele balbuciar meio engolido que é a voz que ele faz quando explica algo. — Está entendendo? Os infinitos, os infinitos que vira e mexe surgem nas equações de todos os demais, tornando-as nulas, e que, quando apareceram também nas do seu pai, *ele* percebeu exatamente o que...

O que exatamente os mantém lá na janela? Estarão olhando para as gaivotas, espichando o pescoço para vê-las girar e gritar acima das chaminés? Ou alguém estará fazendo alguma coisa interessante no jardim, o malandro do Duffy, por exemplo, fingindo trabalhar porque sabe que estão olhando para ele? Mas que interesse os dois teriam nisso? Talvez não estejam nem olhando para fora; talvez estejam só parados ali, um de frente para o outro, prestando atenção um ao outro, Benny de um dos lados da janela, recostado na veneziana aberta, falando e brandindo aquele dedo gordo, e Petra do outro lado, olhando fixo para o peito sujo da camisa dele, com aquele jeito de quem está literalmente apavorado. Ó Deus, não saber, não conseguir saber as mínimas coisas! Fazer, *fazer* é viver, como sempre dizia a minha pobre mãe tão fracassada e infeliz, entre outros, tentando ao máximo me convencer disso. Vejo agora que ela tinha razão, e, no entanto, passei a vida toda acreditando que o melhor mesmo era pensar.

— ... uma infinidade de infinitos — ia dizendo Benny —, todos eles se entrecruzando e se interpenetrando, todos aqui, mas invisíveis, um complexo de mundos para além do que ninguém antes dele sequer imaginou que pudesse existir qualquer coisa... Ora, você pode imaginar o impacto que isso provocou. Finalmente parece que eles se lembraram do homem deitado ali na cama; mais uma vez, porém, só Benny se aproxima com aqueles sapatos que rangem e se inclina sobre mim. Ouço a respiração que sai do seu narizinho amassado e volto a sentir no rosto a exalação do seu hálito quente e adocicado. — Bom — prossegue ele, bem baixinho, quase num sussurro; parece até que é a mim que ele está se dirigindo —, você pode imaginar... — e dá novamente aquele risinho brando.

Inge, a teórica de Gauge. Por que lembro dela quando penso nele? Ah, claro, porque eu estava com ela na primeira vez que o vi — acho que aquela foi a primeira vez —, mas também porque a pobre Inge toda trêmula era exatamente o oposto do nefasto Benny. Imaginem a cena: eu, diante daquela mesa branca e comprida, espiando as bétulas brancas do lado de fora, as narinas infladas de tédio e desdém, uma das mãos cerradas em cima da toalha à minha frente, parecendo um caranguejo encolhido, e Benny tentando me cativar. Por mais carente e melancólico que estivesse, eu era sem dúvida um sujeito bonitão naquela época. Parecido com quem? Talvez com Oppenheimer, J. Robert, que não conseguiu construir a bomba de que tanto se orgulhava; ou Hilbert, o geômetra, que tinha uma bela barba, exatamente como eu... sei lá, com um daqueles doutores frios e altivos que o mundo inteiro considera o próprio modelo do homem de ciência sem coração. Ao meu lado, Benny está debruçado, com o corpo curvado numa postura conspiratória, murmurando elogios e respirando dentro do meu copo de água. Diz que devíamos sair dali e ir a um lugar que ele conhece, às margens do rio, uma taberna antiquíssima onde, segundo consta, Tycho Brahe teria pernoitado quando estava a caminho de Praga para assumir a função de assistente de Johannes Kepler, o matemático imperial da corte de Rodolfo II, muito tempo atrás, e onde servem patas de urso. Poderíamos sentar na varanda, ficar olhando as luzes de Heligoland — ou seria Hveen — piscando a distância e tomar a especialidade da casa, uma aguardente em que boiam partículas de ouro em pó, ouro em pó de verdade. Tem algumas coisas a me dizer, umas questões a propor. Nem me digno a responder àquele assédio. Aguardente, era só o que me faltava! Patas de urso!

No entanto, já era madrugada, embora ainda não estivesse escuro, quando voltei da cidade, ofegante, em péssimo estado, com um lábio cortado e uma das mangas do casaco rasgada. A essa altura, onde estaria Benny, meu companheiro de mau caminho, meu cicerone em ocasiões de pecado? Em algum lugar entre as biroscas do porto, ele me abandonou ou fui eu que consegui me desvencilhar dele. Não queria voltar para o quarto de hotel onde Inge estaria debaixo das cobertas, mordendo a mão para abafar os soluços. Num estado de euforia provocado pela embriaguez e ainda muito ofegante, saí vagando pelas bordas do lago — havia um lago ali. Vi um sol imenso ir surgindo bem devagar por trás da leve curva do espelho de água, roçar o horizonte respingando-o de ouro e logo recomeçar o seu caminho ascendente. Às minhas costas, naquele lusco-fusco de um azul-acinzentado, um bando de pássaros brancos mergulhava e voava circulando por entre as bétulas. No dia seguinte, se é que podemos separar noites e dias ali no Norte nessa época do ano, consegui duas passagens num hidroavião que rumava para o Sul e, com isso, Inge e eu fugimos da Ultima Thule, vendo, lá embaixo, dois exércitos minúsculos inteiramente vestidos de branco avançando, um em direção ao outro, em meio à tundra.

Benny é então o meu eu sombrio, ou um lado que abrigo em mim e não deveria ter? Antes de ele aparecer, passei a vida me escondendo, com a cabeça bem baixa e uns olhinhos espiando para fora. Ele seguiu os meus rastros até a minha toca. Não é exagero dizer que tudo que eu fiz a partir daquele dia de verão setentrional, quando ele me obrigou a sair dali, foi impregnado pelas tintas da sua presença. Ele... Digo ele, mas acho que deveria dizer eu. Fiz coisas fantásticas. Escalei picos gigantescos — que cordas sedosas, que ganchos reluzentes! — e lá estava ele, sempre batalhando para subir atrás de mim. E assim foi. Fiz um mundo — vários mundos! — e, depois disso, não havia mais nada a fazer senão aproveitar o dia de descanso, o Domingo ocioso e interminável que foi o resto da minha vida. Por que será então que ele veio?

III

O quê? Humm... Devo ter cochilado nesse ponto. Estou ficando tão sonolento quanto o meu velho pai. Vejamos, o que houve durante a minha ausência? Está parecendo que todos aqui em casa meteram a cabeça para fora da janela depois de uma explosão que não aconteceu. Tudo por causa da chegada intempestiva de Benny Grace. Mesmo assim, por que tanta aflição? Olhem só para ele agora, tranquilo e satisfeito da vida, pegando um solzinho lá no jardim que fica atrás do jardim de inverno, num desnível do terreno. Está sentado num degrau de pedra entre duas colunatas ornamentais também de pedra. Tirou o paletó e arregaçou as mangas da camisa. Tirou ainda os sapatos e as meias, para arejar os pés, e, finalmente, vamos poder ver aqueles seus cascos de bode. Que decepção! Na verdade, eles mais parecem patinhas de porco, roliços e rosados, com os dedos todos apinhados, as unhas grossas e duras como cascos. Os seus suspensórios são azul-celeste. Benny está adorando o calor do sol na careca. Por uma brecha que se abre entre dois botões da camisa, fica passando os dedos nas dobras da barriga e fitando com um olhar preguiçoso, parecendo o fauno feliz que ele é no fundo do coração, o renque de árvores imóveis que cercam o jardim. Uma hamadríade é uma ninfa dos bosques. É também uma cobra venenosa da Índia e um babuíno da Abissínia. Só mesmo um deus para saber essas coisas...

Estão rolando os preparativos para o almoço que vai ser servido mais tarde e isso por causa da chegada de Benny, que transtornou e atrasou tudo. Às suas costas, ele ouve o ruído distante de pratos e talheres sendo postos na mesa, e, de quando em quando, nas vidraças do jardim de inverno os traços duros de Ivy Blount se materializam, surgindo das sombras, pois, a cada volta que ela dava em torno da mesa, aproveitava para lançar um olhar hostil às costas gordas e recurvadas do visitante. O tal jardim de inverno é na verdade mais um cômodo da casa, e a sua fachada, derrubada em algum momento esquecido da história de Arden, foi substituída por toda uma estrutura imensa e horrorosa de ferro e vidro. Deve haver ali centenas de pequenas vidraças, algumas das quais, originais, ostentam guirlandas e pontilhados deixados pelo óleo em que se despejavam as placas de vidro ainda derretido — ah, sim, o meu conhecimento não se limita à flora e à fauna, pois entre as minhas diversas habilidades estão a de fabricar e inventar, e conheço os segredos de todas as artes e todos os ofícios; podem dizer que sou, aliás, posso dizer que sou um Fausto e um Mefisto fundidos num só. As molduras metálicas não se encaixam direito e, em determinadas épocas do ano, entram por ali uns ventinhos gélidos, ao passo que, no verão, o lugar fica abafadíssimo e só começa a se tornar suportável nessas últimas semanas de junho, quando o sol alcança o seu zênite e os seus raios já não batem direto naquelas paredes envidraçadas. Estão cozinhando a galinha e, vez por outra, Benny sente o cheiro chegando até onde está; o sabor da carne sendo tostada faz as suas glândulas salivares funcionarem a todo vapor. Fez uma longa viagem; está com fome.

Na cozinha, Ursula está imóvel, enfiada naquele cardigã já todo deformado. Tem de se debruçar e espiar por um cantinho da janela acima da pia para ver Benny lá fora, sentado no tal degrau de pedra. Sabe quem ele deve ser. Lembra-se da primeira vez que Adam lhe falou daquele sujeito. Era pleno inverno em Haggard Head e os dois estavam parados, um ao lado do outro, no escritório. Não estavam exatamente brigando.

Pela janela, via-se, lá embaixo, o mar que parecia uma tigela de limalha de aço; o céu tinha o mesmo tom metálico e não havia nenhum horizonte visível. Ele segurava o seu pulso entre o indicador e o polegar, e apertava tanto que os ossinhos miúdos chegavam a estalar e as lágrimas lhe vieram aos olhos — que mãos fortes ele tinha; ela sempre pensava nas garras de metal daquelas máquinas dos parques de diversão em que, por um *penny*, as crianças enfiam a mão tentando apanhar um brinquedo de plástico ou aquelas bolas de chicletes. Era assim que ele a segurava, meio distraído. Fazia o mesmo com o filho, o pequeno Adam, e dava um beliscão, um puxão, um safanão. Via a si própria, um quarto de século atrás, parada naquele lugar. O marido segurando o seu pulso e ela mordendo o lábio para não gritar. Não tinha a intenção de machucá-la; Ursula não achava que tivesse. Lá fora, a chuva tinha começado a congelar em um ou outro floco úmido de neve que vinham bater na janela e escorriam pela vidraça como se fosse cuspe. Não, ele não pretendia machucá-la. Há quanto tempo já conhecia Benny Grace quando lhe falou dele? Dele e daquela mulher? Ah, anos, foi o que ele disse; anos.

Ouviu-se um chiado alto e furioso vindo do enorme fogão preto onde a galinha está sendo assada — a gordura do animal deve ter caído em cima de alguma coisa. Vira e mexe Ursula considera a perspectiva de virar vegetariana. Mas é tarde demais. Agora, é tarde demais para tudo. Tem a impressão de que a sua vida está chegando ao fim; é um sentimento forte. Não que ache que vá morrer, mas que quando Adam se for tudo o que ela foi enquanto o marido estava vivo vai partir com ele, e o que restar dela vai ser uma outra pessoa, alguém que Ursula não conhece, por quem não se interessa a mínima e que não quer ser. Já viu isso acontecer antes: pessoas que continuam a viver depois da morte de um ente querido e que se tornam estranhas para si mesmas. No seu caso, porém, há os filhos que têm de ser levados em conta; vai precisar cuidar deles, não só de Petra, mas também de Adam. Acha que a mulher do filho vai deixá-lo; é uma sensação que tem e da qual não consegue se livrar. Imagina-se com os dois ali mesmo, naquela casa: a doidinha da filha e o filho voltando para morar com ela, perdidos e desamparados. Petra vai ficar cada vez mais maluca, mas talvez fique mais tranquila, mais caladona, ao passo que Adam vai ficar o tempo todo zanzando pela casa, consertando coisas que não precisam ser consertadas. E, assim, os anos vão passar e os três vão se deixar levar lentamente rumo ao futuro, pobres sobreviventes na sua balsa. Esta é a sua visão do que está por vir.

Suspira, mas continua de olho em Benny Grace. Sempre duvidou que ele fosse mesmo real. Até hoje, desconfiava que fosse uma invenção de Adam, um álibi para os seus casos amorosos. Foi por isso que a sua chegada ali em Arden a deixou tão agitada. Embora, é claro, devesse se alegrar ao descobrir que o tal sujeito existe mesmo e não é apenas mais uma das tão elaboradas invenções do seu marido. Aquele nome, exatamente o tipo de nome absurdo que Adam seria capaz de inventar, sempre lhe soou como uma gozação, um deboche para fazê-la lembrar das mentiras do marido, das suas brincadeiras cruéis, dos seus engodos. Como ele poderia esperar que a esposa acreditasse numa amizade entre ele e aquele tal de Benny Grace que descrevia como um criador de caso e um trapaceiro? Mas havia aquela característica de Adam, aquela compulsão pela transgressão. Segundo lhe disse, Benny Grace era aquela parte que ele havia reprimido em si mesmo para se tornar o que se tornou. Quem era Ursula para contradizê-lo?

Percebe uma presença às suas costas. Será aquele antagonista fantasmagórico que sentiu lá no quarto do marido e que resolveu aparecer de novo para pressioná-la e importuná-la? Não, é o seu filho, parado ali nos degraus de madeira da porta que dá para o vestíbulo. Como consegue andar assim sem fazer barulho algum sendo tão grandalhão? Parece até que não é feito de carne e osso, mas de outro material qualquer, maciço, mas, ao mesmo tempo, macio.

— Dá para vê-lo daí? — perguntou o rapaz.

Como a mãe não responde, Adam desce os dois últimos degraus, atravessa a cozinha, vem se postar atrás dela e põe as mãos nos seus ombros bem de mansinho. O sol deve estar mais forte agora, pois Benny Grace improvisou um chapéu dando um nó em cada ponta do lenço e está ajeitando o novo acessório na careca.

— Seu pai também fazia isso — diz Ursula. — Transformar o lenço em chapéu, desse jeito mesmo. Dizia que, apesar de viver com frio, detestava ficar pegando sol.

Os dois contemplaram em silêncio o sujeito gorducho com aquele chapeuzinho cômico na cabeça.

— Ele está parecendo alguém num postal de praia — comenta Adam. Se olhasse para o lado, será que os veria ali? O rapaz lembra do menino no trem. Agora, Benny está coçando um dos sovacos.

— Sabe quem é ele? — indaga. Mais uma vez, a mãe não responde. — O seu nome é Grace — prossegue, então. — Veio ver Pa. Pete o levou lá em cima.

Ursula vira-se para o filho e o fita, com um ar inexpressivo.

— O quê? Levou aonde?

— Para ver Pa. Lá em cima, no Quarto do Céu.

— Ah! — exclama ela, voltando-se outra vez para a janela e o jardim ensolarado. Parte dela não está ali. Adam, ainda com as mãos nos seus ombros, lhe dá uma leve sacudidela. Tempos atrás, quando ainda era criança, viu alguma coisa reluzindo na cerca de loureiros que ficava diante do velho banheiro externo lá dos fundos da casa, onde os ratos faziam os seus ninhos subterrâneos — aquilo o fascinava, aqueles ratos, gordos e furtivos, rápidos e sempre com um arzinho de quem estava se divertindo muito, mas disfarçando. Enfiando a mão por entre as plantas, pegou uma garrafa de uísque vazia, daquelas pequenas, e, depois, viu as outras, dezenas delas, pilhas e pilhas, absolutamente vazias e enfiadas pelo gargalo na folhagem densa e eriçada.

— Grace — diz a sua mãe, num tom meio sonhador. — Isso mesmo, Benny Grace é o nome dele.

— Então, você o conhece?

— Já ouvi falar.

Adam supõe que, quando a mãe fica desse jeito, deve haver um zumbido e uns murmúrios constantes na sua cabeça, o ruído confuso dela mesma, que abafa as coisas que alguém lhe diz.

— Acho — diz ele, erguendo um pouco a voz — que ele vai ficar para almoçar. Pedi a Ivy que pusesse mais um lugar à mesa. E Roddy Wagstaff também está aqui. Você sabe, não é? Está lembrada que ele chegou mais cedo?

Ursula continua olhando pela janela.

— Uma casa cheia — murmura. Há certo tremor na sua voz, como se ela estivesse a ponto de cair na risada. — O seu pai não ia gostar nada disso.

Por falar em pai, o meu está acordando. Até que enfim!

Mãe e filho se viram juntos quando Ivy Blount entra na cozinha, trazendo alguma coisa. Não veio pela porta que fica no alto da escadinha, mas por um corredor escuro e sempre com cheiro de umidade que fica à direita do fogão e que dá direto no jardim de inverno — aquela casa é uma verdadeira colmeia, com passagens escondidas e corredores interligados. A mulher tirou as botinas e calçou um velho par de chinelas felpudas cor de gato, absurdamente grandes para os seus pés. Ursula acha que aqueles chinelos são do seu marido. Por que, pergunta com seus botões, um tanto aborrecida, todo mundo resolveu usar as coisas dele? Primeiro foi Petra, com aquele pijama velho, e, agora, Ivy, com os chinelos... Adoraria que Ivy andasse tirando os pés do chão; tem certeza que ela sabe perfeitamente como acha irritante alguém arrastar os pés assim, daquele jeito largado, desleixado. E pensar que ela teve uma excelente educação... que era filha de um fidalgo! Afinal, o que ela estava trazendo era uma almofada de cetim vermelho bem desbotada, cheia de furos e rasgões pelos quais saíam tufos do algodão do enchimento.

— Rex estava mordendo isso — diz Ivy ao ver que Ursula está olhando. Ocorre-lhe que, parados ali, aqueles dois parecem até um totem: o filho bem atrás da mãe, com a cabeça inteira aparecendo acima da dela. — Acho que ele a apanhou em algum lugar.

Ursula faz um estalinho com a língua.

— Ah, esse cachorro! — exclama. — Tem andado impossível desde que Adam ficou doente.

O rapaz não gosta nada do que vê: a aparência daquela almofada tem algo de assustador, sugerindo sangue e violência. Lembrou da galinha que Ivy tinha trazido pela manhã. E também de mais um fragmento do sonho que teve à noite. Estava bem no alto, no topo de uma montanha, não, dentro de um avião, ou numa nuvem, é isso, numa nuvem, e voava sobre uma floresta. As copas das árvores lá embaixo eram tão unidas que pareciam um imenso brócolis, e havia um rio enorme serpenteando no meio da mata, como um filete de estanho derretido. No alto de uma colina, havia uma fortaleza cercada de espessas muralhas, e uma torre em chamas. Sai de trás da mãe, vai se sentar diante da mesa onde está o radiotransistor, pega a chave de fenda e recomeça a desaparafusar a placa traseira do aparelho.

— Duvido que o que tem para o almoço dê para toda essa gente — diz Ivy, e, com um ar vagamente desamparado, olha para a almofada destroçada que continua segurando, como se aquela destruição pudesse piorar ainda a escassez de comida. — Duas bocas a mais: Mr. Wagstaff e aquele sujeito que está lá fora no jardim.

— Então, cozinhe mais batatas! — retruca Ursula, num tom quase brincalhão, e dá uma espécie de risinho.

Ivy ergue os olhos para ela.

Não é que todos naquela casa estejam pouco ligando para o que qualquer um dos outros faça, pensa Adam. E, de qualquer forma, não é que haja muito a fazer. O que acontece é que não se conclui nada. Lamenta ter descido; lamenta ter trazido Helen para toda aquela agitação, toda aquela bagunça. Devíamos ter esperado ele morrer, diz a si mesmo com rispidez. Todas as válvulas empoeiradas e os emaranhados de fios ali dentro daquele aparelho se transformam num borrão diante dos seus olhos. Resolveu consertar o rádio para o pai, mas a troco de quê? O seu pai não teria condições de ouvi-lo, mesmo que ele voltasse a funcionar. O seu pai está morrendo. Logo, logo estará morto. Nunca mais iam se falar; o seu pai nunca mais teria chance de não chamá-lo pelo nome. Talvez, pensa de súbito, pudesse entrar para o Exército, virar soldado, ir lutar em alguma guerra longínqua. Quem sabe não era isso que o seu sonho estava lhe dizendo? Tenta se imaginar usando peitoral e elmo de bronze, empunhando uma espada imensa, o suor lhe entrando pelos olhos e uma névoa de sangue por toda parte; cavalos berrando e os gritos dos moribundos à sua volta. Larga a chave de fenda, levanta-se com dificuldade, quase tropeçando. A cadeira recua ruidosamente, arranhando o piso cerâmico do chão. As duas mulheres se viram, assustadas.

— Venha — diz, aproximando-se da mãe e segurando-a pelo pulso. — Vamos falar com aquele sujeito lá fora.

Sai com ela pela porta dos fundos, que, como sempre, prende na soleira de pedra e estremece chocalhando. Como são constantes as coisas mais humildes do seu mundo; mesmo assim — que vergonha! —, vocês mal dão pela sua presença... Ivy fica olhando mãe e filho se afastarem, ainda apertando a almofada vermelha contra o peito como se fosse um coração inchado e em frangalhos. Ah, esses humanos!

Do lado de fora, Ursula logo trata de erguer uma das mãos para se proteger da luz.

— Que claridade! — murmura baixinho.

Está tentando soltar a outra mão, que o filho segura firme — os dedos do pai, esmagando os seus ossos! —, mas o rapaz faz mais força ainda e não a deixa escapar. Praticamente arrasta a mãe que o segue trôpega, atravessando o pátio calçado até chegarem ao portãozinho que abre para o jardim.

— Ivy está ficando cada vez pior, já reparou? — indaga Ursula, gaguejando um pouco, como que tentando ganhar tempo, recuar disfarçadamente. — O que será que está acontecendo com ela? O que acha? Eu, pessoalmente, não faço a mínima ideia.

Adam não responde. Sente que a mãe está tremendo, como um cavalo prestes a sair em disparada. Tem vontade de sacudi-la novamente, só que, desta vez, com mais força. Escancara o portãozinho de madeira, que, como a porta da cozinha, chocalha ao ser aberto. Estão ambos falando, aqueles objetos supostamente inanimados; os dois têm voz e falam, um fazendo eco e respondendo ao outro.

O meu pai, andando com dificuldade depois de ter dormido tanto — é isso mesmo, até os imortais são às vezes pesadões e desajeitados —, veio se juntar a mim para ver o que vai acontecer. Como eu, ele sabe muito bem quem é Benny Grace. Depositamos altas esperanças nele. Somos uma raça ciumenta e brigona, a raça dos deuses, mas, nossa...! Adoramos nos apreciar mutuamente nas nossas aventuras entre os homens!

Benny pegou no sono, com a papada afundada no peito. Quando ouve alguém se aproximando, acorda assustado e olha vagamente para o lado errado, na direção da fileira de árvores que fica além do gramado. Adam solta o pulso da mãe e a põe à sua frente. Benny, conseguindo afinal localizá-los, se atrapalha todo tentando levantar; ainda está descalço. Um dos seus joelhos ficou entorpecido. Ele se inclina para segurá-lo; faz uma careta de dor e ri.

— Ai! — exclama baixinho, ainda rindo com ar de coitadinho. Consegue se aprumar, na medida do possível, no seu caso, e, meio mancando, dá uns passos à frente com as mãos gorduchas estendidas. Ainda está com aquele lenço na cabeça. Ursula não diz uma palavra, mas permite que ele pegue uma das suas mãos entre as suas. Benny a retém por uns instantes e lhe dá uns tapinhas, parecendo um padeiro trabalhando a massa do pão. A mulher baixa os olhos para aqueles pés descalços. Ele está lhe dizendo que passou todos esses anos desejando conhecê-la e que não entende por que isso não aconteceu antes. Ela o fita impassível, olhando para os seus lábios e movendo os seus próprios numa espécie de imitação, dando um sorriso forçado e assentindo com a cabeça. Parece que Benny está falando numa língua estrangeira da qual ela só tem uma noção, e que, portanto, precisa traduzir mentalmente cada palavra que ele lhe diz. O meu pai, já cansado dessa história toda, se queixa baixinho no meu ouvido. Já está de novo com aquela comichão e quer saber onde foi parar a sua garota. Tento ignorá-lo. Que bom que só eu posso vê-lo: está com a maior cara de quem acabou de acordar e insiste em vir à Terra como pai de todos os deuses, usando as sandálias de ouro, a túnica branca como a neve, que lhe bate nos tornozelos e fica presa a um dos ombros por um broche, o cabelo cor de cobre, a barba cacheada e os lábios tão rosados quanto os mamilos de uma nereida. Sinceramente... Benny vai levando a mão de Ursula à boca contraída — ah, que descarado! —; ela, porém, encolhe o braço, desconfiada, e ele não tem outra alternativa senão soltá-la. Recua, então, esboçando uma reverência irônica, vira-se e volta a sentar no degrau de pedra. Ofegante e fazendo uns grunhidos, curva-se para frente a fim de calçar as meias e os sapatos. Ursula fica só olhando e põe a mão que Benny largou sob a outra, na barriga. Ele parece tão inofensivo, lembra um daqueles *putti* obesos! Nesse meio-tempo, Adam está...

Está bem, está bem, está *bem*! Não precisa se descabelar... Vou procurar por ela!

Só não sei por que o bode velho não pode ir procurar a tal moça por conta própria. Ou sei? É simplesmente uma demonstração de poder; ele faz isso sem pensar, e com todos nós, inclusive com vocês, embora vocês nem desconfiem ou tenham esquecido os efeitos dessa atitude. Que figura deplorável! Quase consigo ouvir a minha indignação, como o zumbido de um mosquito, fininho e furioso. Ele é o suprassumo do egoísmo — mas também, como não ser assim, sendo quem é? —; inteiramente autocentrado, sem qualquer constrangimento. Por que saio logo correndo para atender a todos os seus caprichos? Porque preciso. Porque tenho medo dele. Porque não quero que faça comigo o que fez com Cronos, o pai dele; não quero que me atire de cabeça lá do Olimpo nos abismos mais profundos do universo e me deixe lá, acorrentado, por toda a eternidade, inteiramente desamparado nas trevas sob o mundo. É isso mesmo. Zeus não é exatamente o que vocês chamam de pai amoroso.

Entrei na casa. Preferia mil vezes ter ficado lá fora, com Benny, Ursula e o filho dela de repente tão decidido. Agora, não vou saber o que eles estão fazendo e vou ter de me fiar nos relatos alheios. Só sou onisciente às vezes...

Pronto, aqui está ela, a senhora Helen, andando pela casa, assobiando, lépida e fagueira. Está com um vestido de seda sem mangas, uma espécie de combinação, ou de túnica, com uma faixa na cintura, de um azul-clarinho, o tipo de roupa característica, familiar, cujo modelo original conhecemos muito bem. Vejam só como ela anda, um verdadeiro turbilhão de azul e ouro áticos. Tem dois jeitos de andar bastante diferentes, um deles, o seu próprio, o outro que deve ter aprendido quando estava treinando para se tornar uma atriz. Neste último, desloca-se como que num langor majestoso, pondo um pé bem na frente do outro com todo cuidado, ponta tocando em calcanhar, e vai balançando os quadris na maior descontração. Observando melhor, porém, percebemos que não há nada de descontraído ou de lânguido nesses movimentos, muito pelo contrário: ela está tão tensa quanto um equilibrista na corda bamba lá nas alturas, sob o fogo cruzado dos holofotes, caminhando com um lindo sorriso no rosto e sem coragem de olhar para baixo. O outro andar, dela mesma, é inteiramente diferente: uma espécie de mergulho, laborioso, mas também exultante, com a cabeça projetada para frente, as coxas obedecendo a um movimento regular e os braços dobrados na altura do cotovelo. Nesse caso, não parece estar na corda bamba, mas sobre esquis ou até patins, daqueles antigos, pesadões, com umas tiras de couro e umas rodinhas metálicas que faziam um barulho danado — lembram deles? Acho que é esse que o meu pai prefere — entre as altivas damas do Olimpo, só existem as que andam na corda bamba —, pois é andando desse jeito que ela dá a impressão de ser impetuosa e desinteressada, qualidades que ele tanto preza nas mortais.

Helen vira à esquerda, passa por uma porta e entra num aposento onde dá com Roddy Wagstaff. Para então de assobiar. O rapaz está sentado numa cadeira de espaldar reto, junto de umas portas envidraçadas, sozinho, de pernas cruzadas, um dos cotovelos apoiados numa das mãos e um cigarro aceso encaixado de um jeito estranhíssimo entre os dedos erguidos; parece até que está posando para um retrato.

— Desculpe — diz ela, não parecendo absolutamente culpada. — Está meditando?

Roddy não se levanta; limita-se a dar um sorrisinho frio e inclinar ligeiramente a cabeça, primeiro para o lado, depois, para baixo. A moça quase espera ouvir um clique.

— Absolutamente — responde ele. — Não estava fazendo nada.

Os dois não se conhecem. Só se viram uma única vez, no primeiro fim de semana que Roddy veio passar em Arden, e, na ocasião, não trocaram mais que uma ou duas palavras banais. Ele lhe parece alguém saído de outra época, curiosamente fora de moda. E é bonito, de um jeito meio minguado, tenso. Tem a aparência de um quadro que limparam tanto que acabou ficando a um só tempo brilhante e desbotado. Não é possível que esteja interessado em Petra... Não, mesmo.

— É o que a maioria das pessoas faz por aqui — replicou Helen. A frase soou mais amarga, mais petulante do que pretendia. O olhar de Roddy demonstrou um interesse maior.

Estamos no lugar chamado sala de música, embora não haja naquela sala vestígio de instrumento musical qualquer que seja ele, nem mesmo um piano, e já faz muito tempo que ninguém toca nada ali dentro. É outro daqueles cômodos de quina — já repararam que, apesar de ser construída como um simples quadrado, a casa parece ostentar mais cantos do que deveria? —, desta vez com dois pares de janelas dipostos simetricamente lado a lado. As portas envidraçadas dão para o gramado, num ponto diferente daquele onde estávamos momentos atrás, com outras árvores e ninguém à vista. As paredes são pintadas de um azul pálido. Tem um bufê imenso e horroroso e, entre as duas janelas, encostada na parede, uma espreguiçadeira em que Helen está agora instalada, enroscando-se numa pose bem desembaraçada, com as pernas encolhidas, uma das mãos na nuca, a outra largada no colo e o queixo erguido como se fosse equilibrar alguma coisa ali. A cor do seu vestido é parecidíssima com a da parede às suas costas. Fita Roddy por cima do seu lindo nariz. Já mencionei o nariz de Helen? O jeito como ele desce numa linha vertical a partir da testa, como o nariz de tantas das mulheres da minha família? E disse que ela não enxerga bem, mas não usa óculos porque é uma atriz e atrizes não usam óculos? O meu pai, embriagado, suspira apoiando-se no meu ombro com toda força. Está encantado com aquele leve desnível que ela tem no olho direito — não, no esquerdo, não é mesmo? —, que vê como indício a um só tempo de languidez e de sedução.

Helen e o rapaz conversam sobre coisas banais, meio ao acaso, pontuando as falas com silêncios durante os quais parecem estar deixando os dedos correr pela água, como se estivessem navegando de barco num rio cinzento calmo e reluzente. Sabem perfeitamente que lá fora faz um lindo dia de verão, com aquela luz vaporosa e aquela brisa leve. Ela fala da peça em que está trabalhando e menciona o diretor, que, segundo diz, é terrível. Roddy concorda; conhece o tal sujeito e o considera um completo idiota. A moça repara nas unhas dele, roídas até o sabugo. O tremor da sua mão faz a fumaça do cigarro subir dançando.

— Um idiota, sem dúvida — diz ele —, e, além disso, uma fraude. Todo mundo sabe disso.

Helen não faz qualquer comentário; limita-se a baixar as pálpebras e sorrir. Entra um ventinho vindo lá do jardim. A cortina de musselina que esconde as portas envidraçadas parcialmente abertas avança pela sala como uma exclamação muda e, depois, volta a recuar desanimada. O cheiro da ave assando também chega até ali. Das entranhas de Roddy sobe um barulho oco — como Benny, ele viajou e está com fome —; o rapaz pigarreia, trata de mudar de posição na poltrona e cruza as pernas para o outro lado.

— E se acha o máximo — acrescenta, arregalando os olhos.

Noto que Helen está usando umas sandálias douradas, não muito diferentes das do meu pai, com umas tiras também douradas cruzadas logo acima do tornozelo. Tem as pernas muito brancas, os joelhos ossudos com umas manchinhas vermelhas — será um defeito? O meu pai não ia tolerar isso... Ele conhece esses joelhos.

Segundo diz, não consegue entender por que a peça se chama Anfitrião, já que sua esposa, Alcmena, o papel que ela interpreta, é sem dúvida o centro da ação.

— Você bem que podia fazer uma resenha quando estrear — propõe ela. E sorri. — Claro que não espero nada menos que um texto elogioso...

— Ah, claro — exclama o rapaz e desvia os olhos, um tanto depressa demais.

Levanta-se, vai até a lareira e apaga o cigarro num cinzeiro que fica sobre o console. Helen percebe o olhar disfarçado que ele lança ao espelho de moldura dourada pendurado na parede à sua frente.

— Ela podia ser encenada aqui — diz a moça, fazendo um gesto amplo com o braço, um cisne abrindo a asa branca —, aqui, nesta casa, onde surgiu pela primeira vez.

— Ora, mas a peça não é passada na Grécia, em Tebas ou outro lugar assim? Pelo que me lembro...

— A versão que estamos montando se passa nos arredores de Vinegar Hill, na época da Rebelião.

— Ah! — exclama Roddy, franzindo o cenho. Não aprova essas adaptações dos clássicos, diz ele. — Afinal, os gregos sabiam muito bem o que estavam fazendo — acrescenta.

— Ora, mas não é uma peça grega — replica Helen, sem conseguir se conter. E, para piorar ainda mais, prossegue: — Foi escrita há uns cem anos, acho eu, ou duzentos, na Alemanha.

O rapaz volta a franzir o cenho, desta vez com um ar mais sombrio ainda.

— Ah, é — diz ele, quase num murmúrio. — Esqueci.

Vai até as portas envidraçadas, para diante da parte que está aberta, afasta a cortina e fica olhando para o jardim. Helen observa as suas costas, tão eretas e rígidas...

— Desculpe — diz então com uma vozinha sumida, fazendo uma cara que ele não pode ver. Mas Roddy finge que não ouve.

Ela suspira, põe os pés no chão — está com as unhas pintadas de um esmalte cintilante bem clarinho. Muito bonito — e diz que o almoço já deve estar pronto.

Sai da sala, sentindo a corda frouxa balançar sob os seus pés, e o que acredita serem os olhos de Roddy pregados nela é, na verdade, o meu pai seguindo ávido em seu encalço.

Meu pai não está gostando nada desse almoço saindo tarde assim; na verdade, tão tarde que melhor seria chamá-lo de lanche reforçado — o tempo está todo destrambelhado hoje, e vocês sabem graças a quem... Reclama, dizendo que isso vai afastá-lo daquela moça, e vai mesmo. É algo que não posso impedir. A minha interferência nos mecanismos diurnos do mundo dos mortais tem limite. Comparado com as prováveis consequências do cancelamento de toda a hora do almoço, aquele atraso da aurora em sessenta minutinhos foi brincadeira de criança, de criança humana. Ficamos fascinados, diria mesmo assustados, com a quantidade e o número de vezes que eles comem, logo nós, para quem um golinho de ambrosia e uma profilática pitada de móli ingeridos a cada éon bastam perfeitamente tanto para aplacar nossa eventual fome quanto para fazer o nosso pau subir. Para eles, porém, tudo acaba virando desculpa para comer, seja a alegria, a tristeza, o sucesso, o fracasso humilhante, até mesmo a perda mais profunda. Nas semanas que se seguiram à morte de Dorothy, o velho Adam, que na época não era velho, via-se seis ou sete vezes por dia fitando desamparado um prato que acabava de se encher. Mal levantava da mesa, surgia uma alma caridosa para pegá-lo pelo pulso, levá-lo de volta ao bufê com um sorriso solícito, estender-lhe garfo e faca, prender de novo o seu guardanapo e encher a sua caneca até a borda. Venha, diziam-lhe o tempo todo, venha, você precisa comer alguma coisa.

Isso vai consolá-lo e lhe dar forças! O que lhe restava fazer senão balbuciar um agradecimento e atacar outro ensopado de carneiro, outra torta de maçã feita em casa, outra fatia de um cadavérico camembert? E, então, todos ficavam radiantes, parados à sua volta, com as mãos cruzadas, acenando com a cabeça num gesto de encorajamento e autossatisfação... Adam acabou descobrindo que a compaixão tem um repertório limitado. Mesmo assim, toda essa gentileza o levava às lágrimas, como se ele já não tivesse motivos suficientes para chorar.

Mas esperem um pouco... O que é isso? Aposto que aconteceu alguma coisa no jardim. Sabia que ia acontecer, já que eu não estava lá para vigiar. Assim que entro no jardim de inverno, no encalço de Helen, meu pai e Roddy Wagstaff — devemos estar parecendo uma verdadeira procissão! —, percebo certo alvoroço. Não que houvesse barulho ou agitação; pelo contrário, tudo está tranquilo. Mas é óbvio que estamos em pleno período de rescaldo. Lá está Benny Grace, parado junto à mesa com as mãos nos bolsos do paletó, olhando os lugares postos com tamanha concentração que parece estar contando as colheres que há ali. Mais além, num canto do gazebo envidraçado, Adam fala baixinho com a irmã, que, atenta, mantém os olhos erguidos para ele, assentindo o tempo todo, e, de vez em quando, ambos olham na direção de Benny. O que será que ele está lhe dizendo? Sua expressão é bem reveladora: grave, mas ao mesmo tempo quase sorridente, como se ocultasse uma hilaridade contida que ameaça estourar a qualquer momento. Onde está Ursula? Tenho certeza que ela disse algo a Benny depois que saí de lá, alguma coisa inadequada, talvez ofensiva. Ela tem aquela fraqueza dos bêbados inveterados que sempre acabam dizendo umas besteiras a um só tempo constrangedoras e lugubremente cômicas. O seu marido adorava esses rompantes de candura inadvertida e insulto acidental, embora ela própria ficasse mortificada quando, é claro, conseguia se lembrar do ocorrido e do que tinha dito. Eu não me surpreenderia se, agora mesmo, a coitadinha da minha querida atarantada estivesse toda encolhida de vergonha no banheirinho que ninguém mais usa, lá perto da copa, tomando uns tragos daquelas garrafinhas, obviamente das cheias, que esconde ali dentro.

A essa altura, Ivy Blount surge no corredor fedendo a mofo que vai dar na cozinha e vem trazendo a galinha assada numa travessa metálica. Tem de usar o cotovelo para manter a porta aberta e, quando entra no jardim de inverno, larga a porta que acaba prendendo num daqueles chinelos felpudos que ela está usando. A pobre não tem outra escolha senão tirar o chinelo e sai andando meio trôpega, com o pé calçado e o descalço fazendo um barulhinho alternado nas lajotas do chão. Benny se apressa em ir ajudá-la, mas Ivy passa direto por ele, faz uma manobra ágil — não quer nem olhar para aquele sujeito — e larga a pesada travessa no meio da mesa. Os outros se aproximam e ficam olhando a ave com ar desconfiado. A galinha, nitidamente murcha, tem a pele de um amarelo puxando para o marrom e parece continuar a ferver bem devagar ao passo que a reluzente camada de gordura que a recobre começa a endurecer. Rex, o cachorro — de onde ele saiu? —, apanha o chinelo de Ivy que ficou preso à porta, vem com ele na boca e o deposita no chão perto dos pés da mulher. Ergue então os olhos para ela com uma suave expressão de reprovação.

Os humanos se distribuem pelas cadeiras meio aleatoriamente, e Ivy volta para buscar os legumes na cozinha. Visto dali da penumbra, tudo que está fora daquela tenda de vidro, as árvores, a luz do sol, a vasta faixa de um céu cerúleo, parece um ruidoso carnaval.

Petra se vê ao lado de Helen e, de imediato, sem dizer uma palavra, levanta-se e vai sentar em outro lugar, à direita de Benny; este vira a cabeça e lhe dá um sorriso conspiratório, arqueando uma das sobrancelhas. Roddy Wagstaff observou a manobra da jovem com profundo desprezo; mal falou com ela desde que chegou. Helen estende o braço para pegar o guardanapo e os seus dedos roçam o dorso da mão do rapaz, mas ela não lhe dirige o olhar.

Ivy volta trazendo uma bandeja de madeira marrom com tigelas de batatas, cenouras e ervilhas, e uma vasilha de porcelana — que tinha a desconfortável peculiaridade de parecer um penico — com duas alças: ali dentro boiava uma mixórdia fumegante de repolho cozido. Depois de pôr os pratos sobre a mesa, postou-se à direita de Helen, no lugar de onde Petra tinha saído, e começou a servir o almoço. A cadeira do seu outro lado estava vazia. Enquanto isso, Adam afiava o trinchador, raspando a lâmina no amolador a uma velocidade incrível, como se estivesse em plena demonstração das suas habilidades de espadachim.

Ursula apareceu no meio deles, tão de mansinho, tão discretamente que os outros mal deram pela sua presença até vê-la sentada ali. Ela sorri para os que estão ao seu redor, com vaga benevolência, de olhos baixos, sem fitar ninguém, muito menos Benny Grace, ou, pelo menos, é o que imagino. Ah, não há dúvida que houve uma altercação qualquer lá no gramado... O que será que ela lhe disse?

Quando Adam enfia a faca na galinha, um fiapo de vapor escapa de fenda que se abre entre a pele tostada e a carne tenra e úmida.

— Ah, repolho, Ivy! — exclama Ursula, num débil protesto. — Com galinha!

Ivy simplesmente a ignora; ainda de pé, afasta uma mecha de cabelo do rosto e fita um ponto qualquer acima daquelas cabeças.

— Convidei Mr. Duffy... — anuncia ela, alto e bom som, mas precisa fazer uma pausa e engolir. — Convidei Mr. Duffy para almoçar.

Paira um silêncio geral, até que, de repente, Helen ri, parecendo engolir também, e logo tapa a boca com a mão.

Rex, o cachorro, é um observador agudo dos modos dos seres humanos. Passou a vida inteira com essa família, ou, ao menos, desde que pode se lembrar, já que, para ele, o passado é um espaço duvidoso e sem forma, povoado de sombras, do sussurro de intimações incertas, de espectros indistintos. Tem de cuidar dessa gente. Não é muito difícil conviver com eles. Cordato, come a comida que resolvem pôr à sua frente, a papa, a ração e um daqueles ossos do presunto quando Ivy se lembra de separar para ele. Apesar de já ter se acostumado a essa dieta, nos seus sonhos abate criaturas vivas e se delicia com aquela carne ainda quente. E tem as suas obrigações: ficar de olho no portão, despachar passantes e pedintes, vigiar a aproximação de raposas, e cumpre todas elas escrupulosamente, a despeito da idade avançada. Antes de carregarem o velho Adam adormecido lá para o Quarto do Céu — aliás, foi Duffy quem o carregou —, onde ele continua se recusando a acordar e descer de novo, Rex tinha ainda a incumbência de levá-lo para passear todos os dias, às vezes pela manhã e à tarde também, quando o tempo estava bom, e, por uma questão de consideração, até fingia gostar de ir apanhar um graveto ou uma bola de tênis que ele atirava longe. Mas o velho Adam é imprevisível: grita e, mais de uma vez, tentou lhe dar um pontapé. Também é preciso ter cuidado com a moça, Petra: ela cheira a sangue. Todos, porém, precisam ser vigiados de perto. Não que sejam perigosos; são antes limitados, e deve ser por isso, supõe Rex, que precisam tanto do seu apoio, da sua afeição e da sua admiração. Adoram vê-lo abanar o rabo quando entram num cômodo qualquer da casa, principalmente se estão sozinhos — havendo mais de um deles ali, tendem a ignorá-lo. Mas Rex não liga para isso. Sempre sabe como se fazer notar, especialmente com as mulheres, enfiando o focinho entre as suas pernas, coisa que ele acha divertidíssimo.

No entanto, tem algo errado com eles, com todos eles. O cachorro fica intrigadíssimo com aquele misterioso conhecimento, desconforto, pressentimento, seja lá o que for que os aflige, e, por mais que se esforce, nunca conseguiu resolver esse enigma. Eles têm medo de algo, algo que está constantemente por ali, embora todos finjam que não. Acontece com todos, a mesma coisa enorme e terrível, exceto com os bem pequenos, embora Rex imagine que pode notar também nos seus olhos um arregalar momentâneo, um súbito e aterrorizado despontar... Percebe esse segredo e essa terrível consciência por baixo de tudo que eles fazem. Mesmo quando estão felizes, há uma falha nessa felicidade. O riso deles tem uma nota estridente que faz com que pareçam estar não apenas rindo, mas também chorando, e quando choram os seus soluços e lamentações são desproporcionais, como se o motivo daquele choro fosse apenas um pretexto, e a causa de toda a sua angústia fosse a tal coisa assustadora que eles sabem que existe, mas tentam ignorar. Parecem estar sempre olhando para trás — não, temendo olhar para trás, com medo de ver o que está ali, a inelutável presença colada aos seus calcanhares. Ultimamente, desde que o velho Adam pegou no sono, os outros parecem ter uma consciência mais aguda do tal seguidor fantasma; aparentemente, ele passou à sua frente e se virou para encará-los, assim como esse gordo desconhecido que simplesmente entrou, sentou à mesa e olha todos eles direto nos olhos, como se tivesse todo direito de estar ali. É, o tal segredo escandaloso foi desvendado. Mas que segredo é esse?

Será que Rex sente a diferença entre mim e Benny? É o que me pergunto. Ou talvez seja melhor dizer: será que ele detecta a semelhança entre nós? Pois, em termos de aparência, não poderíamos ser mais diferentes, eu, puro espírito, e Benny, em sua atual manifestação, lamentavelmente pura carne. A distinção efetivamente significativa está num nível muito mais profundo que as formas sob as quais decidimos nos mostrar. Embora sejamos ambos entes espirituais, comparado a Benny sou a própria encarnação do dever, da estabilidade e da ordem.

Já ele é o menino que desmonta o relógio de bolso do pai para descobrir como funciona. Nessa ciência arcana de que o velho Adam é adepto existem dois tipos diferentes de magos. O primeiro deles vê o mundo como um caos em ebulição e trabalha para lhe impor um sistema, criado por ele próprio, que deverá organizar os fragmentos em desordem e fazer deles um todo; o segundo concebe o mundo como sendo organizado e começa a esmiuçá-lo para descobrir que princípio mantém todos os seus pinos e engrenagens num equilíbrio cadenciado. Em geral, os do último tipo são rechonchudos e satisfeitos da vida, ao passo que os outros são maneirosos como o mais maneiroso dos prelados. Como podem ver, Benny e eu.

Mesmo assim, Rex deve por certo saber exatamente o que Benny é. Dizem que os bichos sempre reconhecem o seu senhor do pânico e se curvam diante dele. Mas, no caso de Rex, o que significa reconhecer, será que isso quer dizer alguma coisa? No seu mundo, nomes e categorias têm tanto peso quanto no nosso — vocês, humanos, é que são esses taxonomistas incansáveis. Ele agora está naquela pose de esfinge, nas lajotas de pedra do chão do jardim de inverno, bem perto da porta, as patas dianteiras estendidas e a cabeçorra quadrada erguida, alerta e vigilante. Desse lugar, tem a mais ampla visão possível da mesa, embora a luz que entra pelas vidraças esteja por trás dos indivíduos ali sentados, e o cachorro os veja meio que na penumbra, alguns sem rosto, enquanto outros, de perfil, mais parecem simples silhuetas. Por ser um quadrúpede, está mais familiarizado com as extremidades inferiores dos bípedes. Ali embaixo, na escuridão parcial, as pernas estão sempre muito mais atarefadas do que os seus donos podem perceber. Benny, por exemplo, não para de cruzar e descruzar as suas, como um bebê mexendo com os dedos. Está feliz da vida, todo escarrapachado na cadeira, segurando garfo e faca nas mãos cheias de covinhas, na maior expectativa. As suas coxas roliças ultrapassam o assento da cadeira indefesa onde ele está instalado, já com um guardanapo amarfanhado lhe cobrindo a pança. Dirige-se à mesa inteira, mais uma vez contando a história do triunfo de seu grande amigo e colega Adam Godley naquele dia — parece que foi ontem, acrescenta — em que lhe ocorreu, como num relâmpago, que, na escuridão daqueles infinitos que vinham embaralhando as suas contas, jazia, na verdade, a sua radiante solução. Ninguém está prestando atenção, nem mesmo Petra. Aliás, toda a atenção está concentrada no lugar vazio que nenhum deles ousa fitar diretamente, à espera da súbita chegada do vaqueiro Duffy. Confesso que até eu estou ansioso. Que felizes consequências terei provocado com a brincadeirinha que resolvi aprontar hoje de manhã? No entanto, sinto uma ponta de inquietação quando, de repente, lembro daquelas venezianas verdes das janelas do chalé de Ivy. Será que pressagiam alguma coisa sinistra e persistente como elas próprias?

— ... que deveria ser possível escrever equações varando esses vários mundos, incorporando os seus infinitos, entendem, e, portanto, todas essas outras dimensões... O quê?

Benny para de falar como se alguém o tivesse interrompido, mas ninguém disse nada. Helen se vira para fitá-lo e faz aquele ar meio solene de quem está tentando conter o riso. Ursula, sentada ao lado do filho, fica só olhando, sem saber o que fazer diante do súbito silêncio, tentando descobrir, assustada, se teria dito algo inconveniente. Atualmente, é comum ela se pegar murmurando em voz alta o que achava que estivesse apenas pensando, ao passo que, às vezes, quando fala realmente, ou acha que falou, o seu interlocutor parece não ter ouvido nada. Ainda agora mesmo, por exemplo, seria capaz de jurar que pediu ao tal de Wagstaff, ali ao seu lado, para abrir a garrafa de vinho; mas, se for verdade, ou ele não ouviu ou decidiu ignorá-la, pois continua sentado, com os cotovelos delicadamente pousados na mesa, as mãos unidas sob o queixo, como se estivesse prestes a dizer uma prece, e sequer se dignou a olhar para ela. Ursula volta então a atenção para o filho e fica observando o jeito como ele destrincha a galinha: metódico, como sempre, com uma lentidão irritante, pondo as fatias de peito sobre as coxas para que não esfriem enquanto esperam pela chegada de Duffy. Duffy, dentro de casa, para almoçar! — ou será que só imaginou que Ivy disse que o tinha convidado? Não, não foi pura imaginação, pois ele acaba de chegar.

Coitado. Afinal de contas, ele é o grande anticlímax. Vestiu o seu melhor traje de domingo, um terno listrado azulão, desbotado de tão lavado. Nunca vi nada parecido fora das Cíclades, onde, segundo consta, cada menino que nasce ganha um traje assim eterno, que lhe é dado oficialmente numa cerimônia quando ele atinge a maioridade e que haverá de usar até o túmulo e, em muitos casos, nem então é despido. Duffy está com uma camisa branquíssima, de colarinho aberto, e botas marrons. O cabelo está besuntado, aparentemente com graxa, e todo escovado para trás, o que lhe dá um ar levemente desvairado, perplexo. Para na porta e engole em seco, o que faz o seu pomo de adão subir e descer. Ninguém ali parece saber o que dizer, e Ivy não tinha nem coragem de encará-lo. Foi então que Petra, justo ela, se levantou, aproximou-se dele, pegou a sua mão, isso mesmo, pegou a sua mão, gesto que, para os demais, inclusive para Ivy, e para a surpresa de todos, pareceu a coisa mais natural do mundo, e o levou até o lugar que lhe havia sido destinado. O rapaz agradeceu com um aceno de cabeça e moveu a larga superfície do rosto para abrir um sorriso raro e rudimentar. Ivy, ainda sem se animar a fitá-lo, empurra o guardanapo um pouco mais para perto do seu prato, tocando o tecido só com a ponta do dedo médio, e pigarreia. Duffy senta de um jeito estranho, como se fosse por etapas, pondo a mão esquerda sobre a mesa, inclinando-se um pouco para o lado, apertando com a outra mão a parte frontal da coxa direita, e descendo o corpo com todo cuidado até o assento da cadeira, que solta um rangido assustado. Talvez sofra de reumatismo, ou, como chamava a sua velha mãe, reumatiz. Benny Grace observa o recém-chegado com nítido interesse. Helen pega o saca-rolhas e o passa para Roddy Wagstaff. Nesse meio-tempo, Petra volta para o seu lugar e se senta, de olhos baixos, como alguém voltando da mesa de comunhão.

— Seja bem-vindo, Adrian — disse Ursula, do outro lado da mesa, com a voz um tanto pastosa, pronunciando com cuidado cada palavra, como se elas estivessem todas grudadas e precisassem ser descoladas, uma a uma. Adam está de pé, junto dela, empunhando o trinchador. A mãe bate de leve no seu cotovelo. — Mr. Duffy vai querer uma coxa, tenho certeza.

De um modo geral, todos têm a sensação de que a tensão se dissipou. A chegada de Duffy, como puderam perceber, não representou a realização de coisas importantes que todos esperavam que acontecesse. Rex, o cachorro, perdendo de súbito o interesse por aquilo tudo, inclusive por Duffy, deita de lado, com um suspiro, e fecha os olhos.

Adam encontra-se num estado de estranha exaltação. Como se estivesse bem lá no alto, pairando por sobre o jardim de inverno. Vê as próprias mãos, como que a distância, pondo fatias de carne em cada um dos pratos que Ivy Blount vai lhe estendendo, e, quando fala, a sua voz produz uma reverberação metálica na sua cabeça. Não sabe o que está acontecendo — será mais uma vez felicidade, como aquela que sentiu quando estava indo para a estação ferroviária? Não exatamente; é mais uma espécie de contentamento. Isso mesmo, está satisfeito da vida, olhando a mesa daquela altitude. A sua mãe, ao seu lado, inclina a cabeça para a taça de vinho. Ele pode ver o risco claro do repartido daquele cabelo que começa a ficar grisalho e, por um instante, sente uma pontada de algo que parece a mais pura das tristezas. O que está acontecendo? Por que está oscilando assim de uma emoção a outra?

Helen está conversando com Roddy e sorrindo. Do outro lado da mesa, Petra a fita, estreitando os olhos.

Quando terminou de cortar a galinha, Adam sentou diante do próprio prato, mas aquela sensação de vaivém ainda persistia. A mãe, à sua direita, está lhe falando, temendo que a carne não chegue para todos. Ele lhe diz que pare de se preocupar, que ninguém está ligando para isso.

— Olhe só, Duffy está comendo a coxa — acrescenta baixinho e sorri, mas ela se limita a fitá-lo daquele jeito propositadamente vago de sempre, com os olhos arregalados, a cabeça curvada e o queixo encolhido. — Não se preocupe — insiste o rapaz, desta vez um pouco mais irritado, mal-humorado —, está correndo tudo bem. Confie em mim.

Está mesmo? É forte nele a sensação da ausência do pai moribundo naquela mesa que tantas vezes presidiu ruidosamente. Mas quando aquele pai esteve efetivamente presente, à mesa ou em qualquer outro momento da vida daquela casa? Quem faz essa pergunta não é Adam, sou eu. Ele é mais capaz de perdoar que eu; mais do que eu seria se fosse ele. Ah, pais e filhos, pais e filhos... Não que eu entenda muito do assunto. Falo do meu pai como pai e de mim como filho dele, mas, na verdade, esses termos só têm sentido figurativo para nós que não nascemos e não morremos, pois nascimento e morte são as fontes, ao que parece, de onde os mortais tiram os seus sentimentos de amor e perda. As velhas histórias nos representam casando e procriando, subsistindo e morrendo, mas são apenas histórias. Como o velho Adam no seio da sua família, não estamos aqui o suficiente para podermos partir de verdade. Imaginem, se puderem, um mar de eterna potencialidade e pensem em nós como as formas que as águas vão criando ao avançar e recuar; pensem no ar moldado pelo clima em formas transparentes; pensem no gelo; pensem no fogo — é assim que somos: a um só tempo eternos e evanescentes.

Onde estávamos? Na mesa de almoço, em meio àquelas pessoas. Estou aqui só passando o tempo, atirando essas cartas lustrosas naquela cartola virada de cabeça para baixo.

Adam passa os olhos pela mesa com certo ar de surpresa, parecendo agora mergulhado em algo e olhando para cima: tudo balança e cintila. Sente-se como se estivesse sendo puxado para o fundo e ficasse um minuto fora da água, tentando recuperar o fôlego, para logo em seguida mergulhar num verde inteiramente sem ar. Como tudo parece inexpressivo e indistinto, visto ali debaixo, até mesmo os rostos, especialmente os rostos, o da sua mãe, o da sua irmã, o da sua mulher e também o do grotesco Benny Grace. Lembra de Roddy Wagstaff passando à sombra da tal árvore na saída da estação ferroviária e parecendo sumir por um segundo naquela escuridão absoluta. Como conceber uma realidade suficientemente detalhada, suficientemente incoerente para acomodar todas as coisas que existem no mundo? Ele vive nessa realidade, mas, mesmo assim, não consegue concebê-la plenamente. Fica espantadíssimo diante da abundância de coisas, todas elas separadas, todas elas únicas. Uma única haste de capim é feita de um inimaginável aglomerado de partículas minúsculas e mais minúsculas ainda — e quantas hastes de capim existem nesse mundo impossível? Foi esse o estratagema que o seu pai criou para si; o estratagema que ele conseguiu forjar, fazendo todos os pedacinhos parecerem se agregar num grande amálgama constituído pela babel de meros números. Ou, pelo menos, é o que o filho acha.

Adam sai daquele devaneio com um sobressalto. As coisas ficaram animadas ali na mesa; as conversas se misturam. Helen está contando algo a Roddy Wagstaff — provavelmente a peça que vai encenar, pois, ultimamente, ela não fala de outra coisa —, com a cabeça dourada espichada para frente na extremidade da linda coluna que é o seu pescoço. O rapaz nota que a garganta dela está levemente ruborizada, com um brilho de porcelana rosada que lembra o interior de uma concha marinha. Roddy empurrou a própria cadeira um pouco para trás para vê-la melhor, e sentou de lado para a mesa com um dos joelhos ossudos cruzados sobre o outro, um dos braços dobrados e o indicador pressionando o queixo, de um dos lados da boca. Ele a fita sem piscar, assentindo de quando em quando, embora tenha o olhar cético, com uma pontinha de desprezo. Sente pela esposa a mesma onda de compaixão que experimentou ainda agora pela mãe; por que Helen está dando tanta atenção a esse sujeito, que obviamente a despreza, como despreza, julga Adam, todos os que estão reunidos naquela mesa? Petra também está observando o par, olhando para lá e para cá, para lá e para cá, como um espectador atento a uma partida de tênis. De vez em quando, debruça-se um pouco tentando dizer algo, mas é rechaçada pela recusa de ambos em notá-la. Volta a recuar, então, calada e tristonha. Ivy Blount e Duffy estão lado a lado, num clima todo particular: ela, inclinada sobre o prato, manejando o garfo e a faca com a maior concentração, como se estivesse lidando com um par de agulhas de tricô; já ele, deixando a comida intocada, olha fixamente para um saleiro sem vê-lo. Parecem estar discutindo, e falam sem se olhar, bem baixinho, em jorros bruscos entrecortados por intervalos de um silêncio tenso. Mas não existe discussão alguma, absolutamente. Os dois estão, ou não me chamo Hermes, envolvidos em negociações para firmar um compromisso mútuo.

De repente, a voz de Benny Grace se faz ouvir, sobrepondo-se às demais.

— Ah, ele não vai morrer, não — diz ele, em alto e bom som. — Não vai, não. — Rex, o cachorro, ainda deitado ali no chão, ergue a cabeçorra e olha para o visitante.

A mãe de Adam, à sua direita, fez um barulho que parecia um engasgo, mas que, pensa o rapaz, bem poderia também ser uma risada. A mesa inteira ficou em silêncio: decerto era o que se chama normalmente de medo pânico. Benny sorri sem se dirigir a ninguém em particular e toma um gole de vinho. Os seus olhinhos pretos brilham animados por cima da borda do copo. A sua afirmação deixou todos ali constrangidos. E tampouco ficou claro a quem aquela frase tinha sido dita. Ivy Blount ergueu um pouco a cabeça; olha para o homenzinho com os lábios entreabertos e interrompe as manobras com o garfo e a faca. Duffy, franzindo a testa no silêncio que se instalou em torno da mesa, volta a atenção para o próprio prato onde um único pedaço de galinha, que foi tudo o que lhe deram, começou a se enroscar nas pontas enquanto o repolho esfriou e assumiu uma aparência das mais desagradáveis, com certo brilho esbranquiçado. É Duffy que está reparando essas minúcias de detalhes ou sou eu? Ou existe alguma diferença?

Não há dúvida alguma quanto a quem Benny Grace estava se referindo, que morte, ou, pelo menos, que morte iminente ele estava negando. Foi a própria certeza daquela negação, ab-rupta e aparentemente gratuita, que deixou todos os que ali estavam tão perturbados. O meu parente Tanatos, filho da Noite, com suas vestes negras e a espada desembainhada, surgiu no meio deles saindo das sombras por onde tem rondado todo esse tempo. E foi essa aparição súbita que acordou Rex, o cachorro, que, agora, se levanta com todo cuidado e fica a postos, farejando o clima tenso. São momentos como esse que mais o deixam inquieto, momentos em que o humor daquela gente muda de uma hora para outra e, aparentemente, sem motivo algum. Estavam todos conversando, Rex sabe disso mesmo estando adormecido, e, agora, calaram-se e ficaram sentados ali, imóveis, como se algo os tivesse assustado de novo, aquela coisa misteriosa que sempre assusta todos eles, exceto aquele gordo desconhecido que não parece se preocupar com nada. Nesse meio-tempo, lá fora, do outro lado da parede envidraçada, as árvores da extremidade do gramado ensolarado parecem uma fila de pessoas paradas de costas, fitando, indiferentes, uma outra coisa qualquer.

Não vai morrer, hein? Então é esse o joguinho dele; foi isso que ele veio fazer aqui. Desde quando esse tal de Benny Grace virou o senhor da vida e da morte?

Mas por que estou irritado? O que me importa se algum deles vai morrer ou continuar vivo? Todos se vão, na plenitude, na vacuidade do tempo. A minha tarefa se limita a pegá-los com o agente funerário e escoltá-los até a outra vida, seja ela qual for, diferente para cada um deles. Os humanos sempre consideram a morte prematura; o nonagenário, careca e desdentado como um bebê, ignora a obstrução nas artérias, os amiloides no cérebro, e se imagina simplesmente na flor da idade, pronto para pelo menos mais noventa anos a todo vapor. Devíamos deixar que experimentassem a imortalidade para ver o que é bom... Logo, logo iam vir correndo, chorando e vomitando de dor, implorando para darmos um fim neles. Uma vez, o meu pai chegou a considerar a possibilidade de lhes dar o dom — ha, ha — da vida eterna. Isso foi há muitos anos, ah, muitos mesmo, no tempo de Electrion, rei de Micenas. Vejam só o que aconteceu. O sobrinho do velho rei, Anfitrião — é, ele mesmo —, neto do meu irmão Perseu, o decapitador da Medusa, se apaixonou pela prima Alcmena, filha de Electrion — eu sei, eu sei, a consanguinidade acaba criando a maior confusão, como sempre. Anfitrião teve de fugir para Tebas, pois matou acidentalmente o sogro numa ação meio desajeitada no campo de batalha — pelo menos foi o que ele alegou: que não atravessou o velho com a lança de propósito —, e Alcmena, uma garota espevitada, acabou indo junto e se casou com ele, depois de inúmeras vicissitudes chatas demais para perdermos tempo relatando aqui. Alcmena era lindíssima, uma beleza mesmo, e não preciso dizer que o meu pai logo se encantou com ela. Empregou, então, aquele que sabemos ser um dos seus estratagemas favoritos para tê-la na cama, ou seja, assumiu a forma do seu marido e apareceu diante da moça ao crepúsculo. Os dois tiveram uma noite divina, o pseudo-Anfitrião e a sua amada, e, assim que raiou o dia, o meu pai se retirou — sigo em frente, insistindo em ignorar inevitáveis duplos sentidos. Foi aí que apareceu o próprio Anfitrião, chegando inesperadamente da guerra. Reparem como estou deixando a minha história mais animada... É óbvio que Alcmena ficou atônita ao ver o marido aparentemente surgir de novo no seu quarto um minuto depois de ter saído dali, e agindo como se aquela noite de paixão não tivesse acontecido. Submeteu-se porém, toda animada, a mais uma vigorosa sessão na cama já desfeita — o general Anfitrião passara um bom período frustrante em Tessália, destroçando os inimigos que tinha por lá, e mal chegou à porta de casa foi logo tratando de exigir os seus direitos conjugais. O resultado desse duplo embate de travessuras frutíferas foi, no seu devido tempo, um par de gêmeos: Íficles, que era filho de Anfitrião, e, portanto, não se ouviu falar muito dele na sequência da história, e Hércules, que o meu pai resolveu declarar como seu.

Pausa para recuperar o fôlego.

Hércules, aquele sujeitinho robusto, tornou-se um homem poderoso, o maior entre os maiores heróis da antiguidade, blá-blá-blá... Ora, nada do que o meu pai faça é simples e direto, mas as maquinações de que lançou mão para que Hércules, que era corajoso mas não era lá muito brilhante, levasse a cabo o plano de tornar os mortais imortais foram imensamente mais tortuosas que as habituais. Antes de mais nada, fez o pobre rapaz enlouquecer temporariamente; depois, mandou que fosse consultar o oráculo de Delfos e este lhe ordenou que servisse a Euristeu, rei de Tirinto; esse rei, por seu turno, foi inspirado a impor ao herói, sem qualquer motivo aparente ou propósito discernível, toda uma série de tarefas tremendas e praticamente impossíveis de se realizar. Vocês decerto conhecem esses célebres Doze Trabalhos de Hércules: matar a Hidra de várias cabeças, capturar o Javali de Erimanto, apoderar-se do cinturão de Hipólita, rainha das Amazonas, e por aí afora. De todas essas tarefas, porém, onze não passaram de disfarces para encobrir a décima-segunda, o suposto sequestro de Cérbero, feito que foi realizado com a ajuda da minha digníssima irmã Atena, aquela encrenqueira, e que, no fundo, foi outro subterfúgio para mascarar a verdadeira intenção de tudo aquilo: nada mais, nada menos que a eliminação do próprio Plutão. Era isso que o meu pai efetivamente pretendia, o alvo de todo esse esquema. A mana e eu escoltaríamos Hércules até as portas do mundo subterrâneo. Quando chegássemos lá, os latidos do cão de guarda fariam Plutão vir correndo para ver quem era o recém-chegado. Hércules, então, retesaria o arco e dispararia uma seta certeira atingindo o coração do deus das sombras, matando-o imediatamente. A morte da morte! Imaginem só! Mas não era para acontecer... O Olimpo inteiro se rebelou, ou ameaçou fazê-lo. O momento pedia solidariedade, dissemos; era hora de mostrar a Zeus que os seus poderes tinham limites. Há muito que ele vinha mandando e desmandando, corneando tanto deuses quanto seres humanos, e engolindo os seus parentes inteirinhos. Se permitíssemos que destruísse a morte, ele se acharia no direito de destruir a todos nós. Não íamos admitir isso! Simples assim... Foi por esse motivo que Plutão, o matador de homens, sobreviveu.

Por que Zeus teve a ideia de matar a morte? Não perguntei isso a ele, e nunca vou perguntar; existem certas perguntas que não se fazem ao pai dos deuses... Mas isso não quer dizer que eu não possa fazer as minhas especulações. Será por não suportar a ideia de ver as suas amadas mocinhas — bordadas com touros e cisnes, salpicadas de chuva de ouro, como disse Sidney, um dos poetas de prata — retorcendo-se em agonia no seu leito de morte? Logo elas, que tinham se retorcido de prazer nos seus braços? Se fosse esse o caso, por que não matar pura e simplesmente todos os indivíduos do sexo masculino e deixar as suas caras-metades viverem para sempre? Não, assim até parece que ele é muito bondoso, muito amoroso... Ele queria que todos, tanto as garotas quanto os garotos, os adultos na força da idade, os mais velhos e os anciãos conhecessem o que conhecemos, ou seja, o tormento da vida eterna. E por que precisaria de um motivo? Chamem isso de crueldade, de capricho, de vingança do senhor dos céus contra as criaturas que ele próprio fez. Ou talvez ele pretendesse criar uma nova raça de semideuses. Essa é uma possibilidade: não apenas vivendo para sempre, ó céus, mas também procriando para sempre, até o mundo ficar tão abarrotado que eles acabariam obrigados a invadir o céu em busca de outro lugar para povoar. Brrr...

Seja como for, o que acabou acontecendo foi isso: o plano ignóbil do meu pai se frustrou e, graças a nós, seus parentes em geral, os homens podem continuar morrendo do velho jeito de sempre.

Rex, o cachorro, volta a ficar sonolento e deita a cabeça no chão. A escuridão provocada pelas palavras de Benny Grace vai aos poucos se dissipando e os que estão sentados à mesa se recompõem, com alguma hesitação, feito lavradores que, depois da pausa para o almoço, retomam a atividade no roçado. Fico pairando no ar acima deles, com a túnica toda espalhada, numa pose que parece até a *Madonna della Misericordia*, de Piero della Francesca, protegendo o meu grupinho de pecadores mortais. Como vocês podem ver, não fico apenas debochando e criticando; tenho também o meu lado bonzinho.

Petra aproveita a oportunidade e rompe o silêncio perguntando, em voz alta, por que os tumores são sempre comparados aos frutos cítricos.

— Do tamanho de um limão, dizem, de uma laranja, de um *grapefruit*... Por que será?

Passa os olhos pela mesa, cobrando uma resposta, mas ninguém tem nada a lhe dizer.

Não existem duas coisas idênticas: o sinal de igual é um absurdo; este é o xis do problema, a cruz à qual fui pregado desde o começo. Diferença: o termo em si é uma redundância, uma palavra cunhada para consolar e iludir. Ah, disse com meus botões, digo com meus botões, dizer igual a não equivale a dizer idêntico a, mas significa alguma coisa, tranquiliza? As minhas equações abarcam um sem-número de universos e, no entanto, propõem um mundo único de unidade e ordem última. Talvez tal mundo exista, mas, nesse caso, não é nele que vivemos e não podemos saber como seriam as coisas por lá. Até a autoidentidade do objeto é mera questão de insistirmos que ele é assim. Onde então alguém pode pôr o pé e dizer "Estamos em solo firme"? Fiquei apavorado como uma criança ao ver os ponteiros de um relógio andarem para trás; ao pensar que o próprio tempo retrocederia e tudo mergulharia no caos, apesar de ter sido exatamente eu quem havia quebrado a flecha do tempo e jogado fora o arco já frouxo. Benny Grace debochava das minhas dúvidas e da minha ansiedade. A troco de que, perguntava ele em tom de zombaria, vamos ficar fazendo eco a esses acadêmicos da velha guarda? O que temos a ver com a salvação dos fenômenos? Esta era a diferença — diferença! — entre nós dois. Eu desejava ardentemente as certezas, ele era o elemento de confusão. Quando penso nele agora, volto a ouvir a música do passado, meio áspera e desafinada, mas também doce, a doce música triste de ser jovem.

Diga ele o que disser para negar isso, nós, os adeptos do temporal, encerramos efetivamente alguma coisa. Depois de nós, certas amplas possibilidades já não eram mais possíveis. Em nosso novo começo havia um velho fim. Lembro do ambiente na academia por essa época, mesmo nos primeiros tempos da revolução que desencadeamos de forma tão destemida. No início, foi a euforia; depois, o despontar da apreensão e, então, um desânimo cada vez maior, uma crescente exaustão. Ainda surgiam algumas discussões; na verdade, eram mais bate-bocas do que discussões, exaltados demais para serem levados adiante e que sempre acabavam em impotência e em feroz frustração. As pessoas que davam as costas e iam caindo fora daqueles confrontos tinham um aspecto peculiar: todos ficavam cabisbaixos, parecendo reprimidos, com a boca meio retorcida numa careta raivosa. As coisas tinham perdido o sabor, o ar agora era muito mais pesado, a luz, reduzida. A princípio, não conseguíamos compreender aquele escurecimento do mundo que acontecia por nossa causa... Afinal, aquilo era exatamente o contrário do que pretendíamos. Sabe-se lá como, a expansão não trouxe aumento, mas redução. A minha série final de equações, um punhado de paradoxos magníficos e irrefutáveis, foi o segredo que abriu os ferrolhos da câmara do tempo. O sopro da morte, aquele bafo úmido que atingiu o nosso rosto pela porta entreaberta do que havia sido o nosso único mundo não era o hálito de uma nova vida, como esperávamos, mas um último suspiro. É algo que ainda não consegui compreender. O reino até então insuspeitado que eu revelei para além dos infinitos era um novo mundo para o qual não partiria nenhuma caravela. Recuamos diante dele, já de antemão exaustos pelo simples fato de ele ter surgido de súbito à nossa frente. Em suma, aquilo era demais para nós. Foi isso que descobrimos, para nossa tristeza e vergonha: que tínhamos o bastante, mais até que o bastante, nas desconcertantes diversidades do nosso velho mundo superabundante. Deixemos os deuses viverem em paz nesse novo lugar longínquo.

Mas Benny e eu devíamos formar uma dupla e tanto, o super-homem de capa e roupa colada ao corpo, passando como um raio através do éter, e o seu companheiro gorducho agarrado ao seu pescoço, tentando salvar a própria pele. Ou seria justo o contrário, ele voando e eu me segurando com toda força, como se a minha vida dependesse disso? Aí está algo que nunca consegui entender, essa tal de vida... Tem gente que parece não ver nenhuma dificuldade nisso: simplesmente vai fazendo, ou manda alguém fazer em seu lugar — talvez seja este o segredo, não exatamente viver, mas ser vivido, deixar a própria vida se encarregar de tudo. Era assim que Benny parecia dar conta disso. Ao sair de mais uma das nossas escapadas noturnas sem fôlego, de bolsos vazios e joelhos esfolados, eu olhava para o lado e lá estava ele, espanando a poeira da manga do paletó e cantarolando baixinho, satisfeito da vida, como se estivéssemos voltando de um inocente passeio numa tarde de domingo. Será que eu já tinha uma quedinha pelo submundo antes de Benny aparecer e me arrastar para a sarjeta por desenfado? Só sei dizer que, quando estava ali, gostava de ficar chafurdando em cuspe e urina. Isso, sim, dizia com meus botões, é real, é de verdade, é cru, bruto, vital. Isso, sim, é estar vivo. Aqui embaixo não existem Inges ou Ursulas boazinhas, só prostitutas, batedores de carteira e umas estranhas Gretchen, pobres coitadas, procurando em vão pelo seu Fausto.

Não deveria exagerar tanto! No fundo, sou uma alma tímida e as enrascadas em que Benny me metia não passavam disso, enrascadas, farras e travessuras de estudantes. Ele surgia em horas incertas e lugares inesperados, mas, se eu me espantava, ele nunca se mostrava surpreso. Isso é que era muito estranho: o jeito como ele voltava a aparecer de súbito na minha vida, como se a interrompesse no meio de uma frase, por assim dizer, me dava aquele braço gorducho, me afastava do que quer que eu estivesse fazendo e me puxava a um canto para me propor, baixinho, mais uma daquelas farras malucas. Sempre fazia parecer que tinha ido embora poucos minutos atrás e que, agora, estava de volta, fechando a braguilha e arregaçando as mangas da camisa, pronto para outra. Garotas, óbvio: sempre havia garotas e eu ficava deslumbrado ao ver o sucesso que Benny fazia com elas. O que viam nele? Qual era o segredo do charme daquele gorducho? Dava uma saída de um bar lotado, um saguão de hotel, uma sala de conferências e reaparecia, cinco minutos depois, com duas prováveis companhias, uma em cada braço, a mais baixa para si mesmo, a mais alta para mim. Era comum tais achados serem na verdade um desastre, ou uma farsa, ou ambas as coisas — lágrimas regadas a gim, rímel borrado, uma liga de seda preta puxada para cima definitivamente —, mas Benny jamais se deixava abater, jamais aceitava objeções, jamais admitia um fracasso.

Achava lamentável que eu gostasse de Inge e de gente como ela, delicada e sofrida, mas não vi motivos para a sua zombaria quando conheci Madame Mac. Neste ponto, preciso fazer uma pausa e confessar um ligeiro constrangimento, uma situação um tanto embaraçosa. O fato de eu ter, de início, achado que ela era sua mãe é uma coisa, mas que eu ainda não saiba ao certo se é ou não — sua mãe, digo — é outra bem diferente. Benny nunca me disse exatamente quem ela era, ou qual era a natureza da relação entre os dois, e, em casos como esse, depois de certo tempo não há mais a menor possibilidade de fazer perguntas. Ele só se referia a ela como Madame Mac, ou, às vezes, como "minha velha dama", o que não ajudava em nada a esclarecer as minhas dúvidas. No começo, parecia haver uma nítida disparidade de idade entre ambos, e Benny podia perfeitamente ser filho daquela mulher; à medida, porém, que os anos foram passando e a idade foi acentuando os seus traços, que, diga-se de passagem, nunca foram muito jovens, a diferença se reduziu, o que só fez aumentar a minha incerteza.

Quando estava com ela, não era o mesmo, não o Benny ao qual eu estava acostumado. O seu comportamento variava entre a deferência solícita de um apaixonado cuidadoso e uma brusca irritabilidade que, aos meus ouvidos, soava absolutamente filial. Fui apresentado a Madame Mac, se é que posso usar o termo apresentado, em Roma. É, acho que foi isso mesmo. Estava lá para receber o prêmio Borgia, criado em homenagem ao nobre César, pacificador e patrono das artes e das ciências naturais. Lembro bem do hotel, um daqueles antiquíssimos palácios sombrios que existem em todas as capitais, com corredores ressoando com um vasto silêncio, um preocupante odor fecal em todos os quartos e, lá embaixo, os empregados invisíveis em suas brincadeiras bem audíveis. No saguão abafado, onde parece ser sempre de tarde, vagas silhuetas manuseavam xícaras de café e bolinhos, e as janelas altíssimas pareciam incandescentes ao incrível azul do céu de outubro. Benny e eu tínhamos marcado ali ou aquele foi mais um dos nossos encontros casuais? Casuais ao menos de minha parte. Diante de uma daquelas janelas, havia uma mulher sentada numa poltrona junto de uma mesinha baixa; como estava na contraluz, não dava para eu distinguir os seus traços, embora tivesse a sensação de que ela estava me olhando. A tal mulher estava debruçada para frente, com a saia bem esticada na altura dos joelhos afastados, e a poltrona em que estava sentada parecia espichar os braços rechonchudos para ambos os lados, como se tentasse puxá-la para trás com aquele abraço de brocado. O vestido que estava usando era feito de algo que parecia uma bandagem com estampa grande e multicolorida, cheia de rosas, ou peônias, ou coisa do gênero, e bem poderia ser a continuação do estofado da poltrona, de tal forma que ela estava camuflada e dava a impressão de um agregado de partes soltas: cabeça, braços e mãos, pernas curtas e grossas. Todos esses detalhes foram percebidos de relance, claro. Às suas costas, num canto da janela, um arbusto de espirradeira se agitava ao vento quente de um outono romano.

Benny chegou agitado, esfregando as mãos. Usava seu indefectível terno preto com aquela camisa branca encardida. Reclamou do ar-condicionado que estava gélido — ele vivia com frio, característica que temos em comum — e esfregou as mãos com mais força ainda. Aparentemente, não tinha a intenção de se sentar e, por causa da posição da minha cadeira, tive de entortar a cabeça, virando-a para o lado e para cima, para conseguir vê-lo. Por falar nisso, havia sempre algo estranho na posição que eu me via obrigado a assumir na presença dele. Quando Benny estava por perto, eu acabava sempre com torcicolo... Nessa ocasião, percebi alguma coisa dúbia no seu jeito, certa excitação ofegante. Ele disse que ia tomar um copo de vinho, mas parecia preocupado com algo diferente. Passava os olhos pela sala como quem não quer nada, até que deu com a mulher perto da janela. Será que trocaram um sinal qualquer? Benny pigarreou e murmurou alguma coisa; depois, foi até onde estava a tal mulher e postou-se junto dela, ficando atrás da poltrona, com a cabeça ereta e um dos ombros erguidos, parecendo um daqueles cavaleiros de casaca fazendo pose para um daguerreótipo. Olhou então para mim, cenho franzido, como que me convocando. Levantei meio hesitante e me aproximei.

— Esta — disse ele num tom brusco, quase desdenhoso — é Madame Mac.

Da sua poltrona, a mulher me olhou de alto a baixo com a maior tranquilidade e ergueu a mão para que eu a beijasse. Vi aquela mão com o dorso graciosamente arqueado, os dedos pendendo frouxos, e a apertei. Ela tinha a textura cartilaginosa e o leve calor de uma pata de ave. Percebi que Madame Mac usava algo na cabeça, uma espécie de gorro ou um lenço bem amarrado, o que me fez lembrar de Lily Brik, gritando as boas novas naquele célebre cartaz, ou uma das camponesas dos quadros de Millet. Dava a impressão de que havia uns festões brilhantes, umas fitas, umas tiras de seda reluzindo e flutuando ao seu redor. O rosto era mais largo que comprido, com as mandíbulas salientes e uma boca praticamente sem lábios que parecia se estender de orelha a orelha e conseguia ser quase nobre apesar de ter um quê de sapo. A pele era de um cinza pálido e, aparentemente, tão seca quanto farinha. Por baixo do volumoso vestido que ela usava, dava para perceber umas dobras ocultas de carne sobrando. Tolo como sou, logo comecei a imaginar aqueles dois trepando, como um casal de morsas se debatendo aos berros num mar revolto; talvez tenha sido por isso que, um minuto depois, a minha cabeça me propôs a possibilidade de existir um laço de sangue entre eles: para que eu nunca mais precisasse me defrontar com cena semelhante. O que mais me chamou a atenção em Madame Mac foram os olhos. Eram lustrosos, ligeiramente arregalados, não grandes, mas aflitivamente penetrantes, e tão intensos que faziam o resto dos traços daquele rosto, até mesmo a tal boca extraordinária, sumir por trás da sua luz. A lembrança que tenho daquele primeiro encontro insiste em afirmar que os olhos dela eram pretos; mais tarde, porém, quando me dei o trabalho de reparar melhor, percebi que pareciam de um violeta profundo — será que os olhos podem mudar de cor, de acordo com as circunstâncias, a luminosidade, o humor do momento? Devo ter me sentado. Não sei o que lhe disse, ou o que ela me disse. Tinha algum sotaque? Se tinha, não chamou a minha atenção. Mais um mistério. Às suas costas, pela janela, o arbusto de espirradeira com as suas folhas luzidias estremeceu e se sacudiu como se estivesse sendo regado. Talvez tenha sido o contraste entre a quietude daquele rosto largo e acinzentado, o movimento frenético do arbusto às suas costas e as tiras de seda que flutuavam ao redor do seu corpo, o fato é que a associação mais forte que aquela imagem provocou em mim foi a de um ventilador elétrico, com a correntinha do interruptor pendurada, girando a cabeça suave e ligeiramente inclinada bem devagar, para lá e para cá, e, por trás da grade, as pás que giram, giram, giram não passam de um borrão estático.

Benny engrenou numa história interminável, contando como tínhamos nos conhecido, naquele verão gélido do extremo Norte. Havia uma pontinha de desdém no tom da sua voz, certa impaciência afetada, como a de um aluno obrigado a recitar um trecho monótono que ele não decorou direito. Madame Mac parecia não estar ouvindo; na verdade, parecia nem dar pela presença dele. Continuava a me estudar, deixando os olhos, a um só tempo vagos e penetrantes, perambularem por mim corn uma impassibilidade felina enquanto, ali atrás, as pás não paravam de girar sem ruído algum. Detido ali, ouvindo Benny recitar a lição maldecorada e sendo vítima do escrutínio de Madame Mac, tive a desconfortável sensação de estar de algum modo me erguendo no ar e ficar pendurado entre ambos, como um sátrapa meio entorpecido sendo transportado por uma trilha cada vez mais estreita rumo à toca do assassino. O garçom chegou trazendo o vinho. Benny pegou a taça, tomou um gole caprichado e ficou olhando para o nada, agora calado. Parecia estar querendo algo de mim, estar me pedindo alguma coisa em silêncio, algum entendimento ou aceitação tácita.

Depois, naquela mesma tarde, Madame Mac me contou a história da sua vida, ou partes dela, partes da história, partes da sua vida. Estávamos lá fora, na varanda do hotel que dava para umas ruínas históricas iluminadas por holofotes. Aqui e ali passava voando um morcego, à luz arroxeada do crepúsculo. Eu estava enregelado, e não muito sóbrio, e não conseguia me concentrar direito na trama da história que a mulher ia tecendo de forma elaborada. Em algum momento do passado indeterminado, ela tinha se unido — uma união breve e infrutífera, como fez questão de enfatizar — ao digníssimo senhor Mac Alguma Coisa, um rico homossexual de pulmões delicados, embaixador plenipotenciário da República de Sei-lá-o-quê junto à Santa Sé. O tal senhor era dono de inúmeras mansões em Capri, em Paris, em Manhattan e em Sidi Bel Abbes e, antes de sua morte altamente pitoresca, prematura, e devidamente atestada, acrescentou Madame Mac num murmúrio, determinou que ela usasse a imensa fortuna por ele legada em prol do aprimoramento da humanidade em geral e, em particular, do incentivo das ciências físicas pelas quais o embaixador sempre nutrira profundo interesse enquanto amador. Fiquei ouvindo aquele blá-blá-blá meio cativado, meio distraído, tomando a minha sexta ou sétima taça de prosecco amargo e inalando o fedor de esgoto que Roma nos enviava lá de baixo, como a fumaça de uma oferenda votiva. Enquanto falava, Madame Mac ia me hipnotizando com aqueles olhinhos brilhantes e saltados, balançando de certa forma à minha frente como uma cobra enrolada e de cabeça erguida. Talvez aquilo tudo fosse verdade, Mr. Mac e os seus pulmões fracos, a mansão com minarete lá no Magreb, a determinação feita no leito de morte, em suma, tudo. O mundo é composto de muitos mundos, coisa que eu deveria saber melhor que ninguém, cada qual mais estranho, mais variado e, pela minha experiência, mais absurdo que o outro. Tudo é possível. Quando ela terminou a sua história, ficamos os dois ali calados por um instante, olhando para os nossos copos. De repente, Madame Mac aproximou de mim aquele rosto largo e procurou a minha mão, que agarrou bem firme. Resultado: perdi o equilíbrio e teria caído no chão, levando-a junto comigo, se não fosse pela mureta de calcário lavrado que nos segurou. E se tivéssemos caído da varanda, mergulhando nas ruínas lá embaixo? O que pensaria Benny quando nos encontrassem, ensanguentados, despedaçados e de mãos dadas, numa tribuna quebrada junto a uma das primeiras construções de Vespasiano?

Passou-me pela cabeça que ela talvez estivesse me oferecendo dinheiro. Por que outro motivo teria contado toda essa história sobre o falecido? O amor de Mr. Mac pela ciência, a sua inclinação filantrópica e a herança que lhe deixou — por que mais aquela súbita intimidade apaixonada, aquele aperto desesperado na minha mão? Delicadamente, consegui me desvencilhar da mão dela, sentindo-me uma mocinha de boa família que acaba de ser convidada por uma velha matrona para fazer uma experiência no bordel. Voltamos para dentro do hotel, eu muito sem jeito, ela toda pensativa. E da outra vez que a vi, ela estava morrendo.

Foi mesmo da outra vez? Só encontrei Madame Mac em duas ocasiões? Não me lembro. Foi Benny, naturalmente, quem me levou para vê-la naquele hospital lá nas montanhas. Era pleno verão. O som das sinetas das vacas era incrivelmente nítido naquele ar puro, rarefeito — no começo, cheguei a pensar que fosse uma gravação qualquer que ficasse tocando nos quartos em lugar da música sedativa de costume. Madame Mac passou meses vagando pelo continente, de um lado para outro, como um animal ferido, procurando um lugar para morrer. Calva e inchada, estava deitada sem cobertas na cama branca e estreita como algo vegetal que houvesse sido atirado ali. Revirava os olhos, agitada, e cravava os dedos no lençol. Apesar das circunstâncias, estava usando mil enfeites multicoloridos, como sempre. Tentei não olhar para aqueles joelhos nus e manchados. O sol dos Alpes brilhava na janela com alegre indiferença. De início, achei que Madame Mac não tinha me reconhecido, mas, depois, ela agarrou a minha mão entre as suas — de novo! — e começou a me contar, num sussurro entrecortado, algo que teria acontecido muito tempo atrás e que não consegui entender nem mesmo em linhas gerais. Fingi, porém, que estava entendendo, e tentei parecer interessado — ah, aquele sorriso amarelo que se instala no rosto das pessoas em situações como essa! —, mas Benny segurou o meu braço, me desencorajando com um ligeiro muxoxo. Recuei, então, e Madame Mac soltou a minha mão. Estranhamente, deu um suspiro irritado que beirava o riso, como faria uma tia diante de um sobrinho mimado e malcriado. Sentindo-me grosseiro e desajeitado, soltei o braço que Benny segurava e saí do quarto. Não sei se a vi em outras ocasiões além das duas que mencionei, mas sei perfeitamente que aquela foi a última vez em que a vi.

Pouco depois desse dia, Benny e eu estávamos numa varanda envidraçada com umas espreguiçadeiras de madeira dispostas em fila. Em cima de cada uma delas, havia uma manta de lã vermelha dobrada e um travesseiro de espuma. À nossa frente, descortinava-se uma vista exuberante de picos nevados que pareciam brigar entre si, cada qual mais ansioso para impressionar e deslumbrar. Era meio-dia e tanto funcionários quanto pacientes deviam estar em horário de almoço, pois não havia ninguém ali além de nós dois. Benny aproveitou a oportunidade para fumar um cigarro clandestino, segurando-o como um desses meninos de rua, protegendo-o com a mão fechada e jogando as cinzas no bolso do paletó. Uma coisa que sempre invejei nos fumantes é o pequeno ritual que eles podem se permitir vinte ou trinta vezes por dia: acender o cigarro, dar uma longa tragada, semicerrar os olhos e exalar bem devagarinho. Pensei em dizer algo para consolá-lo, mas não me ocorreu nada. Sequer consegui entender o que eu estava fazendo ali — o que Madame Mac representava para mim, ou eu para ela? No entanto, tinha a impressão de ter sido arrastado involuntariamente para uma espécie de intimidade inquieta. Agora, não era só Benny que tinha um aspecto filial; nós bem poderíamos ser dois irmãos reunidos, embora nada à vontade, junto ao leito de um pai ou de uma mãe moribundos. Benny soltava baforadas do cigarro e suspirava, suspirava e soltava baforadas, passando os olhos pelo aposento como se à procura de algo que deveria estar ali, mas inexplicavelmente não estava. Depois, disse uma coisa muito estranha, uma coisa que não entendi e continuo não entendendo. "Não precisa se preocupar", disse ele, franzindo o cenho e fitando os meus joelhos. "Vai dar tudo certo." Que gravidade imprimiu a essas palavras tão simples! Assenti, sem dizer nada. Por que estaria me tranquilizando quando era ele mesmo que, em breve, estaria perdendo alguém querido? Devia ter feito essa pergunta, mas não fiz. A minha relutância tinha algo a ver com aquele lugar, acho, a altitude, a perturbadora disposição das espreguiçadeiras numa fileira irrepreensível, a janela imensa pendendo sobre nós e as montanhas absurdamente pitorescas reluzindo à claridade irreal do meio-dia.

Nunca deixei Ursula conhecer Benny ou Madame Mac — por que será? A simples ideia da sua existência, a simples menção a esses dois bastava para assustá-la. Acho que desconfiava de algo libidinoso na minha relação com eles, como se tivessem me atraído para alguma cabala de regras e ritos baseados na carne. Não estou dizendo que imaginasse orgias em que eu gravasse com sangue runas e fórmulas mágicas no traseiro avantajado de Madame Mac enquanto Benny Grace me estimulava com algemas e chicote. Não, nada tão grosseiro assim. Acontece que Ursula é uma espécie de sacerdotisa da pureza e naqueles dois, ou, pelo menos, na ideia que fazia deles, via personificadas, creio eu, todas as tentações do submundo e os seus tórridos prazeres. Mas, afinal de contas, será que estava tão enganada? Ela ia me salvar de mim mesmo; esta foi a missão que se atribuiu desde o começo. Estava determinada a conseguir fazê-lo. Embora fosse bem jovem quando nos conhecemos, já tinha algo decidido, algo pronto e acabado, um polimento esmerado — acabado, assentado, lustroso, e, mesmo assim, também maravilhosamente vulnerável. Tinha uma deliciosa instabilidade na região dos joelhos, coisa que eu achava irresistível; certo desequilíbrio provocado, não por falta de jeito, mas pelo cuidado e o estado de alerta com que ia pisando no solo traiçoeiro do mundo. Essa é a imagem que tenho da minha querida esposa: andando na minha direção, com toda delicadeza, o cenho franzido de tanta concentração, os olhos baixos, os cotovelos meio erguidos e as mãos abertas de ambos os lados do corpo, como se precisasse se apoiar em prateleiras de ar, os joelhos roçando um no outro, os calcanhares afastados e a cabeça baixa, deixando ver o repartido bem no meio do cabelo, um perfeito sulco de um branco-acinzentado. Apesar de tudo, fico me perguntando se não pedi demais dela, ou, o que seria talvez pior, se não pedi pouco demais. Existe uma tribo primitiva que vive embrenhada na selva de Bornéu ou, quem sabe, da Nova Guiné, tanto faz. É um povo baixinho, atarracado e barrigudo, com os dentes escurecidos, que come os seus antepassados e conserva em salmoura a cabeça dos inimigos, ou o contrário, já não lembro direito. As mulheres dessa tribo usam um osso enfiado no nariz e fazem os lóbulos das orelhas espicharem enfiando neles uns discos, ao passo que os homens — devo estar inventando tudo isso — usam uma prótese para estender o membro viril enfiando nele uma haste bem fininha de bambu. O membro fica ereto, num ângulo bastante acentuado, graças a uma corda trançada, amarrada por um lado na ponta, a ponta do bambu, digo, e por outro na cabeça deles. Na puberdade, esses indivíduos são submetidos a uma cerimônia iniciática na qual cada um deles ganha não apenas o tal bambu e um pedaço de corda, mas também uma pequena escultura de madeira, meio abstrata, mas bem sugestiva, de uma mulherzinha gorducha sem traços muito definidos, não muito diferente, suponho, das suas próprias mães. A seu modo, esses totens são decididamente impressionantes. Vi alguns em museus. Quando chegam às mãos dos rapazes, essas esculturas já são antiquíssimas, pois são transmitidas de geração em geração e estão gastas pelo uso e pelo tempo. Elas têm a função de servir de consolo e companhia pelo resto da vida de cada um e também, o que é ainda mais importante, de atuar como repositório de todas as dúvidas, de todos os medos, impulsos violentos, desejos de vingança — são objeto de conforto e veneração, mas também um bode expiatório, ou, no caso, cabra. Hoje me pergunto se Ursula não desempenhou função semelhante na minha vida. É uma ideia sombria, que não gostaria de alimentar...

Os filhos foram uma surpresa para mim, o segundo não menos que o primeiro. Sei que é absurdo dizer isso, mas é verdade. Óbvio que, em ambas as ocasiões, aquele volume aumentando na altura da barriga da minha mulher deveria ter servido de almofada para aparar o choque do inevitável desfecho, mas qual o quê... Nas duas vezes, me vi lançado numa espécie de atordoamento. O mais aflitivo com relação àquelas criaturas conjuradas que surgiram de repente, por um estratagema biológico, era a sua indiscutível diversidade. Eu sei, eu sei que todos os outros são necessariamente outros. No entanto, no caso de Ursula, por exemplo, e até certo ponto mesmo de Dorothy — os seres humanos com quem convivi mais de perto na vida, excluindo-se a minha mãe, o que estou efetivamente fazendo —, como ia dizendo, portanto, no caso das minhas esposas, havia, em relação a mim, uma ligação tão apaixonada que me dava ao menos a ilusão de que eu podia superar essa brecha, a brecha da diversidade, ilusão muito mais difícil de se criar quando o objeto do olhar aturdido eram aqueles pequenos seres novinhos em folha que viviam ou estranhamente quietos ou ficavam roxos de raiva ao mínimo descuido. Achei o menino particularmente assustador e não apenas por ter sido o primeiro. Ele era como aqueles bebês de desenho animado, com a carinha bochechuda, uma chupeta enfiada na boca e a cabeça inteiramente careca, a não ser por uns fiapos em forma de ponto de interrogação e que, sem mais nem menos, esticava o bracinho forte para fora do berço e atingia o pobre Frajola, o gato, com um soco de deixar os olhos do bicho se revirando e coroá-lo com um halo de estrelas que giravam. Eu ficava igualzinho: a mesma zonzeira atordoada, o mesmo olhar arregalado e meio vesgo. A menina era inteiramente diferente. Ficava deitada ali quietinha, prestando atenção a tudo, como se tivesse certeza que o nascimento, que lhe havia sido imposto, fosse algo cujos desdobramentos seriam um martírio ainda maior que aquele acontecimento em si.

Mas era a minha preferida. Quando ela chegou, o menino já estava crescido; era uma criança cautelosa, cheia de mistérios, solitária. E tinha medo de mim, exatamente como eu tinha medo dele. Desde o começo, percebi que havia algo errado na menina, algo que faltava, uma ligação com esse mundo no qual o resto de nós ia conseguindo, com graus variados de sucesso, fingir que estava em casa. Devia me envergonhar de dizer isso, mas, para mim, essa diferença era mais gratificante que perturbadora. Ali estava enfim uma alma com quem tinha algo em comum, uma alma danificada, exatamente como acreditava ser a minha própria.

Será que amei, será que amo esses filhos? É uma pergunta simples, mas extremamente delicada. Eu os protegi dos perigos na medida do possível; não os reprimi, nem mimei; ensinei a eles as virtudes que conhecia e que, a meu ver, iam lhes trazer benefícios. Ficava preocupado, temendo que caíssem, se cortassem, se gripassem, contraíssem lepra. Acho que posso afirmar com segurança que, em circunstâncias extremas, se fosse necessário, eu daria a minha vida para salvar a deles. Aparentemente, porém, isso não foi o bastante: era preciso fazer ainda um esforço a mais, não, não um esforço, alguma coisa efetiva, ou até afetiva — um modo de ser, digamos, uma postura com relação ao mundo que é o que chamam de amor. Quando as pessoas em geral se referem a esse tal amor, falam dele como uma espécie de *grand mal* provocado, de forma catastrófica, por um bacilo que a ciência desconhece, mas que está presente por toda parte, no ar que nos cerca, como o esporo da tuberculose, e ao qual todos, exceto os de constituição mais fria, estão sujeitos. No entanto, para mim, se é que entendo o conceito, para amar sincera e adequadamente, deveríamos fazer isso de forma anônima, ou, pelo menos, de um jeito não declarado, para não parecer que estamos pedindo algo em troca, já que pedir e obter são a antítese do amor — isso, repito, se é que entendo corretamente o conceito, coisa que, por tudo o que eu disse e por tudo que me foi dito, parece que não é verdade. É muito enigmático. O amor, desse tipo a que me refiro, exigiria uma capacidade sobre-humana de sacrifício e abnegação, daquelas que se veem num santo, ou num deus, mas os santos são monstros, como bem sabemos, e quanto aos deuses... Bem... Talvez este seja justamente o problema; talvez os meus padrões sejam elevados demais. Talvez o amor humano seja simples, e, portanto, esteja fora do meu alcance em função da minha incurável tendência a complicar as coisas. É, pode ser isso mesmo; esta pode ser a resposta. Mas acho que não é, não.

Apesar de tudo, porém, talvez eu ame sem saber. Será possível amar sem querer, sem ter consciência disso? Às vezes, quando penso nessa ou naquela pessoa, na minha esposa, por exemplo, ou nos meus filhos — vamos deixar a minha nora fora disso —, sinto o coração, aquilo que chamamos coração, se encher de uma onda involuntária de uma coisa qualquer, uma coisa viscosa e quente, como a tristeza, mas é uma tristeza feliz, e tão forte que chego a cambalear por dentro; sinto um nó na garganta e lágrimas, isso mesmo, lágrimas de verdade brotando nos olhos. Isso não faz o meu gênero: em circunstâncias normais, não sou dado a exaltações e desfalecimentos. Portanto, é capaz de haver um vasto reservatório de amor escondido dentro de mim e, nesses momentos, ele transborda, derramando-se da cisterna quando alguém joga algo pesado lá para dentro.

Sempre achei que morrer fosse ser uma grande confusão salvadora, como o sonho de um bêbado. Mas olhem só para mim: estou deitado aqui, pronto para esticar as canelas, aliás, sem poder esticar nada, e no entanto a minha mente continua clara como água, embora não tão fluida, devo acrescentar. Estou perdendo as forças, quero dizer, a minha determinação está enfraquecendo. Se as coisas continuarem desse jeito, vou acabar mandando chamar um padre para me absolver.

Mas voltemos ao tema Ursula. Estou preocupado com ela. Não tive muita sorte com esposas. Nada disso, o que estou dizendo? As minhas esposas é que não tiveram muita sorte comigo. Levei uma delas a se afogar e a outra, a beber. Para um marido, não é um recorde lá dos melhores. Sei perfeitamente que não fui nada legal com Ursula, pois não lhe dei o respeito e a consideração que deveria. Tratei os meus filhos como adultos e a minha mulher como criança. Será que tinha medo de perdê-la, como perdi Dottie, e por isso achei que devia mantê-la num estado de infantilidade permanente? Como se só os adultos morressem. Não sei quando ela começou a beber para valer. Desconfio que foi depois que Petra nasceu. Hoje acho que aquele jeito meio atordoado, os rompantes de mau gênio, a preguiça matinal e o choro noturno que atribuí a um trauma pós-parto tinham uma causa mais simples. Ela é discreta como ninguém; é uma verdadeira artista nesse sentido. Nisso e em tantas outras coisas, procurou me poupar de dor, constrangimento, transtornos. E o que eu lhe dei em troca?

A minha cabeça está cansada. Não consigo pensar em mais nada, por enquanto. Antigamente, quando ficava desse jeito, levantava de um salto e ficava andando de um lado para o outro, inteiramente voltado para mim mesmo e a minha angústia, andando e andando, feito uma pantera, até o equilíbrio se restabelecer. Como adorava a ordenação do pensamento, a trilha férrea dos cálculos, o estabelecimento de um termo atrás do outro na cadeia do raciocínio… Não encontrava tal alegria em nenhum outro momento ou lugar, a alegria tranquila do homem só, fazendo o cérebro trabalhar. Será que Ursula tinha inveja da minha vocação para a solidão? Será que ficava magoada? E os meus filhos? Quando era pequena, Petra vinha para o lugar onde eu estivesse trabalhando, sentava no chão toda encolhida, abraçando os joelhos com as mãos, e ficava me olhando daquele jeito que os gatos fazem, piscando de vez em quando, bem devagar. A sua presença ali era tranquilizadora, ao contrário do que aconteceria se fosse o menino. Como fui injusto com ele! Até mais injusto do que com Ursula, e, agora, é tarde demais para remediar isso. Leite derramado, leite derramado — o chão da leiteria já foi lavado, o leiteiro e a mulher estão limpando os baldes. Será que eu tentaria consertar alguma coisa, mesmo que tivesse tempo e condições para fazê-lo? De algum modo, havia um ritmo na menina, por mais calada que ela fosse, que parecia bater em uníssono com algo lá dentro de mim. Como se ela estivesse ligada a mim; como se tivesse sido eu, e não a mãe, que a tivesse dado à luz e o cordão umbilical ainda não houvesse sido cortado. Mas quem vai cuidar de Ursula depois que eu me for é Adam, sei que posso confiar nisso. Ele é delicado com a mãe e tem sempre muita paciência com ela. Não briga nem tenta convencê-la a deixar a bebida; muito pelo contrário, pois, de um jeito delicado, ele é bem tolerante com o seu triste vício. Eu também, mas não era a mesma coisa: desconfio que, no meu caso, isso era uma forma de indiferença. É, Adam vai ser bom para ela, vai lhe fazer bem. Olhem para ele agora, indo atrás da mãe na cozinha carregando uma pilha de pratos, sendo útil, prestativo. Vejam como o sol entra pelo aposento de pedra em dias como esse, parecendo até encabulado, descendo numa linha perpendicular a partir da janela atrás da pia. Como sempre, há aquele leve cheiro apodrecido de gás que sai do fogão e três moscas, de um jeito preguiçoso, giram em formação em torno da lâmpada que fica acima da mesa. Ursula tem um jeitinho adorável de andar quando está empolgada, ou irritada; parece quase galopar, gingando um pouquinho com aqueles seus joelhos de tesoura. Adora usar uns vestidos meio largões, de lãzinha, em tons de cinza, azulado ou lilás. Nos primeiros tempos do nosso casamento, eu a chamava de minha pombinha e corria atrás dela pela casa, todo animado. Ela saía então correndo, fugindo de mim, arrulhando freneticamente e rindo às gargalhadas — "Não, não, não, *não*!" — até que eu conseguia alcançá-la e a imobilizava com o meu corpo. O meu pássaro ofegante... Ah, era isso mesmo... Tentem me imaginar, como eu me imagino, esmurrando a testa com o punho cerrado, diversas vezes, tump, tump, sem piedade, lamentando os anos perdidos, o tempo perdido. As oportunidades que não soube aproveitar.

— ... aparecer por aqui assim, desse jeito — diz ela —, sem um bilhete que fosse para nos avisar. — Emburrada, remexe em algo dentro da pia, estreitando os olhos. Ursula não enxerga bem, como a nora, e também como a nora, não usa óculos por pura vaidade. — E, ainda por cima, falando da morte do seu pai.

O meu filho põe os pratos que vinha carregando em cima da bancada da pia, onde está batendo sol. Juntou todos os restos de comida no que está no topo da pilha, como a avó lhe ensinou muito tempo atrás. Nisso saiu a mim: sonha com um mundo ordenado. De repente, sinto tanta ternura por ele... O que será exatamente que me afetou? Algo na maneira como pôs os pratos ali na pia, a disparidade entre o seu porte grandalhão e meio lerdo — meu filho! — e o jeito que tem para desempenhar as tarefas mais banais. Quando os dois eram pequenos, eu rezava para viver o bastante para vê-los crescer; agora, agradeço por não vê-los envelhecer.

— O que ele disse foi que Pa não vai morrer — replica Adam, sem olhar para a mãe.

Várias vezes reparei que ele tem mania de ficar imóvel de repente, simplesmente parando no meio de qualquer gesto que esteja fazendo, como se estivesse brincando daquele jogo que fazíamos em criança, acho que se chamava Estátuas. Ursula tem a mesma mania; Adam deve ter herdado isso dela. Todos esses tiques e características transmitidos pelos genes — por que são tão irritantes?

Ela ergue a cabeça e fita a janela banhada de sol; conheço bem esse olhar indeciso.

— O quê? — pergunta.

Adam sai da sua inércia e ajeita os ombros, recobrando o ânimo, sacudindo-se meio como um cachorro. Antes que possa dizer o que quer que seja, Ivy Blount aparece na porta do tal corredor que fica perto do fogão, trazendo mais pratos. Prendeu o cabelo rebelde com alguma coisa, mas uns fiapos cacheados já se soltaram e ficam ondulando no seu rosto pálido e sério. Mãe e filho olham para aquela Medusa benigna como se não a conhecessem. Ivy estanca, com a louça nas mãos. Tem um quê de frenético na expressão.

— Preciso — diz, ou melhor, sussurra em tom de urgência, dirigindo-se a Ursula — falar com você.

Adam se adianta, pega os pratos que ela está segurando, tirando-os das suas mãos com firmeza, como se estivesse se apoderando de uma arma, e põe todos eles em cima da pia, ao lado da pilha que já está ali. Pratos, pia, sol batendo na janela — como essas coisas absolutamente banais me parecem de repente tão preciosas...

O meu desejo por Ursula era tão grande que não bastava ela estar nos meus braços; eu a apertava junto ao corpo sempre com mais força, com tentáculos de polvo, num êxtase de necessidade, como se fosse possível absorvê-la inteirinha, fazê-la entrar em mim pelos poros. Adoraria torná-la parte de mim. Se pudesse, teria feito um talho no meu flanco já mais velho, enxertado ali um pedacinho dela, a minha jovem rosa, e prendido bem com um barbante. Agora me digam, por favor, isso não é amor?

Será que o meu filho é assim tão abjeto em seu desejo por aquela sua mulher tão linda? Se for, quem poderia culpá-lo por isso?

Quando Adam sai da cozinha, pisando com aqueles pés grandes sem fazer ruído algum, Ursula deseja sair atrás dele. Não quer ficar sozinha ali com Ivy, pois é evidente que a outra está alterada. Parece toda trêmula, como um diapasão vibrando. O que pode ter acontecido? Uma ideia terrível lhe passa pela cabeça: aquela mulher impossível está indo embora. Esta é a catástrofe que Ursula mais teme desde que, chegando a Arden, contratou Ivy para ajudá-la com as crianças e servir de anteparo contra a assustadora mãe de Adam. O seu coração ou algum outro órgão semelhante incha de repente no seu peito, chegando a sufocá-la, e a sua boca fica inteiramente seca. O que vai fazer sem Ivy? Ficar ali sozinha, com o marido morrendo, uma filha maluquinha... ah! Ela se vira, sai andando depressa até o imenso armário de carvalho — aquela coisa horrorosa que vovó Godley trouxe quando se mudou com eles para cá, Adam e ela, aqui em Arden, e que sempre odiou — e pega uma xícara branca que estava pendurada num gancho. Ivy fica olhando, com aquele ar trêmulo de um retriever, movendo apenas os olhos. Ursula volta para perto da pia, enche a xícara com água da torneira e bebe, abrindo a boca e despejando aquela água garganta abaixo, quase sem engolir. Sente gosto de metal. Pela janela, vê a luz do sol, o jardim, a massa irrequieta das árvores do outro lado do gramado. Tudo está tão calmo, tão despreocupado que parece até debochar dela. Volta a encher a xícara e a beber, sentindo aquela fria rispidez lhe ferir a garganta e cair no seu estômago pesada como chumbo. Experimenta uma remota espécie de piedade pelo próprio corpo, como se ele fosse algo separado dela, uma pobre coisinha sofredora toda voltada para a dor e o medo. São as baleias que engolem toneladas de água do mar fazendo-as passar entre os dentes para devorar o plâncton de que vivem? Então, sou como as baleias, pensa Ursula, esboçando por dentro um sorriso tristonho; só que, no meu caso, não tiro daí nada que possa me nutrir.

— Mr. Duffy — principia Ivy, às suas costas — veio falar comigo. — As palavras saem como bolhas, trêmulas e prestes a estourar. — Quero dizer, Adrian.

Ursula franze a testa, mas continua a fitar o jardim, tentando ganhar tempo para pensar. Então é isso: Ivy e aquele sujeito terrível andaram brigando. Sente uma vontade quase incontrolável de rir, de nervoso. Parece uma cena saída de um daqueles velhos melodramas, o pai de família no seu leito de morte, a família reunida e, lá embaixo, os criados batendo boca. Lembra daquele quadro já tão escurecido que fica no saguão: o homem de botas, com um casaco preto de gola alta, que, segundo dizem, é um dos antepassados Blount. O que foi mesmo que Ivy lhe contou sobre ele, algo a ver com uma sociedade secreta, aquela da fita, e havia uma ameaça de linchamento? Não consegue lembrar; aliás, não tem conseguido lembrar de nada ultimamente.

— Veio falar com você? — indaga baixinho, virando-se finalmente. — Sobre o quê?

Ivy fez alguma coisa, aprumou-se ou então foi erguida, como uma marionete presa a uma corda, com o pescoço espichado, os olhos arregalados e os braços pendendo rígidos ao lado do corpo. O seu rosto também adquiriu um tom rosado mais claro, como leite onde se deixou cair uma gota de vinho. Talvez seja raiva, ou quem sabe enrubesceu, não dá para saber ao certo.

— Bom — diz ela, e engole em seco —, não falou exatamente. Quer dizer... — Cala-se, sem saber o que fazer. Contrai o rosto que parece se rachar, como a lombada de um livro que alguém abriu demais. E há aquelas lágrimas que lhe brotaram dos olhos. Cerra bem os punhos. Os seus lábios estão tremendo? Está tão aflita! Ó Hécate dos três caminhos, será que a culpa é toda minha, pois assumi a forma de Duffy e dei à coitada da Ivy a impressão de que ia lhe dizer alguma coisa importante e, afinal, saí com aquela história do leite?

Se for, preciso falar também com o rapaz e lhe dar algum ânimo. Achei que estava tudo acertado... Não era isso que os dois estavam fazendo na hora do almoço? Talvez eu não me chame Hermes afinal de contas... Ó céus, ó céus! Como são difíceis essas tramas do coração, do coração deles, digo, já que, nessa área, não passo de mero diletante... Por enquanto, preciso dar um jeito de tirar Ivy daqui antes que as coisas se compliquem ainda mais. Ela faz um som, meio gemido, meio grunhido, e, esfregando com uma das mãos primeiro um dos olhos úmidos e, depois, o outro, afasta-se subitamente e sai da cozinha.

Ursula fica ali parada, impassível. Não sabe ao certo se o que aconteceu aconteceu de verdade, ou se foi imaginação sua. Ultimamente, tem tido coisas que parecem alucinações — prefere pensar que são apenas devaneios —, breves episódios de realidade intensificada, como se o fluxo dos eventos corriqueiros fosse comprimido em determinado ponto, o que provocava o seu aquecimento e a sua aceleração. É daí que vêm os fantasmas, essas criaturas insubstanciais que passam por ela, atrapalhando-a, assombrando os seus dias. Com uma estranha indiferença, Ursula se pergunta se teria danificado a própria mente e se tais saltos e correrias assustadores não seriam os primeiros indícios dessa deterioração. Talvez Ivy Blount não tenha nem aparecido por ali; talvez, nos últimos cinco minutos, ninguém tenha estado naquele aposento a não ser ela mesma, parada naquela caixa de sol irregular, imaginando pessoas vindo lhe falar, primeiro o filho, depois Ivy. Sai daquele torpor, dirige-se ao corredor que fica perto do fogão, passa pela porta — uma escuridão marrom-escura, um cheiro de guardado, o linóleo ligeiramente encalombado sob os pés — e entra no jardim de inverno onde a luz é tanta e tão ofuscante que ela chega a vacilar. Isso é a sua vida agora, pensa, esse sombrio transitar de um cantinho de claridade quase insuportável a outro. Observa a superfície quadrada da mesa de onde ainda não tiraram os últimos vestígios do almoço — onde será que Ivy se meteu? —, guardanapos amarfanhados, tigelas de sobremesa sujas, quatro garrafas de vinho vazias, três verdes e uma branca, sendo que esta parece constrangida e um tanto envergonhada da própria nudez. À primeira vista, acha que não tem ninguém ali, mas, depois, avista a nora sentada, quase deitada numa poltrona de junco diante da parede envidraçada, fumando um cigarro e fitando o jardim com o cenho franzido. A seda azul do seu vestido de verão reflete em cheio a luz criando formas angulosas. Está de pernas cruzadas e uma das sandálias douradas pende frouxa do seu pé. Ainda não percebeu a presença da sogra e o seu rosto, assim sem ninguém para observá-lo — é o que pensa — parece quase desprovido de traços. Ursula se inclina um pouco para ver o que a moça está olhando tão atentamente lá fora. É Benny Grace, sentado como antes no degrau de pedra diante do tal jardinzinho num desnível do terreno, de costas para a casa. Roddy Wagstaff está de pé ao seu lado, displicentemente apoiado num dos pilares de pedra, com o olhar meio perdido na direção das árvores do outro lado do gramado. Impossível dizer se estão juntos ou simplesmente escolheram o mesmo local por acaso. No gramado, um melro corre como se movido a corda, primeiro para cá, depois para lá; é exatamente aquele, posso lhes garantir, que o jovem Adam viu da janela do seu quarto hoje pela manhã, voando em disparada à luz do alvorecer. Como tudo está interligado quando percebido pela perspectiva certa...

— Preferia que você não fumasse dentro de casa — diz Ursula brandamente, e fica feliz ao ver o pulo que Helen dá, fazendo ranger a tal poltrona de junco. — O ar fica tão abafado!

A moça faz uma série de pequenos ajustes na pose que assume, inclinando a cabeça e esticando as pernas numa exibição de languidez. Não se importa que alguém a pegue de surpresa, principalmente se for a sogra. A sandália que pendia do seu pé cai no chão, fazendo um barulho inesperado no piso de lajotas.

— Você não reclama quando ele fuma — diz ela, apontando a dupla no jardim com o cigarro. — Esse tal de Roddy Sei-lá-o-quê...

— Bom — replica Ursula, fitando as mãos juntas à sua frente e procurando as palavras exatas —, ele é visita.

— Como você é delicada — exclama Helen com uma risadinha. — É incrível como consegue suportar todos nós.

Parecendo ter ouvido o próprio nome, Roddy Wagstaff vira a cabeça e dá uma olhadela para trás, tentando enxergar o interior do jardim de inverno através dos reflexos opacos das vidraças. Helen volta a se remexer e a cadeira volta a ranger, desta vez fazendo um barulho mais brando. — E quem é o outro sujeito? — indaga.

— Quem?

— Grace. Não é esse o nome dele? — replica Helen. Estreita os olhos, percorre toda a extensão do próprio corpo até o pé descalço e mexe com os dedos. O esmalte de uma das unhas está saindo, embora ela as tenha pintado naquela mesma manhã. — O que ele quer?

— Adam — responde Ursula secamente, e franze a testa. Lá da sua poltrona, Helen se virou para fitá-la com interesse. A mulher solta um risinho nervoso. — O meu Adam. Ou melhor, Adam pai.

— Grace quer ele?

— Ah, não foi isso que eu quis dizer. É simplesmente um conhecido de Adam.

Helen acaba de fumar e se inclina para apagar o cigarro no grande cinzeiro de vidro que pôs no chão ao lado da poltrona. O ruído que faz a trama de junco cada vez que a moça se mexe, e que parece o barulho das chamas lambendo uma tora seca, já está dando nos nervos de Ursula. Ela se adianta, se abaixa para apanhar o cinzeiro — três guimbas apagadas, duas delas com batom, deitadas ali dentro numa angulação bêbada, sobre uma poça ressecada de cinzas —, mas Helen o puxa para o lado, fitando a sogra. Quanto veneno! Está usando um anel bem grande e feio no dedo médio da mão direita: um metal esbranquiçado tendo, em cima, um losango de uma pedra preta polida com a inicial A gravada numa letra cheia de floreios. Ursula, ainda naquela posição meio inclinada, e tentando não piorar as coisas, olha para o tal anel com interesse exagerado; o engaste alto lhe sugere a ideia obscura e desagradável de umas úlceras. — Anel novo — diz, erguendo o tronco. — Que lindo!

Helen, sentando-se direito e baixando as pernas para o chão — um dos pés procurando a sandália que caiu —, olha para a joia com certo ar de desprezo. — Foi Adam que me deu.

— Ah, entendo — replica Ursula, esboçando um sorriso.

— O quê? — exclama a moça, mais uma vez parecendo aborrecida.

— A de Adam.

— Não — responde ela, abanando a cabeça de um jeito rápido, rejeitando a ideia da outra. — A de *Anfitrião*. O título da peça que estamos montando. Ou A de Alcmena, a minha personagem. Ele disse que era para dar sorte, mas, no teatro, nunca se deve desejar boa sorte a ninguém. — Chegando mais para a borda da poltrona, ela se espreguiça, erguendo os braços em arco, inclinando a linda cabeça dourada para o lado e pressionando a face, como fazem os gatos, na cavidade do ombro. Ursula sente o cheiro do seu suor, quente e ácido. Eu próprio quase pude senti-lo, um cheiro de gato-almiscarado e de noites de verão. Helen suspira. — Ele é tão bobo… — diz, em tom complacente, contendo um bocejo — esse seu filho!

Levanta-se, vai até a mesa e começa a pegar as tigelas de sobremesa, empilhando-as sem o menor cuidado, fazendo-as bater umas nas outras. — Meu Deus! — exclama, suspirando mais forte desta vez. — Existe coisa mais chata que uma tarde de verão?

— Aqui, você quer dizer? — pergunta a outra gentilmente.

— Em qualquer lugar.

Ursula se aproxima então da mesa e começa a apanhar os guardanapos, pensando em neve. Dá uma olhadela para Benny Grace sentado no degrau de uma escadinha de pedra e, ao vê-lo, passa-lhe uma sombra pela cabeça. — Eles se conheciam muito bem — diz —, Adam pai e... Mr. Grace. — Pronuncia o nome de Benny com uma espécie de careta na voz.

Depois de recolher as tigelas, Helen começa a apanhar as colheres. Tem os olhos semicerrados; parece estar muito longe dali. Pega os guardanapos que a sogra já juntou e põe tudo em cima de uma pilha de travessas. Em fila indiana, com Ursula na frente, as duas levam as coisas até a cozinha. Invisível, vou atrás delas pelo tal corredor, ainda farejando aquele cheiro felino da moça. Quem sou eu agora? Onde está o meu pai? Chega! Chega! Sou todos... Proteu não é o único proteico entre nós. — Eram colegas, de certa forma — prossegue Ursula, virando ligeiramente a cabeça para trás. — Só que acho que o seu pai o considerava um picareta... O pai de Adam, quero dizer... Adam. Mas — e dá de ombros — desconfio que Adam considerava... considera... todo mundo mais ou menos picareta. Até ele mesmo. — Helen põe as tigelas dentro da pia, e a sogra fica parada ali, olhando para aquela bagunça, uns discos rasos, de um branco-acinzentado, se destacando contra o branco ainda mais acinzentado da porcelana. Aquilo tudo tem algo levemente, comicamente adorável. Lembram... O quê? Circo. Um palhaço, num lugar qualquer, muito tempo atrás, fazendo uma meia dúzia de pratos girarem na ponta de uma meia dúzia de varetas, tudo oscilando, os pratos, as varetas compridas, os braços esticados do palhaço. A lembrança pisca, some. Helen tira o anel feioso, o deixa em cima da pia e passa uma água nas mãos. Ursula espia com o rabo do olho. São o que ela tem de menos bonito; umas mãos que parecem não ter ossos, ligeiramente manchadas, as falanges gorduchas e se afilando ab-ruptamente nas pontas dos dedos, como se, ali, tivessem sido bem amarradas com algum barbante invisível. O sol que entra pela janela praticamente não se moveu. Está tocando uma música em algum lugar? Certa vez, quando ainda era criança, num lugar qualquer, não se lembra onde, um lindo parque ou o quintal de alguma mansão, ficou na ponta dos pés para olhar por cima de um murinho recoberto de musgo e viu o jardim que ficava do outro lado, com milhares de flores e árvores frutíferas floridas, arbustos exóticos, trepadeiras, tudo junto sob o sol, numa profusão de esbanjamento e alegria. Agora, num retrospecto um tanto otimista, aquele parece ter sido o melhor momento da sua vida, cheio de promessas de futuro, e ela o guarda, zelosa, bem no fundo da memória, como uma caixa de joias numa gaveta secreta. Se voltasse hoje àquele lugar, tem certeza que não conseguiria espiar por cima do muro; ele teria crescido, sabe-se lá como, ou ela estaria menor, mas saberia que o jardim continuava ali, abundante e glorioso como sempre, à espera de outras pessoas que viessem olhá-lo e ficassem felizes.

— Espero — diz, meio às pressas, com uma terrível sensação de estar fazendo um esforço tremendo —, espero que a sua peça seja um sucesso... Espero... espero que você faça muito sucesso com ela.

Helen está enxugando as mãos no pano de pratos. Ursula a fita ansiosa, sofrida, na expectativa — por quê?, indaga com seus botões, por que tenho de ficar dizendo essas coisas sem pensar, como uma idiota?

— É? — exclama a moça de um jeito inexpressivo, jogando o pano de pratos em cima da pia. Está pensando em outra coisa completamente diferente.

Mais uma vez, Ursula repara na beleza da nora, com aquele vestido azul-celeste, as sandálias douradas e aquele elmo reluzente de cabelo bem colado à cabeça.

O meu pai está me puxando pela manga.

— É. Espero, sim — diz Ursula, ainda com aquela sensação estranha, como se estivesse sonhando. — Desejo... Desejo tudo a você.

A moça se vira distraída e sai da cozinha.

Dá para sentir a comichão do meu pai quando, juntos, vamos atrás dela, passando pela sala de música, e saímos pela porta envidraçada onde Helen quase esbarra no marido, que está voltando do jardim. Nunca conseguiu se acostumar com esse seu jeito de aparecer assim, sem mais nem menos. Adam parece até, pensa ela com alguma irritação, um cachorrão manso, mas excessivamente ansioso.

— Ah, aí está você! — exclama o rapaz, sem fôlego, segurando-a pelo braço e sorrindo. — Queria dizer... Queria lhe contar...

— O quê? — pergunta Helen, desvencilhando-se das suas mãos e recuando um pouco.

— Bom, é que decidi...

... *me separar de você*, conclui a moça mentalmente.

Adam não sabe o que quer contar à mulher, não sabe o que quer dizer. Ainda está desnorteado, como que sob um tombadilho, sentado na ponta da prancha oscilante. Uma sensação o domina inteiramente: como se ele próprio fosse um navio que deveria transportar e estivesse cheio até a borda de algum fluido maravilhoso do qual nem uma única gota pudesse ser desperdiçada.

— O quê? — repete Helen, mais bruscamente desta vez. — O que foi que você decidiu?

O rapaz franze a testa. Como ela fica estranha quando recua assim, afastando-se dele, baixando o queixo e erguendo os olhos, impassível, sem qualquer vestígio de surpresa, como uma criança prestes a ouvir uma declaração vinda do mundo dos adultos, algo que eles julgam importantíssimo, mas que, na verdade, não passa de uma bobagem.

— Eu ia dizer — principia ele, galgando a brecha da dúvida e seguindo adiante. — Acho que poderíamos... Sei lá... Acho que poderíamos nos mudar para cá, depois... Depois. — A sua testa fica corada. — O que acha?

— O que acho? De vir morar aqui, em Arden? — replica Helen com um riso amargo, quase um bufar, e, mais que depressa, desvia os olhos, fitando um ponto além do marido. Fica impressionada ao perceber como o jardim ensolarado parece um palco iluminado, berrante, inocente, levemente enlouquecido. — Vou dar uma volta.

Adam pisca os olhos. — Uma volta? — A breve cena ocorrida entre ambos já começa a incomodar, como se fosse algo do passado que ele estivesse relembrando.

— É, uma volta... Tudo bem?

— Claro, claro — responde o rapaz, e ri, a essa altura com a testa praticamente em fogo. — Posso ir junto?

Embora Adam continue ali parado, a moça tem a impressão de que ele está se mexendo para um lado e para o outro no vão da porta para não deixá-la passar.

— A sua mãe andou bebendo de novo — diz Helen. — Acho que você devia cuidar dela.

Por um segundo, parece que ele vai agarrar o seu braço outra vez, só que com mais força. Apesar daquele sorriso um tanto nervoso e daquela ansiedade de cachorro, a moça tem certo medo do marido, tão grande e irritantemente louro, com uns olhos às vezes tão penetrantes, como agora. Uns pontinhos de barba por fazer reluzem no seu rosto e no seu queixo, parecendo que lhe jogaram um punhado de areia mais escura e ela ficou grudada ali. Imagina que ele vai lhe dar um soco; imagina o barulho do punho acertando o osso.

— ah, que sonho!
No alto de uma montanha dourada,
Nós dois, só nós dois, e à nossa volta
O ar era azul, e infinito, e tão brando!

Estão vendo como o meu pai age, metendo todo tipo de fantasias na cabeça delas para distraí-las e deixá-las confusas? Helen começa a lembrar de algo daquele sonho de amor que teve ao amanhecer, mas acaba não lembrando. No entanto, nunca vai esquecer aquele dia, ou seja, dentro das possibilidades que têm os mortais de lembrar de seja lá o que for.

Com o cenho franzido e parecendo subitamente desamparado, o marido se afasta para deixá-la passar. Quando ela passa, ele tenta pegar a sua mão, mas ela o afasta e vai embora.

Para chegar ao jardim, saindo pela sala de música, Helen tem de atravessar um pátio murado e calçado de pedras, e passar por um portão de grade que dá para outro pátio, onde fica o galinheiro. É comum as galinhas escaparem e virem até ali para ficar ciscando entre as pedras do chão. As frestas devem ter muitas minhocas, muitas larvas ou qualquer coisa assim. Aquelas aves barrocas e irrequietas a deixam nervosa, com a crista toda trêmula, o jeito inquiridor e malévolo como a fitam e o barulhinho gorgolejante que sai da sua garganta. E fazem um cocô multicolorido, branco, preto — o que será que elas comem? —, verde-oliva, um outro tom de verde sedoso e lustroso e um marrom-escuro brilhante simplesmente horrível. A moça vai andando com todo cuidado, olhando bem onde pisa com as suas sandálias. Quando tenta abrir o portão, ele resiste, emperrando e rangendo nas dobradiças enferrujadas.

Os dois que tinha visto lá do jardim de inverno continuavam no mesmo lugar, no degrau à beira do jardim mais baixo, formando um estranho par, um deles alto e magro, o outro, baixinho, encurvado e careca. Benny Grace a fita meio de esguelha, e Helen percebe que ele está sorrindo consigo mesmo. Voltou a tirar os sapatos e as meias — há algo errado com os seus pés? Roddy Wagstaff finge descaradamente que não a vê chegar. Assim, de sandálias, pode sentir o contato da grama úmida e fria fazendo umas cócegas deliciosas nos seus dedos. Por causa do desnível em que fica essa parte do gramado, o sol que passa sobre as árvores parece formar um declive acentuado, como se batesse em água e não no ar. Um ventinho, brando e intermitente, sopra na copa das árvores fazendo farfalharem as suas folhas, mais escuras e lustrosas no alto e de um verde-acinzentado na parte mais baixa. O verão parece uma altitude imensa, uma elevação dominando melancólica o dia. Vejam como tudo se detém por um instante, aqui, nesse terreninho pontilhado de luz e sombra, onde, agora, até o vento se aquietou. Tal trégua é um dom de deus, este seu humilde criado obrigado.

Helen pede um cigarro a Roddy Wagstaff. Exibindo o seu sorriso afetado, o rapaz abre a cigarreira de prata com o polegar e a estende para a moça na palma da mão. O ar parado e brilhante ofusca a chama do isqueiro. Ambos parecem não dar pela presença de Benny Grace, sentado naquele degrau na altura dos seus joelhos, estreitando os olhos para fitá-los, com um ar amistoso e intrigado. Ficam fumando em silêncio por um instante, ignorando-o — pela importância que dão à sua presença, ele poderia perfeitamente ser um enfeite do jardim —, até que, juntos, sem dizer uma palavra, descem os degraus e saem andando lado a lado pelo gramado.

— Aquele sujeito... — murmura Helen. — Sabe quem ele é?

— Humm — replica Roddy, dando de ombros. — Quando você chegou, ele estava me contando uma história meio disparatada. Era na Grécia, acho, no alto de uma montanha, fazendo sei lá o quê. Não entendi nada. E aquele sorrisinho sonso que ele tem! — Para, levanta um dos pés, examina o sapato e franze o cenho. — Como é possível a grama estar molhada? Há várias semanas que não chove...

— Aparentemente, ninguém sabe quem ele é — diz Helen. Chegam a uma rampa acentuada do gramado (antigamente, devia haver um fosso naquele local) e param para acabar de fumar. Quando a moça olha para trás, na direção do jardim onde o deixaram, vê que Benny Grace continua sentado ali, entre dois pilares de pedra, um homúnculo não muito nítido, com os pés descalços reluzindo de brancura na ponta das pernas da calça preta, e o que lhe ocorre é a imagem de ratos e canos. — Ele me dá arrepios — acrescenta baixinho, e estremece.

Viram-se e vão se dirigindo ao canto do gramado onde o chão forma uma ladeira que precisam subir com movimentos nada graciosos — Helen acha que Roddy devia lhe dar a mão, mas ele não faz nada disso. Chegam então a uma alameda de cascalho meio coberto de mato e ladeada de árvores que vai serpenteando por ali afora. São bétulas, segundo lhe disseram; ela gosta de saber como se chamam as coisas, mesmo que sejam coisas às quais não dá a mínima importância. Aquelas árvores têm um aspecto que lhe parece rancoroso, agigantando-se ao sol acima dela e mexendo a cabeça para lá e para cá, bem devagar, todas orgulhosas, ao vento brando que está soprando por ali. Mas, à sombra delas, está um fresquinho gostoso e, de repente, a quietude é geral, com o ar sendo abafado por aqueles tufos escuros de folhagem. O rastro branco deixado por um avião corta o céu pela metade, a toda, sem barulho algum. Helen não tinha a intenção de dar uma volta; disse aquilo apenas para se afastar do marido. No entanto, aqui está ela, passeando por essa alameda sob as árvores numa tarde de verão, como uma daquelas mulheres de Tchekhov, e, ainda por cima, com Roddy Wagstaff, que, aos seus olhos, mais parece personagem de uma peça que uma pessoa de verdade.

O que Adam queria dizer com aquela história de mudar para Arden? Com toda certeza, não estava falando sério. Ah, as coisas que ele pensa, as ideias que inventa!

Sempre quis ser atriz, desde pequena, quando se enfiava nas roupas da mãe e ficava diante do espelho do armário, fazendo poses, toda espevitada e batendo com os pés. Com o tempo, passou a considerar o palco um lugar onde alguém poderia se aprimorar, se realizar, e continua a vê-lo assim. Está persuadida que, por um acúmulo de influência, os papéis que desempenha, mesmo quando as personagens são mesquinhas ou malvadas, vão acabar por moldá-la e transformá-la enquanto pessoa, fazendo dela uma criatura nobre, profunda, séria. É como se maquiar, mas usando um tipo mágico de maquiagem permanente que nunca vai retirar, pelo contrário, estará sempre acumulando, camada sobre camada, aplicadas com todo cuidado, até que, um dia, terá atingido a sua aparência real, o seu verdadeiro rosto. Sabe muito bem o que dizem dela: que é fria, impiedosa, movida pela ambição, e admite que quem diz isso não deixa de ter razão. O que essa gente ignora — pois, é claro, não vai dizer isso a ninguém, nem mesmo a Adam, principalmente a ele — é essa convicção que ela alimenta desde o começo, a convicção de estar destinada a se tornar algo mais do que é. Aliás, devemos presumir que este é o motivo do seu interesse por Roddy Wagstaff. Ele também é assim: ainda não está pronto, ainda não se tornou a pessoa plena que virá a ser um dia. Reparou que o rapaz não tem cheiro. Há por certo alguns cheiros ao seu redor, como o de cigarro, por exemplo, de sabonete, de água-de-colônia ou coisas do gênero; do próprio Roddy, porém, do homem de carne e osso, Helen não consegue sentir absolutamente nada, o que só faz aumentar a impressão que tem dele como um vazio, algo mais potencial do que uma presença efetiva. Portanto, existe ali uma espécie de afinidade, já que ela também é isso: puro potencial, em estado de perpétua transformação, trilhando com firmeza o caminho para ser ela mesma, para atingir o seu autêntico eu.

Sem que a moça percebesse, a alameda arborizada fez uma ampla curva e já não se pode ver o jardim. Mesmo assim, Helen tem, nas costas, a incômoda sensação de que os olhos de Benny Grace continuam de algum modo pregados nela. Dali, a casa aparece sob um ângulo que ela jamais tinha visto antes, parecendo mais maluca que nunca, com todos os seus declives, recessos e aquelas janelas de formatos estranhos. Nota que a construção parece mais uma igreja que uma casa, mas uma igreja situada em algum lugar antiquado, primitivo, onde a religião teria se reduzido a mero culto, obrigando os sacerdotes a permitir que os fiéis adorassem velhas divindades juntamente com o novo deus.

Roddy voltou a se preocupar com os sapatos e está sempre parando para examiná-los, sem esconder o seu aborrecimento. São uns sapatos estreitos, de bico fino, numa tonalidade amarelada doentia, lembrando caramelos já chupados. O rapaz reclama, dizendo que o couro vai se deformar nos pontos que o gramado umedeceu, pouco acima das costuras. — A última vez que viram grama foi quando ainda eram parte de uma vaca — diz ele, com ar de desprezo. Helen dá uma risadinha, mas logo tapa a boca com a mão: tem plena consciência daquele seu riso meio rouco que sempre sai antes que consiga detê-lo, surpreendendo-a e deixando-a constrangida. Roddy se vira para fitá-la desconfiado, ligeiramente sobressaltado. Não teve a mínima intenção de ser engraçado. Aliás, não é dado a piadas; é incapaz de entendê-las e não sabe para que servem...

Mais adiante, o caminho faz um desvio súbito, dirigindo-se a um bosquezinho bem sombrio. Helen acha que deve ser o que viu pela manhã, lá da janela do banheiro; aquele que nunca tinha conseguido localizar, mas que também não fez qualquer esforço para procurar. Não hesita: penetra ali sem dizer nada, e, embora Roddy tenha recuado um ou dois passos, acaba vindo atrás da moça e consegue alcançá-la. Juntos, passam sob uma espécie de arco formado por amoreiras silvestres e trepadeiras entrelaçadas que lembra o pórtico de uma igreja. Ali dentro, o dia se transforma subitamente: fica mais escuro, é claro, por causa das sombras, mas também parece diferente, cuidadoso quase, vigilante. Tem um cheiro de cogumelos no ar, e a atmosfera, que deveria ser verde, por causa de tanta folhagem, tem, na verdade, uma tonalidade azulada, como se tivessem acendido ali uma fogueira que, agora, apagada, houvesse deixado fumaça espalhada por todo lado. Observando melhor, porém, Helen percebe que não existe muito verde naquele bosque, a não ser lá no alto, onde ficam as folhas; aqui embaixo, quase tudo é marrom: marrom da madeira, dos espinhos, do chão. Um passarinho surge de um arbusto e sai voando bem depressa, piando assustado. A alameda vai aos poucos desaparecendo, e o solo sob os seus pés fica mais esponjoso, como uma cama elástica que houvesse se afrouxado. Pensa em João e Maria — foram eles que entraram num bosque, ou essa é outra história? Deixaram uma trilha de migalhas de pão para encontrar o caminho de volta, mas os pássaros comeram tudo e eles acabaram se perdendo. E depois, o que aconteceu? Tenta se lembrar, mas não consegue. Tem uma bruxa, com certeza; sempre tem uma bruxa qualquer à espreita dentro de um bosque.

A natureza, porém, como é impassível, como é indiferente! As árvores, o ar lilás, as urzes inclinadas e as trepadeiras pendentes, nenhum deles registra aqueles dois circulando por ali; até o musgo em que a moça está pisando não se importa em ser esmagado por aqueles pés. Os gritos das crianças se perderiam num lugar como esse; nem mesmo o seu sangue mancharia o chão, ou, pelo menos, não por muito tempo, pois seria absorvido como tudo o mais, como o orvalho, como a chuva. Na verdade, Helen fica deslumbrada ao ver como tudo simplesmente segue o seu curso, sem precisar reparar em nada ou reagir ao que quer que seja. Ocorre-lhe, então, que não há nada efetivamente acontecendo e que essas coisas não são indiferentes, pois isso significaria que elas poderiam ser de outra forma, que as árvores poderiam se virar e olhar para eles, que as trepadeiras poderiam se esticar como braços e agarrar os seus tornozelos, que as urzes poderiam se agitar e lhes bater nas costas como chicotes, e nada disso jamais vai acontecer. Pois a natureza, querida, não tem qualquer propósito, exceto, talvez, o de não ser nós, ou melhor, vocês.

Agora, chegaram ao coração do tal bosque onde há um pequeno — como chamar isso —, um pequeno caramanchão sob um teto baixo e abobadado todo feito de amoreiras, hera, madressilvas e outras plantas emaranhadas.

— Ah! — exclama Roddy Wagstaff. — Deve ser a célebre fonte santa. — E, por alguma razão, faz um barulho que parece um risinho constrangido. Fonte? A princípio, Helen não vê fonte alguma, mas depois, sim. Não há nenhuma construção ali, nem tijolos ou pedras empilhados, só a água, reluzente e calma, como um disco de metal polido depositado no chão e todo cercado de um musgo úmido de um verde intenso. Vê também os rosários, dezenas deles, pendurados em meio à hera e aos botões de madressilva. E há ainda restos de santinhos encaixados entre galhos ou pendendo de espinhos: a Virgem Maria, o Sagrado Coração de Jesus, juntamente com fotos de pessoas, tudo sujo e rasgado: uma garotinha de tranças usando um vestido de Primeira Comunhão, uma velha desdentada estreitando os olhos ao sol, um rapaz todo prosa envergando um uniforme militar e segurando o quepe na mão. Reina um silêncio tão grande naquele local, um silêncio a um só tempo denso e irreal, como se algum som há muito esperado, um chamado ou um grito qualquer, não tivesse chegado e não fosse chegar agora. Tudo parece líquido sob essa cúpula de vegetação cerrada. O ar é fresco e úmido, e, entre o musgo do chão, há umas pedras pretas pontilhadas de mica que têm um brilho molhado e, em algum lugar, ouve-se um gotejar regular e sonoro. Diante da fonte, instalaram um lugar para as pessoas sentarem, um banquinho estreito com pernas metálicas presas em cimento de um jeito meio desengonçado. A moça leva alguns instantes para reconhecer uma daquelas antigas carteiras escolares. Roddy está dizendo que ainda vem gente das fazendas e dos vilarejos vizinhos rezar ali na fonte. — Tem até uma procissão no mês de maio, acho eu — acrescenta maldosamente, com um sorriso superior. Diz ainda que o sogro dela tentou fechar a servidão que passa pelo bosque, mas não conseguiu. Helen mal ouve aquela conversa, atenta que está à poeira que desce lentamente pela trilha estreita de um raio de sol atravessando a folhagem.

Os dois sentam no banco estreito. A moça percebe que, apesar da aparente quietude de sua superfície, está sempre brotando um filete ali da fonte e a água chega aos seus pés através do musgo, num fluxo abundante e furtivo. Para onde será que ela vai? O raio de sol está desaparecendo, como a lâmina de uma espada que vai recuando discretamente, mas, ainda assim, deixa no ar um leve rastro brilhante. Roddy lhe oferece fogo do isqueiro. Helen não lembra de ter aceitado um cigarro do rapaz, mas ele está entre os seus dedos, uma coisinha branca e fina, sem ponta, o tabaco cheirando a algum lugar estrangeiro. Imagina um penhasco, uma árvore dourada e retorcida, vastidões empoeiradas, vozes cantando ao longe, mãos dadas, uma dança de roda num dia de verão numa clareira verdejante. Quando dá uma tragada, a fumaça encorpada chega a arranhar a sua garganta. Agora, a sensação de estar sendo observada ficou ainda mais forte.

— O seu marido não gosta de mim — diz Roddy, com uma voz estranha, não a sua habitual, e fala como se estivesse bem longe. Helen continua olhando a água brilhando na fonte.

— Por que acha isso? — indaga.

— Porque ele tem ciúme.

— Adam? — exclama ela rindo, mas hesita, estremece, e a sua voz se transforma num sussurro. — Ciúme de quem?

Não olha para o rapaz. Embora ele não tenha se mexido, parece ter chegado mais perto, tenso e como se sofresse.

— Como tudo é quieto aqui — diz ele. — Não sente a presença do deus?

— Que deus? O que você quer dizer com isso?

Apertando os olhos, fita a folhagem por trás da fonte; pensou ter visto um rosto surgir ali e, depois, desaparecer. Acabou o cigarro, mas ainda sente na boca aquele gosto amargo, perfumado. Quando Roddy volta a falar, a sua voz soa forte, mas, mesmo assim, produz um som brando, trêmulo.

— Você vai se lembrar disso quando tudo o mais tiver desaparecido; esse momento, aqui, juntos, perto dessa fonte. Haverá certos dias, e certas noites, em que vai sentir a minha presença por perto, vai ouvir a minha voz. Vai achar que foi pura imaginação e, no entanto, bem lá no fundo, vai captar um grito que responde. Nas noites de abril, quando parar de chover, o seu coração vai estremecer, você vai chorar sem motivo algum, ter saudade do que não está lá. Para você, esta vida nunca vai ser suficiente; haverá sempre um vazio ali onde o deus esteve inteiro dentro de você.

A moça faz um movimento brusco, sobressaltada — teria pegado no sono? Acha que vai desmaiar e se apoia no braço de Roddy com uma das mãos, com um risinho, inteiramente confusa e atordoada. — Desculpe — diz. — Pensei... Estava pensando... Alguma coisa da... Umas falas da...

O rapaz pronuncia o seu nome, a boca bem junto do seu rosto. Ela se vira para continuar falando, mas ele beija os seus lábios abertos, a língua ardente se colando à sua. A surpresa que toma conta de Helen se manifesta numa espécie de grunhido abafado que parece uma risada. Está de olhos abertos e ele também. Que olhar ele tem! Parece que vai direto à sua alma... E os braços, dois aros etéreos que a apertam com toda força. A moça tenta recuar, dizer algo dentro daquela boca, daquela boca dourada. Sente algo se remexer bem lá dentro, o broto de alguma coisa se abrindo. Enfim ele a solta e ela exclama, arfando — "Ah!" —, como alguém que estivesse se afogando e, de repente, fosse salvo.

Que outro você existe...

Recosta-se, desnorteada, ofegante, de braços abertos, a boca ainda exclamando um Ah! calado. O rapaz parece tão surpreso quanto ela. Pisca os olhos, franze o cenho, leva os dedos aos lábios como se procurando ali algum vestígio dela. Helen passa a mão pelo cabelo, pelo rosto, pela boca.

— O que acha que está... O quê?

— Não sei... — replica ele. Dá de ombros, pega um lenço e limpa a boca. O que é aquela música no ar, um som de gaita de fole e tamborete, clarim e flauta? Que vozes são essas cantando enquanto a esplêndida cavalgada vai se afastando? — Desculpe.

Helen se levanta e, com um movimento gracioso, uma pirueta de bailarina, inclina-se e lhe dá uma bofetada em cheio no rosto. Roddy recua e a fita, estreitando os olhos. É apenas ele mesmo, agora que o deus o abandonou. Está ficando mais escuro. Ele faz menção de dizer algo. O estrondo de um trovão se faz ouvir bem acima dos dois, aparentemente na altura da copa das árvores.

Trovão? Isso mesmo!

Ah, papai...

Ao ouvir a trovoada, Benny Grace sorri. Estava atravessando furtivamente a sala de música, indo da porta do jardim à que dava para o interior da casa. É impressionante como um sujeito tão desengonçado consegue ter um andar assim delicado em caso de necessidade... Para um pouco e aguça os ouvidos. Lá fora, tudo se calou com o choque do berro de raiva do deus. Nesse instante, o nosso fiel melro esboça algumas notas líquidas no ar, agora mais escuro e opressivo, e, depois, ouvem-se os primeiros sussurros brandos da chuva, parecendo o som dos dedos de um cego lendo um texto em braile. De onde vieram essas nuvens? Como surgiram assim, sem que ninguém notasse? Benny sabe que foi a mando de um deus ciumento. Segue adiante, sempre sorrindo. Ainda descalço, leva nas mãos os sapatos surrados, e, em cada um deles, está enfiada uma meia suada. Uma das fraldas da sua camisa saiu do cós da calça e nem todos os botões da sua braguilha estão fechados. Aonde estará indo? Aonde quer que a sua imaginação o leve, contanto que seja na minha direção. A quietude do ar é o seu elemento.

Engraçado... Ficamos tão cheios de dedos quando penetramos no mundo deles... Tão encabulados entre os seres que criamos... Será que temos medo de deixar a ordem das coisas calamitosamente transtornada? É preciso pôr tudo de volta ao local em que estava antes da nossa chegada; nenhuma pedra pode ficar virada; nenhum ângulo entortado; cada torrão de terra tem de ser devolvido ao seu lugar. Essa é a regra a que os deuses devem obedecer. Eu disse deuses? Disse obedecer? Que beleza de deuses somos nós que devemos nos dobrar aos deveres dos mortais! No entanto, mesmo o nosso avatar, o senhor trinitário de uma epifania posterior, perde a onipotência que vocês lhe atribuem pelo simples fato de existir uma coisa que ele não pode fazer: não pode deixar de existir, como bem assinalou um daqueles ascetas, não me lembro agora qual deles, de forma tão inconveniente, o que fez com que fosse logo condenado à morte e apedrejado — ou será que foi crucificado? — por sua impudência. É mera questão de demarcação, de divisão do trabalho, uma tarefa para cada deus. Nós também temos nossas hierarquias, nossos coros, nossos tronos, tudo isso. Serafim. Querubim.

Mas o que estou dizendo? Estou misturando os senhores celestes...

A minha cabeça está vagando, vagando...

Lá vai Benny Grace, pé ante pé, atravessando a sala de música, e as suas solas úmidas vão fazendo uns barulhinhos bem desagradáveis no assoalho. O seu elemento, isso mesmo, essa quietude que vem depois do trovão e antes da chuva, e o canto molhado de um pássaro. O mesmo acontece com todos nós: é aí que nos sentimos mais realmente reais, nesses pequenos lapsos, essas pequenas dobras no tecido da nossa criação. Pois não aparecemos no meio de vocês, não no sentido concreto de estarmos aqui, por mais que eu possa dizer o contrário. Para nós, o seu mundo é como o mundo nos espelhos para vocês. Um lugar polido, cristalino, reluzente e claro, com tudo exatamente como é desse outro lado, só que invertido, e infinitamente inatingível. Na verdade, é um mundo através do espelho, nada mais que isso. Daí a nossa tristeza, e também a nossa maldade — ah! enfiar a mão por essa vidraça em branco e irromper do outro lado! Mas tudo o que vamos encontrar vai ser mercúrio. Mercúrio! O meu outro nome, um deles...

Por falar em torrões, antigamente, era minha missão repor todos eles nos seus devidos lugares. Bom, não era exatamente uma missão, embora eu ficasse furioso quando alguém deixava aquela terra toda espalhada, úmida e embolada, parecendo até uns montinhos de cocô que tivessem acabado de fazer. Isso foi quando eu morava no flanco daquela colina lá em Haggard Head, dominando o mar, e o meu jardim, se é que posso chamar aquilo de jardim, ficava bem perto do sétimo *green* — ou será que eles dizem buraco? O sétimo buraco? — de um campo de golfe público onde qualquer pessoa podia alugar um conjunto de tacos por cerca de uma hora e não se cobrava nada pelo jogo em si. A maior parte do tempo, o tal campo ficava deserto, a não ser pela presença do aposentado solitário praticando estoicamente a sua tacada nas primeiras horas do dia ou ao entardecer. Nos fins de semana, porém, e nos feriados, apareciam bandos de jovens das favelas das cidades. Desembarcavam de ônibus ou de trens e ficavam despedaçando o campo, para cima e para baixo, como tantos moinhos com defeito perdidos por aí afora. Devo dizer que nunca joguei golfe, mas adquiri o hábito de seguir os percursos — eis aí mais um lindo termo especializado, como tantos outros —, principalmente nos dias em que a minha cabeça emperrava e eu não conseguia trabalhar, coisa que vinha acontecendo com mais frequência nos últimos tempos. Dava pena ver o gramado todo retalhado e esburacado. Os torrões arrancados que eram recuperados e virados com o lado certo para cima mais pareciam escalpos verdes ou, quem sabe, uns pentelhos tingidos. Faziam uns barulhinhos de satisfação quando eu os enfiava de volta no chão. O que eu achava que estava fazendo, remendando aquele pedacinho da pobre epiderme terrestre? Mas sempre tive o maior carinho pelo mundo, creio que já deixei isso bem claro, ou não? Talvez eu devesse ter sido poeta, para ficar interpelando cotovias e me deleitando com junquilhos. Vocês devem ter notado como tenho jeito com as palavras, o que é raro num homem da minha área. Elas são tão afáveis, tão solícitas, tão facilmente adaptáveis; não são como os números que chegam a ser chatos, teimando em significar apenas o que significam e nada mais. O que eles têm, contudo, e que falta às palavras é rigor, e rigor foi o que sempre me seduziu: a promessa de algo firme num mundo frágil. No começo, tudo isso parecia tão simples! Eu adorava o processo, a lenta acumulação de várias partes minúsculas até alcançar uma enorme bugiganga lindíssima cujo prazer vinha da sua extrema inutilidade. Que importância tinha se alguém, um mero técnico, acabava extraindo lá do meio daquela minha trama um filamento rijo que se encaixava com perfeição numa fenda de uma das suas máquinas infernais? Apliquem, continuem aplicando! Este era o meu brado. E eles aplicavam, adaptando as minhas fantasias etéreas para inventar todo tipo de badulaques úteis e surpreendentes, desde a conversão da água salgada numa inesgotável fonte de energia até naves espaciais que ultrapassam a barreira do tempo. É óbvio que eu ficava aborrecido; gente como eu sempre se aborrece com essas coisas. Vira e mexe, Benny me alertava, mas nunca lhe dei ouvidos. Ele finge ser uma pessoa comum, embora, no fundo do coração, seja exatamente como eu. Somos todos parecidos; somos todos olímpicos. Supostamente, somos os celebrantes de tudo o que é vital, leve, alegre, e é verdade, mas, ah!, somos frios, bem frios...

Deixei Benny plantado lá na sala de música, com a luz da tarde se apagando e a chuva começando a cair. Ele está vindo me ver, e não tem pressa alguma. Pode vagar à vontade. Tempo é o que não falta. Não vou a lugar nenhum, não por enquanto. De repente, sinto uma ternura triste por ele, pobre criatura marginalizada e sem amor; é o mesmo sentimento que experimentei mais cedo pelo meu filho — devo estar ficando sentimental, agora, no fim da vida. Benny é um solitário, mais um traço que temos em comum.

Ele se dirige àquele corredor central. Ali, a luz aquosa adquire o tom cinza das ostras e brilha nas lajotas enceradas e no vidro dos quadros. Um espelho inclinado fita boquiaberto tudo o que vê, num deslumbramento calado. Agora, a chuva é um tamborilar monótono, constante, como se o dia de verão tivesse assumido uma nova tarefa, séria, sombria; o telhado de vidro lá no alto goteja e reluz, com as placas escurecidas, de um verde-mar reluzente, e, debaixo dele, tudo parece chuviscar. Benny sente a presença de outra criatura por ali; alerta, olha ao seu redor. Rex, o cachorro, está deitado sob um velho sofá rasgado encostado a uma parede, junto de uma palmeira num vaso. Está trêmulo, ofegante, com umas gotas enormes de baba pingando da língua, pois morre de medo de trovoadas. Benny se aproxima, se agacha e conversa com o animal; este, porém, se limita a arreganhar os dentes e rosnar. — Então está bem — diz Benny, em tom indulgente e se levantando. — Está bem. — Chega ao pé da escada e aguça os ouvidos, tentando ouvir algum ruído vindo lá de cima. Esse zumbido levemente inquieto, que sobe e desce, será o barulho da chuva ou alguém falando? Sobe três degraus, para, volta a prestar atenção. Sem dúvida alguma é uma voz que murmura, murmura; um suspiro; um lamento bem baixinho, e mais murmúrios. Eis aí algo que ele adora, que todos os deuses adoram: entreouvir as vidas secretas dos outros. Olhem só: lá vai ele, escada acima, sorrateiro, com o rosto erguido, ansioso, e uma manchinha daquela luz da chuva brilhando no nariz achatado, a mão gorducha subindo ao seu lado pelo corrimão aos pulinhos, como um sapo encolhido e descorado. Eu bem que poderia aprontar uma com ele: enrolar a sua calça nos joelhos e despachá-lo, de pernas para o ar, fazendo-o bater aquela cabeça gorda no piso preto e branco. Mas não vou fazer nada disso.

Só depois de percorrer três dos lados do mezanino, Benny descobre de onde vem a tal voz. Há uma porta convenientemente entreaberta. Lá dentro está escuro por causa das cortinas fechadas. Ela está deitada num sofá encostado à parede, coberta até o queixo por uma manta marrom. Os seus braços estão descobertos e ela segura alguma coisa bem apertada contra o peito, algo sem uma forma muito definida, vermelho e macio. O filho está ao seu lado, sentado numa cadeira, passando uma daquelas mãos enormes diversas vezes, bem de mansinho, na testa da mãe. Ursula tem os olhos fechados. Murmurando, balbucia algumas palavras entrecortadas por suspiros frequentes, gemidos frequentes. A chuva bate furiosa na janela que não se vê dali, e, mais acima, ressoa com força no telhado. Olhos e ouvidos atentos, Benny se cola à parede. Não é pitoresca essa cena? Bem poderia ser um detalhe tirado de um Watteau, com essas figuras entregues às suas tarefas ambíguas, sob uma luz vacilante, enquanto o dia vai chegando ao fim. Por ora, vamos deixá-los aí, todos os três, a dama prostrada com o homem que vem em seu socorro e aquele outro, o farsante intrometido, ouvindo atrás da porta.

Ó céus! Como chove! Helen está encharcada até os ossos; de tão molhado, o seu vestido ficou azul-marinho em vários lugares e está grudado nos seus joelhos, nas suas coxas, nos seus seios. Chega esbaforida, piscando os olhos por causa da água e rindo, deixando a porta da cozinha bater às suas costas. Até o elástico da calcinha está ensopado e lhe dá arrepios na barriga. — Olhem só para mim! — exclama, entre divertida e assustada. Ergue as mãos e balança os dedos respingando as lajotas do chão com gotas do tamanho de moedas de um *penny*. Ivy Blount, que estava sentada à mesa debulhando ervilhas, fita-a por um instante, sem se mexer, e o seu rosto reflete a luz sempre radiante embora molhada da jovem, já que a chuva só a deixou mais linda, tornando a sua pele mais rosada e o seu cabelo como trigo lustroso. Com um chute, Helen se livra das sandálias enlameadas, leva as mãos às costas e, com alguma dificuldade, abre os três primeiros botões do vestido — meu deus! será que vai despi-lo? Se fizer isso, o meu pai vai desmaiar. Mas, esperem um pouco, Ivy não está sozinha. Quem está circulando ali perto do armário de carvalho dos pântanos? É você, Duffy? Ah, seu tratante audacioso... Pelo visto, ele está meio sem graça e tem um arzinho atarantado. Na verdade, parece alguém que acaba de ouvir um sim a uma proposta de casamento que não lembra de ter feito. Ivy também não está do seu jeito habitual: tem um rubor febril no rosto e os seus olhos estão ágeis e brilhantes. Será que as palavras foram pronunciadas, o compromisso assumido? Acho que sim. Estou até antevendo pétalas de rosa pelo chão e ouvindo o epitalâmio. Não é que acabei me saindo um casamenteiro bem astuto...

— Vou buscar uma toalha — diz Ivy.

Levanta-se da cadeira com o encosto formando uma lira, mas hesita por um instante, olhando fixo para a tigela cheia pela metade com ervilhas que brilham de um jeito um tanto sinistro, o que é apenas um meio de não olhar para Duffy. Depois, se vira e sai da cozinha andando depressa. O vaqueiro também não sabe para onde olhar — na minha opinião, ele achou que Helen ia mesmo se livrar do vestido molhado e garanto que isso teria exigido novo recurso aos sais de cheiro. A moça vai até a pia, inclina-se um pouco, alisa bem o cabelo na cabeça usando a palma das mãos e respinga algumas gotas na louça. A luz chuvosa se infiltra pela janela, brilhante, fosforescente. Duffy evita olhar para aquela bunda convidativamente empinada; afinal, não deixa de ser um cavalheiro, mesmo com os seus modos um tanto rudes. Debochei dele, usurpei o seu lugar, entusiasmei-o de forma espúria; apesar de tudo, não lhe quero mal. Espero que se case com Ivy. Espero que vivam felizes por um tempo, o tempo que lhes resta — embora seja mais moço que a sua suposta noiva, não é lá nenhum frangote, como diria a sua mãe com azedume. Isso mesmo: desejo-lhes felicidade, dentro das possibilidades que têm os mortais de ser felizes. A vida de Duffy, assim como a de Ivy, não tem sido fácil. Foram anos e anos de celibato sem qualquer alegria, morando naquela casa feia do outro lado do morro, tentando se safar, com inquieta impotência, da rédea curta que a mãe ciumenta lhe impunha. Esta, por seu turno, havia sido espancada pela mãe e sofrera abusos do pai; estes, por seu turno, haviam passado por coisas semelhantes com os seus respectivos progenitores, e assim por diante, até Adão e Eva, que, sem dúvida alguma, maltrataram a sua prole bastarda, levando todos a uma orgia de incesto a fim de que a raça humana pudesse florescer e povoar a terra inteira. As pretensões de Duffy, porém, são bem mais modestas, e as de Ivy também; a vantagem de ambos é que começaram aquela aventura juntos, pois os inevitáveis desapontamentos da vida de casados não vão afetá-los tanto quanto aconteceria se eles fossem jovens de olhos cheios de esperanças. Já mencionei que Duffy é analfabeto? A mãe dele — aliás, achei que não ouviríamos mais falar dessa megera — não aprovava essa história de estudar, uma vez que ela própria tinha pouca escolaridade. O vaqueiro disfarça a falta das letras lançando mão de vários estratagemas, cuja criação lhe deu muito mais trabalho do que ele teria para aprender a ler, mas que são tão sutis e convincentes que nem mesmo Ivy conhece o seu vergonhoso segredo. Ele já está preocupado pensando como vai fazer para assinar a certidão de casamento. Mas vai dar tudo certo. Vou interceder, junto à minha madrasta Hera, cuja jurisdição engloba todas as questões conjugais, pedindo-lhe que dê um jeito de Duffy confiar o seu segredo à noiva na véspera do casamento e, juntos, os dois vão passar uma hora bem feliz, lado a lado, diante da mesa da cozinha de Ivy, coberta com uma toalha de linóleo, ambos com a cabeça inclinada e a testa quase se tocando sob a luz da lâmpada, ela guiando a mão de Duffy com todo carinho, para ajudá-lo a traçar, a lápis, e por diversas vezes, até ele conseguir fazer tudo direitinho, as mágicas letras do seu nome. Mais que o próprio casamento, essa pequena cerimônia sob uma lâmpada, no maior silêncio quebrado apenas pelo barulhinho macio do grafite no papel, vai marcar o verdadeiro começo da vida em comum desse casal. É, já planejei tudo.

Lá da pia, Helen se vira e pede um cigarro a Duffy. — Eu não fumo — acrescenta a moça. — É por isso que nunca compro cigarros.

A cara que ele faz parece até a de um coelho, passando a ponta da língua pelo lábio inferior. Será uma piada?

— Só tenho esses de enrolar — responde o rapaz, tirando a latinha de tabaco do bolso e voltando a guardá-la.

— Então, enrole um para mim — diz Helen, dando de ombros.

Cada vez mais ressabiado, Duffy se afasta um pouquinho e fica imóvel, olhando para nada.

— Ah, pode deixar — replica a moça. — Alguém vai me dar um de verdade.

O vaqueiro assente, aliviado. Helen dá alguns passos, para perto da mesa, apoia os quadris no móvel e fica passando os dedos de uma das mãos na madeira, para um lado e para o outro, como se os sulcos daquela superfície gasta fossem as cordas de uma harpa. — Por que será que Ivy está demorando tanto? — indaga ela, num murmúrio. — Estou completamente ensopada. — Parece nem se dar conta de que, às suas costas, os botões do vestido continuam desabotoados, deixando que Duffy veja uma tira branca de elástico bem retesada. A chuva está diminuindo e, lá no jardim, o melro recomeçou a sua cantiga aguda e despreocupada. — Diabos — exclama a moça, sem muita ênfase, passando os olhos pelo aposento. Nunca tinha esbofeteado um homem antes e a sensação daquele gesto ainda ressoa nas suas entranhas. Sente como se ela é que tivesse levado um sonoro tapa na cara. Coitado do Roddy! Agora acha graça, lembrando do jeito como ele recuou no banco, estremecendo quase como uma donzela, fitando-a com os olhos arregalados e levando a mão espalmada ao rosto. Surpreendeu-se ao reparar naquelas mãos brancas, compridas, afiladas, parecendo as do seu sogro; de uma beleza só estragada pelas unhas roídas. Surpreendeu-se também ao ver como era branca a marca que deixou no rosto dele, como ela se alastrava depressa. Não pretendia bater com tanta força — na verdade, não pretendia bater nele; simplesmente aconteceu, antes mesmo que se desse conta do que estava fazendo. Mas quem aquele sujeito pensava que ela fosse para beijá-la assim? Deveria contar a Adam? O que será que o marido ia fazer? Ameaçar dar umas chibatadas em Roddy, desafiá-lo para um duelo? Está arrependida por ter lhe falado sobre a peça e lamenta especialmente ter sugerido que ele escrevesse uma crítica sobre ela. Afinal, não falou só de brincadeira, pois a produção sempre precisa de toda divulgação que puder conseguir. Agora, se ele escrever alguma coisa, é claro que vai querer se vingar; Helen tem certeza que Wagstaff é um sujeito desse tipo, mesquinho e vingativo. Mas, afinal, diz com seus botões, eu bati nele de verdade, e acha mais graça ainda.

Com o rabo do olho, vê que Duffy começa a se afastar do armário com todo cuidado, dirigindo-se à porta dos fundos. Onde estará Roddy? Fugiu do bosque antes dela, andando a passos largos, furioso, ainda limpando a boca com o lenço, como se estivesse sentindo um gosto horrível que não conseguisse eliminar. Tomara que esteja tão molhado quanto ela própria, pensa Helen; se for o caso, os seus mocassins estarão perdidos.

Finalmente, Ivy aparece, trazendo nos braços uma toalha branca enorme. Para por um instante, sentindo alguma coisa no ar. Olha para Helen, depois para Duffy, e volta a olhar a moça, desta vez, estreitando os olhos.

— Ah, você é um anjo! — exclama esta última. Pega a toalha e começa a esfregar o cabelo com toda força.

— Dê isso aqui — diz Ivy, com certo carinho na voz e, tirando a toalha das mãos de Helen, faz a moça se sentar à mesa.

Esgueirando-se pelos cantos, Duffy já está quase na porta; detém-se, porém, para fitar as duas mulheres. Uma voluptuosamente refestelada, as mãos pendendo frouxas no colo e a parte de trás do vestido fazendo duas dobras que parecem um par de asinhas azuis; a outra inclinada sobre ela, puro osso, com aquele cabelo que lembra até um ninho de passarinho, e a toalha branca envolvendo as suas mãos como a estola do padre na missa, na hora da comunhão, enxugando lentamente aquele elmo de cabelo louro e encharcado. Ivy diz que, quando terminar, vai preparar uma bela xícara de chá para Helen; esta, porém, com voz abafada, replica que prefere uma bebida gelada, alguma coisa misturada com gim. A governanta não faz qualquer comentário, limitando-se a esfregar a toalha com mais força. Helen ri consigo mesma naquela excitação em que se encontra.

Parou de chover e um sol pálido volta a lançar o seu brilho úmido na janela. Duffy se dirige à porta. Ivy não vira a cabeça para fitá-lo, nem mesmo quando o rapaz abre o ferrolho. Ele sai então e a porta raspa na soleira de pedra. Um cheiro de grama encharcada o invade. Qual das duas obteria melhor preço num leilão, é o que se pergunta, a casa de Ivy ou a sua própria?

Petra também se molhou, mas não tanto quanto Helen e Roddy Wagstaff. Como tem medo de trovoadas, voltou correndo lá do bosque, o coração aos pulos, só parando quando chegou à casa e, antes mesmo de começar a chover para valer, já estava atravessando o jardim. Que silêncio ali dentro; a casa parece estar prendendo a respiração, como se também estivesse assustada. A moça para no saguão. Apesar do barulho da chuva, consegue ouvir o balbuciar incoerente da mãe no quarto lá em cima. Está tão acostumada a esse som... Depois, mais ao longe, ouve o portão do jardim rangendo e, um momento mais tarde, a porta dos fundos se abrindo; deduz então que Helen ou Roddy, ou os dois juntos, voltaram. Torce para que tenham ficado ensopados e que Helen pegue uma gripe que logo degenere em pneumonia, primária ou atípica, pneumocócica, intersticial ou lobular, pouco importa de que tipo, contanto que seja bem forte, acompanhada de várias complicações, se possível até fatais. Não precisa nem sair da letra P: uma pleurite já seria bom, da forma efusiva — *é comum a dor no peito, uma dor intensa ou em pontadas, geralmente na região próxima aos mamilos* — e, para Roddy, no mínimo uma pleurodinia crônica nos nervos intercostais. Eles iam ver o que é bom!

No patamar, vê Benny Grace agachado, ouvindo o que se passa no quarto da sua mãe, e, pela fresta da porta, pode vê-la lá dentro, deitada, com Adam ao seu lado. Nenhum deles dá pela sua presença.

Chegando ao seu próprio quarto, tranca a porta, livra-se dos sapatos molhados e fica sentada na cama, abraçando os joelhos, ouvindo o barulho da chuva no telhado. A claridade do dia é triste, de um cinza-prateado. Petra adoraria chorar, mas não consegue; nunca foi boa nisso. A chuva batendo na janela faz tudo que está do outro lado da vidraça dançar e reluzir, como se ela estivesse efetivamente vendo aquilo através de lágrimas, todos aqueles tons de cinza, de verde aquoso, de marrom ondulante. Pergunta-se como pode estar tão calma. Tudo mudou, a sua vida mudou. Ou então não, ela não pode mudar, uma vez que o que considera a sua vida ainda não começou para valer. Roddy é que ia se encarregar disso; era ele que ia pegá-la pela mão e conduzi-la rumo às terras ensolaradas do futuro. Fica espantada ao perceber, ao admitir enfim quanta esperança depositava no rapaz. Todos tentaram alertá-la, mas ela não lhes deu ouvidos. Agora sente... sente... Não sabe o que sente.

Levanta da cama, abre a porta com todo cuidado e espia lá para fora. Benny Grace já se foi, a porta do quarto da sua mãe está fechada e ela parou de gemer. Atravessa o hall quase correndo, pé ante pé — quem acha que pode vê-la? de quem está com medo? —, abre a porta e sobe os sete degraus que levam ao Quarto do Céu. Não enxerga praticamente nada, pois voltaram a fechar as cortinas. Tateando no escuro, consegue localizar a cama. Precisa prestar muita atenção para ouvir a respiração do pai. Está começando a se acostumar à penumbra e, agora, já pode vê-lo, ao menos a sua silhueta. Como parece um boneco de cera, um boneco de si mesmo em tamanho natural... Tomando cuidado para não deslocar nenhum tubo ou bolsa pendurada nos suportes metálicos, sobe na cama e deita de lado, junto do pai, com o rosto bem pertinho do dele. Aquele perfil parece uma cordilheira, vista de longe, ao cair da noite. Sente um cheiro acre, desagradável, de amoníaco; supõe que venha dos frascos que estão debaixo da cama, ligados aos outros tubos que não se veem dali. Por trás daquele cheiro, porém, há um outro que lhe é familiar, um cheiro mais sombrio, quente, meio musgoso. Passa o braço pelo peito do pai. Ele está tão magro, mal parece estar ali de verdade; é como se fosse um mísero arranjo de ossos sob as cobertas.

Pergunta-se há quanto tempo Roddy e Helen vêm tendo um caso.

Que estranho! Quando tenta fitá-las, as sombras que a cercam parecem se mover, ondulando bem devagar, feito fumaça, feito nuvens distantes de tempestade... Tem alguma coisa pingando na sua cabeça, pingando ou batendo de leve; é algo que acontece com frequência, ou talvez até aconteça sempre, mas ela é que só percebe de vez em quando. Ouve os gritos das gaivotas lá longe; de repente, eles ficam mais próximos e, depois, se afastam novamente.

Beije-me. Beije-*me*.

Ah! Petra toma um susto. Abre os olhos — eles estavam fechados? Será que cochilou por um instante? Deve ter cochilado, pois tem aquela sensação que sempre tem quando acorda, de que umas coisas secretas andaram acontecendo e ela não deve saber do que se trata. Não que tenha mesmo acontecido algo: como antes, continua deitada ali, ao lado do pai calado, na penumbra do seu quarto de doente. Mas alguma coisa mudou: a chuva parou, é isso. Um silêncio tão grande... Como se eles dois estivessem deitados bem no fundo de uma imensa tumba de pedra, de pedra ou talvez até de metal, um tanque enorme de ferro enferrujado, sem nada dentro, nem mesmo ar. Tira o braço de cima do peito do pai, vira de barriga para cima e fica olhando o teto indistinto. Pensa nele encarando às cegas um outro mundo, respirando um outro ar quem sabe mais escuro. Por que as gaivotas pararam de gritar? Aonde será que foram?

Beije-me.

Pouco depois, a moça volta para o seu quarto. É, a chuva parou e o céu está clareando, assumindo um azul frágil e delicado. Posta-se à janela, fitando um mundo lavado e luzidio. Mais pode ver que sentir a friagem que a chuva trouxe, pois o ar lá fora parece lustrado, com um ligeiríssimo brilho, e tudo adquiriu novos contornos, afiados como vidro. Rex, o cachorro, está atravessando o gramado; para, fareja algo, ergue uma das patas e, depois de um instante olhando fixo, absolutamente imóvel, sai andando novamente. A Salsol está estacionada no chão de cascalho diante da casa, meio virada de lado. Bem devagar, Duffy passa diante da cerca de buxinho para ver se a chuva lhe causou algum dano; parece alerta, movendo-se furtivamente. Os limoeiros que margeiam a entrada para os carros estão mais escuros que todo o resto do jardim, como se a noite já estivesse escondida ali, na sua folhagem, esperando para ser solta no ar. Tudo isso lhe parece arrumado do jeito certo, os inúmeros pedaços de um desenho vasto e misteriosamente significativo. Olha para baixo, para dentro; como as suas mãos ficam brancas à luz do entardecer... No dorso de uma delas, há um arranhão que parece uma correntinha de minúsculos rubis, no lugar em que ela se enganchou nas urzes.

Na verdade, não estava pretendendo espionar Helen e Roddy Wagstaff — como poderia saber que eles iam parar naquele bosque? Tinha ido até lá, como sempre faz, para ficar sozinha, sentar perto da fonte santa e deixar a cabeça se acalmar e esfriar. Quando ouviu gente se aproximando, tratou de se esconder entre as heras e as madressilvas — por quê, já que nem sabia quem estava chegando? —, feito uma criança, pensou ela, apanhada fazendo alguma travessura. E, efetivamente, feito uma criança, experimentou um prazer secreto, malicioso, agachada ali no seu esconderijo úmido e repleto de odores, com ácaros invisíveis a percorrer o seu corpo, as unhas cravadas na palma das mãos e o rosto em brasa. Quando o casal sentou no banco junto da fonte, ficou exatamente em frente a Helen e achou que a cunhada ia decerto vê-la. Assim que os dois começaram a se beijar, recuou rastejando, agora já sem se importar que pudessem ouvi-la, o que obviamente não aconteceu: estavam ocupados demais para isso, imersos um no outro. Quando trovejou bem acima da sua cabeça, com aquele barulho tão grande, tão próximo, Petra quase caiu de cara no chão. Foi então que saiu correndo, aos trancos e barrancos.

Afasta-se da janela. Uma sensação de ansiosa expectativa está brotando dentro dela, uma sensação conhecida, culpada, quente. Será que trancou a porta? Vai verificar se fez isso. Dirige-se então ao guarda-roupa, abre a porta e se ajoelha. Na parte de baixo, bem no fundo, há uma gaveta difícil de se ver, o esconderijo ideal, quase ideal. Abre a tal gaveta com todo cuidado, sem fazer barulho, enfia as mãos debaixo do seu conteúdo, vai até a cama e deposita aquilo ali em cima. Dentro do papel fino que a envolve, a seda verde brilha suavemente, como uma placa de jade meio escondida sob uma camada de neve. Quando desfaz o embrulho, estremece como sempre por causa dos estalidos terríveis que faz o papel, parecendo o barulho de algo frágil e precioso que se quebra em pedacinhos. Desdobra o quimono e o estende, pegando-o pelas amplas mangas quadradas. Das costuras, desprende-se aquele leve cheirinho que ela adora, um perfume discreto e seco, como o de um botão de flor de laranjeira ou de pétalas de rosa secas; agrada-lhe pensar que esse cheiro é remanescente da grande dama para quem o traje foi feito, pois trata-se de uma antiguidade que o seu pai trouxe do Japão muitos anos atrás. Tira a roupa e veste o pesado quimono sobre o corpo nu; o contato do avesso da seda com a sua pele é frio; é sempre assim. Prende o cinto largo de seda preta fosca, para por um instante e inclina a cabeça, de olhos fechados. Começou o ritual. Com uns passinhos miúdos e saltitantes, vai até a porta e, mais uma vez, verifica se está trancada. No caminho de volta até a cama, toca três coisas com a ponta dos dedos, respeitando uma ordem rigorosa: a primeira listra do papel de parede, da direita para a esquerda, a partir do interruptor; um porta-retratos com uma foto do seu pai que fica no console da lareira tapada; as costas de uma escova de cabelos de tartaruga em cima da penteadeira.

Tira do bolso um anel feito de um metal branco pesado — platina, não é? — que tem uma pedra preta achatada com uma inicial gravada. Enfia a joia no dedo anular da mão esquerda e estende o braço para admirá-la.

Onde eles se veem, onde se encontram? Terão um quarto num lugar qualquer, um ninho de amor? Fica imaginando o tal local à beira de uma ruazinha de paralelepípedos, no alto de uma escada suja, no final de um corredor fedendo a gatos. O chão forrado de linóleo, uma cama meio troncha enfiada num canto, duas cadeiras bem simples e uma mesa manchada com uma garrafa de vinho vazia e dois copos em cujo fundo a borra arroxeada da bebida da semana anterior secou e ficou parecendo cristal. Uma janela estreita com uma cortina de tela amarela, dando para quintais dos fundos de outras casas e latas de lixo amassadas. Dois cigarros queimando num cinzeiro metálico, um deles manchado de batom. Uma descarga está pingando, uma voz lá na rua grita algo. No canto, em meio às sombras, o corpo dele, tão branco, se mexe, os gritos dela são abafados.

Ouve o som de passos no cascalho lá embaixo, sob a sua janela. Esconde-se atrás da cortina, e só então arrisca uma olhadela rápida. O seu irmão e Roddy Wagstaff estão indo na direção da caminhonete. Roddy tem o paletó de linho passado nos ombros. O cabelo dele, ainda molhado, está bem colado na cabeça alta e estreita e, dali de cima, Petra percebe que ele começa a rarear no topo — o rapaz vai ficar careca antes dos quarenta. Está levando a mala. Isso quer dizer, então, que não vai ficar. Por que terá mudado de ideia — aconteceu alguma coisa? Talvez Helen e ele a tenham visto rastejando entre as urzes e estejam com medo de que ela possa contar o que viu. Deve odiá-la agora, pois Roddy odiaria qualquer um que tivesse motivos para temer. Será que, pelo menos, está envergonhado, constrangido? É verdade que ele nunca lhe prometeu nada. Será que fala dela quando está com Helen — será que os dois ficam deitados na cama, fumando e rindo por ela ser tão idiota, tão infantil? Adam pega a mala de Roddy, deposita-a no banco de trás da Salsol, ambos entram no carro e vão embora. Por trás do vidro da janela, Roddy se inclina para acender um cigarro; não se vira para olhar a casa.

Bem que poderia trair o segredo deles dois, de Roddy e de Helen. Poderia contar ao irmão o que viu na fonte santa, antes da tal trovoada. O que será que ele ia fazer? Quebrar o pescoço de Roddy, estrangular Helen? Não. Seria decente e estoico como sempre; aguentaria a dor, perdoaria a esposa e talvez até perdoasse o rapaz também. Pensa nele como o viu minutos atrás, pisando forte no cascalho, como um marinheiro de pernas tortas, vestido com aquela calça ridícula e apertada demais que está usando desde de manhã, como se fosse uma penitência. Ah, o seu irmão desajeitado e trapalhão... E tem certeza de que não vai contar nada, nunca vai deixar ele saber que está sendo traído.

Vai buscar a navalha no estojo de veludo atrás da cômoda onde a guarda, escondida numa fresta rasa da parte superior do lambri. Leva-a até a janela e a deposita no parapeito. O veludo preto escovado parece atrair para si a luz vinda de todas as direções e bebê-la. Petra abre o pequeno fecho de latão. Acha lindo o jeito como a navalha se encaixa direitinho no seu leito de cetim vermelho. O cabo de marfim é frio e macio, como creme fresco que tivesse se solidificado, e a lâmina de ponta arredondada tem a cor da água. Pega aquela coisa tão linda e a equilibra de leve na palma da mão. Há umas sombras meio enviesadas no gramado e pássaros, que o final do dia deixa irrequietos, piam nas árvores em tom queixoso. A moça arregaça a manga larga do quimono. A parte interna do seu braço é cheia de marcas, de ponta a ponta, com umas meias-luas de pele cicatrizada frágil e reluzente, como cera de vela. Apoia-se no parapeito, numa espécie de transe ansioso, toda a sua carne desejando o beijo gelado da lâmina de aço. Encolhe-se e respira, uma inalação ruidosa. Quando corta, o mundo adquire um centro de repente; tudo se realinha imediatamente, apontando para essa borda onde a pele retrai os seus lábios brancos e finos e as primeiras gotinhas de sangue fazem o seu tímido *début*. Abre então o quimono, deixa que caia no chão e aperta o braço junto ao peito; sente o sangue fluir de encontro à pele; ele é quente, é dela mesma e a deixa reconfortada. Espera um pouco e, depois, desnuda o outro braço.

Aos poucos, Ursula desperta, palmo a palmo, da escuridão à escuridão menos intensa, como que atravessando sucessivas profundidades do mar. Sente-se pesada, mas bem-disposta, um cadáver de certa forma voltando à vida. Dormir umas horinhas à tarde sempre lhe faz tão bem… O sono dispersa nuvens e vapores da sua mente. Por um minuto ou dois, não abre os olhos, aninhada no calor das cobertas, na maciez do travesseiro. Sabe que, assim que os abrir, a dor de cabeça habitual vai começar com aquele martelar insuportável na sua nuca; por enquanto, porém, a sua mente vaga toda satisfeita, leve como uma bolha, tocando uma coisa e outra aleatoriamente, esbarrando nelas bem de mansinho. Tem tantas preocupações, mas já reparou que, nos últimos tempos, ao acordar, a sua consciência lhe concede uma trégua antes de se concentrar nos assuntos sinistros que tem pela frente.

Havia alguém ali com ela… O seu filho… Será que ainda está por perto? Está, sim. Pode sentir a sua presença ao seu lado.

Gosta muito daquele quarto onde Adam e ela compartilharam boa parte da vida de casados. Era ali que ele se mostrava mais fácil de lidar, mais brincalhão e condescendente, tanto consigo mesmo quanto com a mulher. É claro que sente a sua falta, uma saudade doída, mas tem de admitir que essa nova solidão a que a doença dele a relegou acabou se revelando um prazer inesperado e bem-vindo. Não que o quarto fosse lá essas coisas ou tivesse alguma decoração especial. É uma peça grande, na verdade, grande demais, impossível de manter aquecida no inverno e que, no verão, fica assustadoramente árida; mesmo assim, durante o dia, aparenta uma impassibilidade tranquilizadora; é como a recordação de um quarto de muito tempo atrás, da firme antiguidade da infância, ao passo que à noite, ou de dia quando as cortinas estão fechadas como agora, poderia perfeitamente ser uma imensa tenda marrom armada nas estepes da Moscóvia ou nos desertos da Arábia, cercada de uma vastidão protetora por todos os lados. Acha essa fantasia ridícula, mas se apega a ela, como uma criança que não larga o brinquedo favorito. Não se arrepende de ter mandado levar a grande cama de casal para instalar Adam no Quarto do Céu — de corpo presente, foi o que quase pensou —, embora a sua ausência tenha deixado o seu quarto ainda mais vazio. Achou que o marido gostaria de ficar sozinho, como sempre acontecia quando estava doente, detestando que alguém viesse perturbá-lo. Mesmo que a tal cama ainda estivesse ali, Ursula não conseguiria dormir nela, pois tem certeza que sentiria a falta do marido de uma forma muito mais pungente. Esse velho sofá, ou melhor, espreguiçadeira, está ótimo, apesar de ser duro e meio deformado. Ainda por cima, quando se deita, o estofado exala um cheiro de mofo que, na sua cabeça, é um vestígio dos diversos traseiros que sentaram naquele móvel ao longo de tantos anos, desde o primeiro instante em que ele foi trazido e instalado naquele aposento a mando de sabe-se lá que antepassado dos Blount.

Ouve o último trem passando pelos trilhos.

Os seus momentos daquela calma entorpecida estão chegando ao fim e a agulha do medo e da dúvida já se prepara para voltar à ação. Lembra de falar com o filho antes de pegar no sono; lembra de ter dito coisas, mas não sabe mais o que foi. Não devia dizer nada quando está naquele estado, se bem que é justamente aquele estado que solta a sua língua, permitindo-lhe falar de tudo que a preocupa, assusta e irrita. Precisa parar de beber, precisa parar de uma vez por todas, pelo bem de todos, inclusive dela própria. Imagina a cena que pode fazer no enterro, por exemplo, a viúva bêbada gemendo, chorando e tentando se jogar dentro da sepultura... Surpreendeu-se com essa ideia. Enterro. Sepultura. Viúva. Como aceitou aquilo facilmente, a iminência desses fatos, a sua inevitabilidade. Finalmente, abre os olhos, vira a cabeça no travesseiro para fitar o filho, para lhe suplicar algo, algum gesto amplo de desencargo, de absolvição, ou talvez apenas uma palavra de consolo. Toma um susto ao ver que não é o filho que está ali. É Benny Grace. Trouxe para perto do sofá o banquinho estofado de chintz que fica normalmente diante da penteadeira e está sentado junto dela, na pose de um sábio chinês, com a barriga pendendo por cima do cinto, as mãos pousadas no colo e os dedos enlaçados. Os seus sapatos estão ali no chão; os seus pés descalços estão meio deitados, virados para dentro, com os tornozelos quase tocando o assoalho, e Ursula pode ver as solas cheias de calos. Ele lhe sorri, carinhoso, e remexe os dedos dos pés. Há quanto tempo estará ali? — Não pretendia acordá-la — diz Benny, como se ela tivesse feito a pergunta em voz alta. — Você estava dormindo tão bem...

Senta-se na cama com alguma dificuldade, pois a coberta prendeu num canto qualquer e, teimosa, resistia aos seus puxões. Percebe que está segurando alguma coisa... O que é isso? Uma almofada? É a velha almofada de cetim vermelho que Rex estava mordendo e Ivy conseguiu salvar. Como aquilo veio parar ali, e por que a está segurando assim, com tanta força, como se fosse um escudo que pudesse protegê-la? — O meu filho — diz Ursula —, aonde ele...?

— Teve de sair. O amigo dele precisava de uma carona até a estação.

— Amigo dele?

— O sujeito alto e magro. Wagstaff?

— Roddy já foi? Ah, meu Deus! Mas ia passar o fim de semana aqui. — O que teria acontecido? Alguém o teria ofendido, sido grosseiro com ele? Seja como for, é bom que tenha ido embora. Nem pediu para ir ver Adam! Deve ser a última vez que ouvem falar desse rapaz. — Ele vai me achar mal-educada por não ter ido me despedir. Quer escrever a biografia de Adam! — acrescenta, rindo baixinho. — Imagine só! — Grace não responde. Ursula suspira, olhando ao seu redor subitamente assustada. Ficar ali deitada com aquele homem observando cada movimento seu é como se ver numa daquelas situações sociais embaraçosas que acontecem em sonhos. Repara que está de robe; não lembra de ter trocado de roupa. Ultimamente tantas coisas têm se perdido na confusão cada vez maior que se instalou na sua mente... Volta a fitar Benny Grace, quase agachado ali com toda a sua gordura. O que fazer com ele, o que lhe dizer? Aquele homem tem uma indiscutível solidez, mas, ao mesmo tempo, há nele algo de fantástico. Isso mesmo, é como estar sonhando, um sonho tão real que nem parece sonho, e no qual Benny Grace é uma das figuras dominantes. Ele não disse a que veio, este é o problema. Simplesmente apareceu no meio deles, como se os conhecesse a todos e todos também devessem conhecê-lo. Mas ninguém o conhece, a não ser ela mesma, e o que sabe a seu respeito é, na verdade, quase nada. Joga a almofada de cetim no chão e volta a tentar sentar com alguma dificuldade. Põe uma das mãos na coxa e a outra por cima, como a sua mãe fazia quando estava se preparando para enfrentar alguma coisa complicada.

— Desculpe eu ter falado com você daquele jeito, lá no jardim — diz ela. — Fui... rude.

— Não tem problema — replica ele, dando de ombros. — Estou acostumado à rudeza.

— Principalmente quando... — prossegue Ursula, e respira fundo. — Principalmente quando há tantas coisas pelas quais eu devo... Nós devemos... tantas coisas pelas quais devemos lhe agradecer.

— A mim, não, Ursula — diz Grace baixinho, balançando a cabeça, modesto e sorridente. — Você sabe muito bem disso.

— Bom, a você e a ela. — Ele a chamou de Ursula. Como ousa? — Aliás, onde ela está? — Grace fica calado, apenas sorrindo. — Adam disse que tinha morrido, mas não sei se posso acreditar nele. — Mais uma vez, ele não responde. Ursula quis ser direta, de propósito, para chocá-lo, mas é óbvio que ele não fica chocado com nada. Suspira novamente, agora com alguma irritação. Benny Grace é igualzinho a Adam com essa mania de se calar, fazendo com que a outra pessoa fique falando como uma idiota, pondo para fora um monte de coisas bobas e autoincriminadoras. — Não ache que não somos gratos pela sua... pela sua gentileza. Dela também, claro. De vocês dois. — Todo aquele dinheiro horrível, durante anos a fio, simplesmente aparecendo no banco a cada quinzena sem qualquer explicação, e Adam sem dizer uma palavra, obrigando-a a se calar também; não se podia mencionar nada, esclarecer nada, embora estivessem vivendo daquilo, pois, apesar de toda a sua fama e da reputação que tinha, Adam já não ganhava um tostão, uma vez que tinha parado de trabalhar. O que ele achava que ela ia pensar? Tinha de existir uma mulher, sem dúvida alguma.

O quarto parecia estar inflando ao seu redor, como se fosse mesmo uma tenda, inchando e crescendo ao se encher de um ar cada vez mais espesso, irrespirável. As sombras também parecem ter se acentuado, adquirindo um tom mais denso de marrom-acinzentado.

— Ele sempre repetia que não existem grandes homens — diz ela, num rápido murmúrio —, apenas homens que, ocasionalmente, fazem algo grande. — Não sabe ao certo por que disse isso. Seria uma resposta? Estaria respondendo a uma pergunta, discordando de alguma coisa? Não consegue se lembrar do que Benny teria dito. Aquilo a deixa ainda mais irritada. O que queria fazer era perguntar sobre a tal mulher: ela é, ou era, bonita, inteligente, sofisticada, tudo aquilo que ela própria não é? — Não sei por que estamos sentados aqui no escuro — exclama, com um risinho meio hesitante. — Pode fazer o favor de abrir as cortinas, Mr. Grace?

Com os olhos, acompanha Benny atravessando o quarto descalço, os braços gordos arqueados e a cabeçorra balançando. Quando ele puxa as cortinas, ela se assusta ao ver que a tarde ainda está bem clara. Praticamente não vai escurecer hoje à noite, só por umas poucas horas. Por algum motivo, essa ideia a deixa cansada novamente.

Grace volta e senta no banquinho. A luz da janela contorna todo o seu corpo com uma auréola brilhante e ilumina a calva que ele tem no alto da cabeça. Ursula ajeita o robe. — Não sei ao certo por que o senhor veio — diz ela, hesitante, encolhendo-se. — Está querendo alguma coisa de nós? — De repente, sente-se miúda, encurvada e engelhada, como sabe que vai ficar quando envelhecer. Será que aqueles dois fizeram algo com Adam, esse sujeito e a tal mulher; será que lhe causaram algum dano, como sempre desconfiou que pudesse acontecer? Claro que não, pensa: qualquer dano que pudesse ocorrer foi causado por ele próprio. Só os jovens podem trabalhar, era o que dizia sempre; só eles são tão impiedosos, tão selvagens... — Adam sempre dizia — prossegue Ursula, brincando com as cobertas — que, por volta dos trinta anos, já havia concluído tudo que tinha para fazer, já havia produzido tudo. — Olha para Benny, com ar de súplica. — É verdade?

Ele abana a cabeça, de um jeito aparentemente impaciente, não para responder àquela pergunta, mas para desconsiderá-la. Tem assuntos muito mais importantes a tratar. Inclina-se para frente, com ar confidencial, e põe a mão sobre as dela. Ursula vê a cena como se estivesse no alto, o sofá exatamente como ele é, a manta cobrindo-a, a almofada jogada no chão, vermelha e inchada como um coração partido, e a cabeça daquele sujeito gordo inclinada, com a tonsura monástica reluzindo. Ao longe, lá no campo, ouve os mugidos das vacas de Duffy; deve ser a hora da ordenha. O espelho oval do guarda-roupa parece uma boca escancarada, prestes a soltar um grito. Algo roça a sua pele, não um fantasma, é como se o próprio mundo viesse cutucá-la.

— Falei com ele — diz Benny Grace. — Ele falou comigo!

Obviamente, o que se viu foi uma grande consternação e uma comoção generalizada: vozes gritando de um aposento a outro, correria pelo corredor, o telefone literalmente dançando na sua mesa coberta com um paninho de crochê, ao lado do vaso com a palmeira, e o robe de Ursula se inflando ao seu redor quando ela vem descendo a escada a toda, como a própria Hera surgindo no ar com a intenção de atear fogo à daidala e recuperar o esposo infiel. O que dizer? É, é verdade, senti algo no ar. Primeiro, foi Petra; depois, o cachorro. Pude perceber claramente que ela estava aborrecida — não há dúvida que a minha filha está numa crise daquelas... Adoraria poder estender o braço e tocá-la, tranquilizá-la de algum modo naquela hora em que ela se aninhou aqui na cama ao meu lado, tremendo como sempre acontece quando está assim. O salafrário do Wagstaff deve ter dito algo que a magoou, ou talvez não tenha dito absolutamente nada, o que deve ser ainda mais sofrido. Ele bem que merecia que lhe déssemos umas câibras, uma dor nas costelas ou tantos beliscões que a sua pele ia ficar parecendo uma colmeia... Será que vamos fazer isso? Talvez não. Não fomos lá muito gentis com ele, não o tratamos bem. Afinal, Roddy não é um mau sujeito; é apenas frustrado, inseguro, inexperiente. Quem sabe Ursula não deixa ele escrever o tal livro sobre mim? Poderia ser uma compensação. Antes ele que um outro desses escrevinhadores. Isso mesmo, ele decerto vai pintar a minha vida nos mais delicados tons de azul e ouro, e torná-la um grande sucesso... É o que desejo.

Depois que Petra saiu, o cachorro empurrou a porta com a pata e entrou, farejando para me encontrar no escuro. Fez um barulhão com as unhas no assoalho quando estava se preparando para pular. Em geral, não acerta na primeira tentativa, às vezes nem na segunda, escorregando na beira da cama, rosnando, tentando se agarrar, e acaba caindo no chão, um montinho de pelo e ossos. Que criaturas obtusas são os cachorros — e não me venham com essa história de que eles têm bom senso! Quem já ouviu falar de um bando de gatos vira-latas cruzando as imensidões geladas puxando um trenó? Quando Rex conseguiu enfim subir na cama e se deitou ao meu lado com um grunhido e um suspiro, senti o seu calor bruto. A princípio, não identifiquei a sensação, quero dizer, a sensação de sentir, e achei que só estava imaginando coisas com mais acuidade que antes. Não seria a primeira vez que me confundi assim nesses últimos dias. Na forma de paresia em que me encontro, se é que estou usando o termo certo — quem sabe dessas coisas é Petra —, é aflitivamente fácil confundir uma sensação imaginada com uma real. O que suscita toda uma série de questões interessantes no âmbito do idealismo, do idealismo filosófico, e adoraria refletir sobre elas se tivesse o tempo e as condições necessários.

O que era mesmo que eu estava dizendo? Ah, sim, o pânico generalizado aqui em casa, as minhas experiências com relação a ele, e o fato de saber que foram mesmo experiências no sentido pleno e assente desse termo.

Bom. O cachorro em cima da cama, o seu traseiro junto do meu, o calor que ele irradiava. Foi mais forte que quando senti o tremor de Petra; desta vez, tive a sensação na minha própria carne, a transfusão, em mim, do calor do sangue de outra criatura. Nada tinha me afetado assim desde que estou deitado aqui, aparentemente morto para o mundo, depois de ter sido derrubado do meu pedestal de forma tão ab-rupta. Apesar de tudo, porém, a minha primeira reação foi de pânico, uma espécie de pânico, ou, ao menos, certa agitação. Como posso explicar essa curiosa e, ao que tudo indica, ingrata, para não dizer grosseira, reação ao ressurgir das sensações, por menor que fosse? Quando se está às portas da morte, esperando que elas sejam sumariamente abertas, nem se considera a possibilidade de receber um tapinha nas costas de alguém que aparece de repente por trás de nós na rua. Já não basta termos de nos postar ali corretamente, olhando na direção certa, com o visto de saída, ou deveria dizer de entrada, na mão que já começa a enrijecer? Não que eu não fique feliz por ser chamado de volta — estar pronto para ir não significa estar louco para ir —, embora a convocação seja discretíssima e o responsável por ela, dos mais humildes. O que acontece é que tudo parecia já estar preparado, pronto, e, agora, tenho de voltar, ainda febril ante a perspectiva da viagem, e, trôpego, refazer os meus próprios passos para cobrir, ao menos em parte, essa estrada já gasta de tão palmilhada.

Será que falei com Benny, como ele diz? Ele entrou aqui no quarto, desta vez sozinho, voltou a abrir as cortinas — fiquei encantado ouvindo a chuva, até ela parar; é um barulho que sempre adorei, o silenciar do sussurro das chuvas de verão —, se inclinou de novo sobre mim, cercando-nos com uma bolha velada de intimidade, e disse o meu nome. Mas respondi mesmo? Quis dizer algo, não a ele em particular, mas a alguém, a qualquer pessoa que pudesse me ouvir. Estava chateado; mais que chateado. Deve ter sido o barulho da chuva que me fez lamentar tão amargamente tudo aquilo que eu estava prestes a perder, tudo que deveria deixar para trás, esse mundo assustador e magnífico e tudo o que existe nele, a luz, os dias, certos rostos, o ar claro do verão e a própria chuva, coisa com a qual nunca consegui me habituar, esse milagre da água caindo lá do céu, uma bênção gratuita, indiscriminada e absurdamente pródiga. *Entre os vivos, pela última vez*: estas foram as palavras que se formaram por si sós na minha mente e, quem sabe, também na minha boca. Um último doce momento entre os vivos. Não pensei muito naquilo a ponto de perguntar se era verdade, ou, se perguntei, foi sem pensar — mas perguntei mesmo?

Ouvi o som de pneus no cascalho. Era Adam, voltando da estação. Como as tardes têm ficado enevoadas, mesmo em pleno verão; é como a névoa da memória, vindo lá de longe. Passou pelas glicínias, entrou no vestíbulo, parou e ficou à escuta. Não havia ruído algum. Ele ainda estava atônito com a partida apressada de Roddy que não deu qualquer explicação. O clima, no carro, estava tenso, e o rapaz fumou o tempo todo, acendendo um cigarro no outro. Embarcou em cima da hora, para alívio de ambos. Ao subir no vagão, não olhou para trás; simplesmente pôs a valise na frente, pulou nos degraus com um braço esticado para trás, num gesto estranhamente brusco que Adam não sabia dizer se havia sido uma despedida ou se o outro o estava dispensando, furioso. Nem mesmo quando o trem passou, indo embora, Roddy olhou pela janela do assento onde tinha se instalado; ficou dobrando o paletó com ar zangado, de cenho franzido e fazendo biquinho com o lábio inferior. Bom, agora ele já se foi. Tudo tem um fim. O meu biógrafo. Ele devia trocar o seu nome para Shakespeare.

Na cozinha, Adam vê a mulher de quatro no chão, quase entrando debaixo da pia. Assustada com aqueles passos, ela se levanta depressa, bate com a nuca no sifão e solta um palavrão. — Perdi o meu anel — exclama, sentando sobre os calcanhares e pondo as mãos nas coxas. — Deixei ele aqui, no parapeito da janela. — Volta os olhos para o marido. Trocou de roupa. Está de saia e blusa azuis, e descalça. — Aquele que você me deu — acrescenta, com um sorriso felino. — Vai me bater se eu não conseguir encontrá-lo?

O rapaz prepara um drinque para ambos numa jarra: gim com suco de limão e uma dose caprichada de soda. É o que eles chamam "seu ginzinho". Helen continua no chão, com ar pensativo, passando a mão no local em que bateu no cano. Ele traz a forma de gelo até a pia, para ao lado da mulher e começa a tirar as pedras com a ponta de uma faca, batendo com os dedos no metal da forma. — Fico até arrepiado com esses gemidos que ele faz... — diz.

— Quem?

— O gelo... Porra!

Apoiando-se na borda da pia, a moça se levanta. Adam lhe mostra um polegar sangrando.

— Bem feito — replica ela, segurando a mão do marido para examinar o talho.

— Não estou sentindo nada — diz ele. — Está tudo entorpecido, por causa do gelo.

— Típico — murmura Helen, embora nenhum dos dois saiba exatamente o que ela quer dizer com isso. O rapaz ergue a mão machucada sobre a pia para que o sangue pingue ali dentro, passa o outro braço pela cintura da mulher, puxando-a para perto de si, e lhe dá um beijo. — Hummm! — exclama ela, afastando o rosto. — Você está com cheiro de cigarro.

— Foi o Roddy. Ele fumou o tempo todo daqui até a estação.

— Ele não tem cheiro de nada... Já reparou? — indaga a moça, brincando com um dos botões da camisa do marido.

— Roddy? Ele tem cheiro de padre.

— E os padres têm cheiro de quê?

— De cinzas. De velas e cinzas.

Lá no saguão, o relógio faz um barulho trabalhoso e, depois de uma pausa tensa, solta uma única badalada impressionante.

— Por que será que ele foi embora assim desse jeito? — pergunta Helen.

Adam dá de ombros. Continua com o braço passado pela sua cintura, como um dançarino esperando a valsa começar. — Disse que não estava bem — responde. — Alguma coisa como umas pontadas do lado. Não acredito mesmo.

A moça curva as costas, apoiada naquele braço, e encosta os quadris nos dele. — Ele tentou me beijar — diz, sorrindo. — Na verdade, beijou.

— Onde? — indaga Adam, também sorrindo.

— Onde, como? Onde ele me beijou ou onde nós estávamos quando aconteceu? — O rapaz não respondeu. — Foi lá naquele bosque — prosseguiu ela, apontando em direção à porta, à janela. — Perto da fonte.

— Ele disse alguma coisa?

— Fez uma espécie de discurso. Pura canastrice. Foi bem estranho. Achei que...

— O quê?

— Nada — replica a moça, sorrindo e abanando a cabeça.

— Então deve ser por isso que ele foi embora — diz Adam. — Você lhe deu um tapa?

— Dei. Não é que dei mesmo? — responde ela, com uma risadinha. — Aí, começou a chover. Ele ficou preocupadíssimo por causa dos sapatos.

— Coitado do Roddy.

A essa altura, os dois estão rindo, não exatamente um riso malvado. Ele a solta, vira-se para a pia, pesca uns cubos de gelo que conseguiu jogar na jarra antes de cortar o dedo — agora estão respingados de sangue. Ela vai até o armário e volta trazendo dois copos. Adam serve os drinques e os dois ficam bebendo.

Está vendo, meu velho pai, ela não vai amar você. Somos demais para essa gente: eles preferem se contentar com os da sua própria espécie.

Petra está sentada junto à janela, enfaixando os machucados. Apesar de doerem, fazendo-a morder o lábio, a moça não pensa neles como ferimentos, mas como marcas de paixão, cicatrizes do amor, beijos. Está tranquila; uma linda paz reina no seu coração. No jardim, o melro pula para um galho, despeja o seu canto, e o anoitecer como que recua para ouvi-lo com ar sonhador. Como o céu está desbotado nas bordas, nem parece azul... Mais no alto, uma nuvem em forma de cisne, de uma brancura imaculada com uma beirada suja, passa serena rumo ao Oeste. Ali de cima, pode sentir o ar, a sua imensidão imponderável, fino e claro, envolvendo o mundo todo. Orgulha-se de ter aprendido a fazer seus próprios curativos assim tão bem. Primeiro, cobre o machucado com um creme antisséptico para estancar o sangue; depois, põe um pedaço de gaze sobre ele e vai enrolando o local com a bandagem. Usando apenas uma das mãos, dá um nó na ponta da faixa e aperta bem com o auxílio dos dentes. Agora, a primeira manchinha vermelha vai surgir timidamente no ponto em que o sangue atravessa a gaze; logo, logo, porém, para de se espalhar e, secando, adquire uma coloração ocre bem carregada, como a tinta de um quadro antigo. Imagina-se num desses quadros: é o centro, o foco da pintura, uma moça apoiada na janela e tudo ao seu redor voltado para ela, o pássaro, a nuvem, as árvores quietas e silenciosas. A dor já se tornou um latejar constante. Estende um dos braços no parapeito e aninha o outro no colo. Em todos esses anos, nunca deixou cair uma gota de sangue sequer no quimono; mais uma coisa de que pode se orgulhar.

Ouve a voz da mãe na escada, chamando o filho, chamando Ivy Blount. Fecha os olhos e apoia a testa no braço. Tem alguma coisa errada; aconteceu alguma coisa ali na casa. Sente a seda grossa da manga encostada na pele, fria e ligeiramente áspera, quase metálica. Lá embaixo, Rex, o cachorro, começa a latir, bem alto, em tom peremptório, com pausas regulares. O telefone toca, mas logo para quando alguém atende. Duas portas se abrem; uma delas volta a se fechar, batendo. Outros passos na escada, desta vez mais fortes. Os seus pensamentos vão passando, tranquilos como nuvens.

O meu pai está louco para ir embora. Já fez tudo que tinha a fazer por aqui, segundo diz. Acho que não, nem tudo, embora concorde que, para ter um final feliz, não se deve retardar muito o momento do desfecho.

Petra ergue a cabeça pesada; sente as pálpebras também pesadas; poderia dormir, mas não vamos deixar que faça isso. Levanta-se, tira o quimono e veste as próprias roupas. Em seguida, dobra o quimono, volta a embrulhá-lo no papel de seda e a guardá-lo na tal gaveta do armário. A navalha já está no seu lugar, atrás da cômoda. A moça para por um instante, olhando o quarto todo atentamente. Está tudo guardado, tudo em ordem. Gosta de si mesma... Um pouquinho...

Do patamar, olha para o vestíbulo pelo vão da escada. Ouve vozes, mas não dá para ver quem está falando. Sente uma rápida vertigem e parece vacilar. Os braços feridos estão tão pesados... Como se não fossem seus, como se não fossem braços, e sim outra coisa qualquer, uns cipós bem grossos, ou os ramos de uma árvore. O latejar dos cortes já diminuiu, mas vai voltar à noite, impedindo-a de dormir, e ela vai sentir que tem outra pessoa ali na cama, aquele outro latejar.

Resolve descer. Ainda não chegou lá embaixo, quando surge Helen. Ambas param, a moça nos degraus, a mulher no vestíbulo. Não é justo, pensa Petra, não é justo.

— O que foi? — pergunta Helen. — O que está acontecendo? — Petra desce mais alguns degraus e estende a mão. A outra olha espantada, franzindo o cenho. — Ah... Onde foi que o encontrou?

— Na cozinha. Tome.

Helen pega o anel e fica girando a joia entre os dedos, fitando a cunhada, meio sorridente, meio intrigada.

— Quem é Z? — indaga a moça.

— O quê?

— Z. A inicial gravada nele.

— Não — replica Helen. — É um A, A de... de Adam.

— Não é, não. É um Z. Olhe só. Vire ele assim...

As duas baixam a cabeça para examinar a pedra. Helen vira o anel para um lado e, depois, para o outro. — Para mim, é um A — diz, sem muita convicção —, mas acho que...

Ah, que espertinho, hein, esse meu velho pai!

Um grupinho se aproxima, vindo lá do saguão de entrada, todos falando. Adam e a mãe na frente, Benny Grace, Ivy Blount e Duffy, o vaqueiro, logo atrás. Parecem agitados como um bando de discípulos correndo rumo a Emaús. Adam está bastante corado — levemente embriagado de amor e de meia jarra do tal ginzinho —, e aparenta estar tão ansioso quanto apreensivo. Helen faz menção de lhe dizer algo, mas é a Petra que o rapaz se dirige.

— Venha comigo — diz, em tom sério, sem sequer esboçar um sorriso. — Os outros ficam aqui. — Petra não faz qualquer pergunta; submissa, limita-se a seguir o irmão escada acima.

— Onde é que eles foram? — indaga Helen com certa petulância; por que ninguém lhe diz o que está acontecendo? Percebe-se um ligeiro tremor nas suas narinas.

— É o seu pai — responde Ursula, meio distraída, sem fitá-la, mas acompanhando com os olhos os filhos que sobem como se estivessem sendo levados para uma nuvem. — Quero dizer, Adam... O pai de Adam. Adam.

— O que foi? Ele...?

— Ssh! — A intervenção foi de Benny Grace. A moça se vira para encará-lo; ele, porém, se limita a sorrir, com ar brincalhão, levando um dedo aos lábios roliços e rosados. Ivy Blount também olha fixamente o par que vai desaparecendo (há uns ombros e umas cabeças lá em cima; depois, só cabeças, e pronto: sumiram), com as mãos postas diante do peito. Duffy fica andando para um lado e para o outro, sem saber o que fazer.

— Será que alguém poderia...? — principia Helen, mas é obrigada a se calar. Fica imóvel por um instante, de boca aberta e piscando os olhos. — Ah! — exclama. — Aaah! — Solta então um espirro, um espirro daqueles, e pisca os olhos, espantada.

Mas olhem só! O que é essa besta de carga tão carregada assim? Adam e a irmã apareceram no alto da escada — lembram até um elefante e seu cornaca. Petra vem à frente, conduzindo-o com algo que parece um arreio, e ele vem trazendo o pai no colo. O velho Adam está envolto numa manta, dos pés à barbicha; tem os olhos fechados; não está morto. Os dois dão início a uma descida cautelosa, como se de algum lugar extremamente alto — as árvores apinhadas, o rio reluzente, a poeira e o sangue de antigas batalhas. Petra segue à frente, mas agora meio virada de lado, com todo cuidado, e Adam vem atrás dela, com um andar paquidérmico, firme, majestoso. O que a moça está carregando é a bolsa de nutrição do pai e a da sonda, ambas ligadas a ele por uns tubos de borracha. Rex, o cachorro, os acompanha, pisando vacilante nos degraus com a língua de fora e abanando o rabo como um leme desleixado. Duffy dá um passo à frente, mas para, hesitante, e Benny Grace, com insuspeitada agilidade passa pelo vaqueiro como um raio e se lança escada acima ao encontro da dupla que vem descendo.

— Cuidado! — exclama Ursula, dirigindo-se ao filho, mas também à filha e às costas de Grace. Leva a mão à boca. — Ah, tenham cuidado, por favor...

E Helen espirra novamente.

Quando chega, o dr. Fortune encontra a porta escancarada e teme o pior. Está cansado e irritadiço depois de um dia inteiro no consultório — um ou dois dos seus pacientes mais idosos vêm lhe dando muita dor de cabeça ultimamente — e não lhe agrada a perspectiva de lidar com os Godley. Foi impossível entender o que Ursula dizia ao telefone; ela ficou repetindo alguma coisa como *bene* — em latim? será que resolveu se apegar à religião agora? Aparentemente, insistia em dizer que o marido tinha recobrado a consciência, o que ele próprio considerava extremamente improvável, embora, é claro, nunca se saiba o que pode acontecer nesses casos, todos tão complicados e cada um deles com um tipo de complicação diferente. Mas e se Godley tivesse mesmo recobrado a consciência? Ele deveria ter morrido dias atrás, pelo que tudo indicava — na verdade, nem devia ter sobrevivido a um derrame tão severo como o que teve. Será que um cérebro como o de Godley, mantido em constante atividade durante a vida inteira, é mais resistente e mais durável que o das pessoas comuns? Esta seria uma pesquisa interessante a que se dedicaria de bom grado se fosse mais jovem; afinal, não é apenas um desses curandeiros do interior e, antigamente, via-se como um verdadeiro cientista. Como foi descambar assim e, ainda por cima, vir parar justamente aqui, no meio do nada? Com um suspiro, entra no saguão. A velha maleta preta nunca parece tão pesada quanto em ocasiões como esta.

Se alguém lhe vier com uma palavra de crítica que seja, vai lembrar a todos que foi taxativo, alertando-os para não tirar o velho do hospital e trazê-lo de volta para casa.

Conhece muito bem aquele lugar e vai entrando sem hesitação, embora um tanto temeroso. As famílias ficam impossíveis quando surge um caso de doença. Agem como se imaginassem que o vovô Fulano e a vovó Sicrana fossem viver para sempre. Ouve-se uma música baixinho vindo de algum lugar. O médico atravessa o hall central com aquele chão de tabuleiro de xadrez que sempre o deixa meio nervoso, para diante do grande barômetro com moldura de madeira — aquilo já não funciona há anos — e, com os nós dos dedos, bate à porta da sala de música, de onde vêm as vozes. No entanto, não obtendo resposta, empurra a porta e entra.

A cena com que depara é tão estranha e tão estranhamente pitoresca que, num primeiro momento, o médico acha que está sendo vítima de uma encenação teatral elaborada. Ivy Blount e Duffy, o vaqueiro, estão de pé cada um perto de uma das duas janelas altas, olhando para a sala, como personagens numa pantomima, uma Colombina desbotada e o seu rústico Arlequim, ambos com as costas banhadas em ouro pelo sol quase ocre do entardecer que entra de viés pelas vidraças. O cachorro também está ali, mais uma vez bancando a esfinge; quando vê o dr. Fortune, mal se mexe, a não ser pelo rabo que dá uma ou duas abanadas sem muito ânimo. As portas envidraçadas estão abertas, as cortinas de musselina também. Puseram um sofá bem diante das portas e ali está Adam Godley, recostado, envolto até o queixo numa manta vermelha, só ficando de fora os braços vestidos com o pijama e cruzados no peito. O suporte do soro está ao seu lado, os tubos continuam no seu nariz, a bolsa da sonda foi enfiada debaixo do sofá de onde reluz. Ele tem os olhos abertos e fita o jardim com ar desejoso. A esposa, numa posição meio desajeitada, segura e acaricia uma das suas mãos. Dá para ver um dos pés do doente, um pé comprido, afilado, muito branco, como um artefato pré-histórico. O filho, com aquele corpo avantajado, está de joelhos na ponta do sofá, numa pose que parece perfeita para ilustrar devoção filial, amor filial, e acaricia esse pé visível. Pé e mão, pé e mão, como sempre... Petra é a personagem mais impressionante de toda a cena, de pé, mais afastada, com os braços envolvendo o próprio corpo e cada uma das mãos segurando o flanco do lado oposto. Fita o pai com um olhar... de quê? Tristeza, raiva, dor, tudo isso e mais alguma coisa? Embora as mangas da sua camisa estejam abotoadas nos punhos, o médico percebe de imediato, pela sua palidez e pelas olheiras sombrias, que a moça andou se cortando de novo. Coitadinha, coitadinha. Vê também o curativo no polegar do jovem Adam; com certeza ele não... Decerto que não...

— Ah, Ferdy — exclama Ursula ao vê-lo. — Eu... Nós... — balbucia sorrindo e enrubescendo.

O médico não diz nada; o que poderia dizer? Faz apenas um gesto, impotente, resignado. Olha para o homem no sofá, bajulado a mais não poder, como sempre quis. Bom, tanto faz que tudo termine aqui, pensa ele, ou em qualquer outro lugar.

No console da lareira, há um velho radiotransistor com o olho verde piscando. Dele sai uma música antiga, de flauta e cordas, baixinha e distante, como se viesse de um outro mundo.

Volto a perceber as venezianas verdes, lustrosas.

E onde está Benny Grace? A última vez que o vimos foi com o dedo na boca, dizendo *Shh*. Benny se foi; voltou para aquela máquina barulhenta que o içou novamente até a bambolina. A geringonça não tarda a descer mais uma vez para levar o meu pai que vai embora, agora que desistiu da sua garota. Estão vendo que largas passadas ele dá, fortes como de costume? É sempre assim, quando ele abre mão dessas moças. Essa história de se apaixonar é realmente debilitante! Ele acaba envelhecendo uns mil anos, o meu velho bobo todo amoroso... Bom, pai, e agora?

Todos vão ficar felizes. Ursula vai parar de beber: junto com o filho, vai descer para, numa espécie de cerimônia ritual, livrar a touceira de loureiros do seu fardo de garrafas, e os ratos vão sair de lá pulando que nem cabritos. Adam e Helen vão vir morar em Arden; o rapaz vai cultivar a terra, como fez o seu xará original, enquanto Helen vai usar uma touca e levar um balde nas mãos, como Maria Antonieta lá no Petit Hameau. Petra vai esquecer a navalha e nunca mais se cortará outra vez. Será que Roddy vai voltar e fazer as pazes com ela? Talvez isso seja exagero — vamos encontrar outro rapaz para ela amar e ser amada durante o breve tempo de vida que lhe resta. Quanto a Ivy Blount e Duffy, já está tudo resolvido. O que falta? Ah, claro, Adam. Que dom podemos lhe conceder? O surgimento de uma carta até então desconhecida, um bilhete deixado por Dorothy, sua falecida esposa, eximindo-o de toda e qualquer culpa pelo seu triste fim. Será que funciona?

Ele continua a fitar o jardim ao crepúsculo. Um sol espesso, quase ocre, rasteja pelo gramado, deixando no seu rastro um traçado de sombras pontiagudas. As árvores tremem, falando da noite. Os pássaros, as nuvens, o céu distante e pálido. Eis o mundo mortal. Um mundo onde nada se perde, onde tudo se justifica; mesmo assim, o mistério das coisas é preservado. É um mundo onde eles podem viver, embora por um breve tempo, embora de forma precária, no entardecer do eu, solitários, mas, ao mesmo tempo, juntos, aqui, neste lugar, e, mesmo que morrendo, ficar gravados para sempre num instante luminoso, interminável.

Esperem um pouco... Quem vem ali? Helen, é claro. Levanta-se da poltrona próxima à lareira, onde estava sentada sem que ninguém desse por ela, e se adianta, sorrindo. A luz se intensifica nas janelas, lançando a última refulgência do anoitecer. O médico fica esperando que a moça venha lhe falar, mas ela passa direto como um sopro dourado. Logo adiante, para, com um ligeiro sobressalto, como se alguém a tivesse tocado — é o meu pai que põe a mão no seu rosto para se despedir. Ele faz um aceno de cabeça na minha direção. Vou voando até onde o marido de Helen está ajoelhado e sussurro alguma coisa no seu ouvido. O que tenho a lhe dizer? Ora, que a sua esposa, como dizemos naquele nosso jeito antigo tão pitoresco, vai ter um bebê. Mais que depressa, ele se põe de pé e se vira. Helen também se volta na sua direção e percebe o seu olhar. Leva então a mão à barriga.

— Ah!

Editora responsável

Marianna Soares

Produção

Adriana Torres

Ana Carla Sousa

Produção editorial

Flávia Midori

Gabriel Machado

Revisão de tradução

Janaína Senna

Revisão

Eduardo Carneiro

Guilherme Bernardo

Diagramação

Trio Studio

Este livro foi impresso no Rio de Janeiro, em setembro de 2011,
pela Edigráfica para a Editora Nova Fronteira.
A fonte usada no miolo é IowanOldSt BT, corpo 10,5/14,5.
O papel do miolo é avena 80g/m^2, e o da capa é cartão 250g/m^2.